IL NUOVO REGNO
Un Lite e Darke Novel
M L Ruscak

Il nuovo regno

Un Lite e Darke Novel

Di: *ML Ruscsak*

Cover Design di: *ML Ruscsak*

Modificato da: *Chyenne Lyons*

Questo libro è un'opera di finzione. Nomi, personaggi, luoghi e incidenti sono prodotti dell'immaginazione dell'autore e non devono essere interpretati come reali. Qualsiasi somiglianza con eventi reali, luoghi, organizzazioni o persone vive o morte è del tutto casuale.

DIRITTO D'AUTORE

menzionati nel romanzoIl nuovo regno sono di proprietà esclusiva dei rispettivi artisti, cantautori e titolari dei diritti d'autore

Trient Press

3375 S Rainbow Blvd

81710, SMB 13135

Las Vegas, NV 89180

Informazioni sull'ordine:

Vendite di quantità. Sono disponibili sconti speciali sugli acquisti in quantità da parte di aziende, associazioni e altri. Per i dettagli, contattare l'editore all'indirizzo sopra.

Ordini di librerie commerciali e grossisti statunitensi. Contattare Trient Press: Tel: (775) 996-3844; o visitawww.trientpress.com.

Stampato negli Stati Uniti d'America

Dati di catalogazione in pubblicazione
dell'editore Ruscsak, ML

Un titolo di un libro: The New Reign

Copertina rigida ISBN:

Paperback: 9781953975980

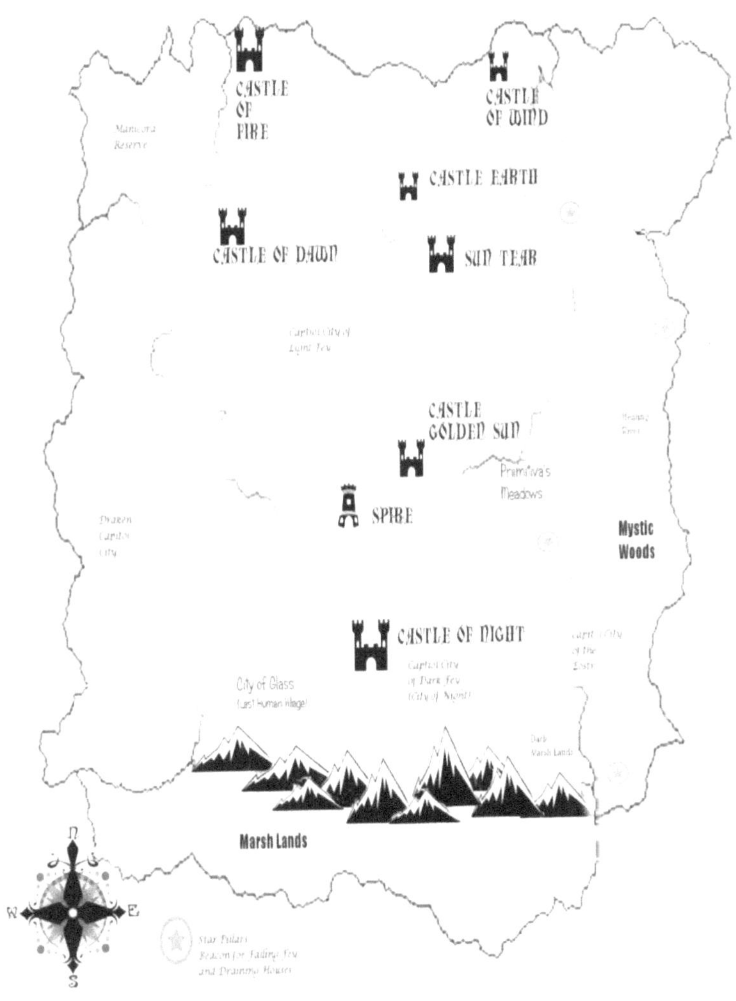
Manticora Reserve
CASTLE OF FIRE
CASTLE OF WIND
CASTLE EARTH
CASTLE OF DAWN
SUN TEAR
Capitol City of Light Fey
CASTLE GOLDEN SUN
Primitiva's Meadows
SPIRE
Dragon Capitol City
Mystic Woods
CASTLE OF NIGHT
Capitol City of the Earth
City of Glass
(Last Human Village)
Capitol City of Dark Fey
(City of Night)
Dark Marsh Lands
Marsh Lands
N
S
E
W
Star Pillars
Beacon for Fading Fey
and Draining Houses

Per mia figlia che è stata la mia editrice in ogni fase del percorso. Mia mamma che ha letto ogni parola prima di chiunque altro. E per Pap che conosco mi sta sorridendo. E per la mia famiglia che mi ha dato le ali per volare.

10

Caro lettore,

Grazie per il tuo interesse per "The New Reign". PoichJ spero che questo primo libro della serie vi piaccia, ci sono alcune cose che desidero sottolineare. In questo primo libro ci sono diversi buchi nella trama, errori di ortografia e parole usate in modo improprio.

Capisco, come lettore, questo puS essere piuttosto frustrante da leggere, ma prometto che questi errori sono completamente intenzionali. Fastidioso sM, ma c'I un motivo. Inoltre, per tutto ciS che I scritto, c'I un significato piZ profondo che sarA rivelato nei libri successivi.

Domande, commenti o recensioni sono sempre ben accetti. E non vedo l'ora di leggerli.

Per ulteriori informazioni sulla serie, inclusa una mappa del regno, visitate il sito TrientPress.com

Buona lettura,
M.L. Ruscsak

Il Nuovo Regno

15

Prologo

Le candele rosso scuro tremolavano nel suo studio nelle profondità del castello d'ossa, come tante notti prima che studiasse ha studiato l'ancamento del mondo dei vivi. Ha studiato l'andamento delle città stellari cercando di adempiere la profezia. Con la pietra del veggente appoggiata sul tavolo davanti a lui, Karnack rimise la sua penna nel calamaio. Per più di tremila anni aveva fatto nella morte ciò che aveva fatto nella vita ... osservando la storia svolgersi e tenendo un resoconto dettagliato della sua regina.

Una regina che nemmeno lui vedeva dai tempi della grande guerra. No, non era completamente vero. L'aveva vista, ma solo una manciata di volte e solo per implorare il suo aiuto. Anche allora la sua rabbia per essere stata disturbata ...

Lui sospiro. Non c'era niente che potesse fare per la regina. Almeno non ancora.

I suoi occhi si chiudono solo per un momento prima di fissare ancora una volta la pietra del veggente e aspettare ancora una volta che nascesse il bambino che la sua regina aveva visto tanti anni prima. Una regina che sarebbe stata in grado di sconfiggere una minaccia che era ancora nell'ombra delle Grandi Stelle.

Tuttavia, guardò e aspettò che nascesse il bambino che la sua regina aveva visto tanti anni prima. Un bambino che sarebbe nato un creatore. Una regina che sarebbe stata in grado di sconfiggere una minaccia che era ancora nell'ombra delle Grandi Stelle.

Il resto dei primi Fey, che si erano stabiliti in questa terra, avevano già rinunciato a trovare il bambino. Nicco aveva cambiato nome due o tre volte negli ultimi tre secoli. Come aveva fatto Ean. E Donny ... ah il grande guerriero ... si è completamente chiuso fuori dal mondo poco dopo che Myrddin era caduto dalle stelle.

Di loro quattro, nessuno era mai riuscito a scoprire cosa fosse successo all'unico figlio della loro regina. Un bambino conosciuto solo come Ari. Suo padre era stato la causa del ritiro della loro regina dai regni.

Tuttavia, sperava che un giorno avrebbe trovato questa regina eletta e le avrebbe dato la corona dei morti. Una corona che le avrebbe dato il potere di resistere e affrontare una minaccia che solo lei sarebbe stata in grado di sconfiggere.

Un colpetto simbolico sulla porta dello studio che ha ignorato. Poi una voce femminile morbida e ariosa, "Karnack? Stai ancora guardando la pietra? "

Lanciò a malapena un'occhiata da sopra la spalla a una donna che era tanto bella oggi quanto era stata la prima a cui aveva posato gli occhi su di lei.E ancora altrettanto mortale. Voltandosi leggermente, la guardò appoggiarsi allo stipite della porta. I suoi occhi si strinsero mentre sibilava, "Sono lo scriba della regina e sarò quello che vedrà la regina scelta molto prima di ogni altra." Quando lei non disse altro, si voltò di nuovo al suo libro mastro e iniziò a scrivere un'altra riga.

Tirando fuori un coltello dalla cintura, si appoggiò al muro guardandolo scrivere qualche sbavatura insensata che nessuno avrebbe mai letto. Un tenero sorriso le sfiorò le labbra rosso sangue. "Quando la trovi, dimmelo. Mi assicurerò che non le venga mai nulla di male. "

A quel punto si voltò e lottò duramente per ricordare a se stesso che il folletto che gli stava di fronte era un amico. Lottò più duramente per ricordare che non gli avrebbe mai fatto del male. "Freya, tesoro, se quello che so per certo avverrà, allora anche tu avrai bisogno di aiuto per proteggerla."

Mentre si avvicinava, gli stivali col tacco ticchettavano sul pavimento di pietra. Quando raggiunse la sua scrivania, si chinò e sussurrò: "Lascia che me ne preoccupi".

Parte 1

280 ANNI FA

LARNA: PRINCIPESSA DI FEYEN

"Verrà un giorno in cui uno salirà al potere non per nascita ma attraverso il sangue. Quando quel giorno sorgerà, sarà solo l'inizio ..."

- Antiche pergamene di Feyen

22

Capitolo 1: Larna

La notte strisciava sul castello. Gli unici rumori erano quelli dell'acqua che cadeva dalle scogliere. Sotto i suoi piedi Memoks le circondava i piedi aspettando di essere nutrito.

Larna guarda fuori dalla finestra la luna nuvolosa. Non ci sarebbe stata luce che fluisse nel castello quella notte. Un ghigno malvagio le contrasse le labbra rosso-rosa mentre chiudeva il diario.

"È tempo."

Dardeggiando dalla sua stanza, fulmini di nebbia nera le scorrevano dalle dita. Le guardie cadevano prima che lui li superasse. I loro corpi si contorcono in posizioni innaturali prima che la morte finalmente li prenda.

Le porte dei figli reali ... i suoi fratelli si aprirono. Il suo fratello più giovane se ne stava lì paralizzato a guardarla. Un cuore batteva più a lungo e il suo corpo era lacerato.

Non aveva bisogno di ucciderlo. Un semplice incantesimo mentale avrebbe funzionato. Ma poi di nuovo chi può dire che qualcuno non l'avrebbe capito? Se lo facessero ...

No, salvare la vita di un moccioso non valeva la pena.

Larna sbirciò nella camera da letto della principessa ereditaria. I suoi respiri morbidi da un sonno pesante. Scudi di protezione che sondano il letto con un tenue bagliore blu che lascia il posto all'oscurità.

Il suo pugno si strinse. Lo sciocco avrebbe gettato via Feyen dando la corona a un altro. Lasciando che qualche creatura biliare governa ciò che era loro di diritto.

La rabbia ribollì dentro di lei mentre eruttava lo scudo che avrebbe dovuto proteggere la sua cara sorella.

Il sangue non era quello di un vero reale schizzato sulle coperte e sullo scudo. Le coperte rimaste attaccate.

Una risata cupa che ha cercato di mantenere zitta, "Combatti quell'incantesimo, cara sorella".

Larna si voltò a guardarla. Tanta carne sprecata giaceva dietro di lei. Guardie che non hanno mai avuto una possibilità. Alcuni potrebbero essersi rivelati utili nei prossimi giorni.

Non importa. C'erano altri. A chi importerebbe se provenissero da Feyen o dalla città della sua cara amica. Qualcuno avrebbe mai saputo la differenza?

Avvolgendole il mantello intorno al viso, aprì la porta della camera della regina. Tuttavia si fermò aspettando che l'ultimo guerriero Feyen la incontrasse.

Vestito con la camicia da notte e i pantaloni, era pronto per la battaglia. Una spada d'oro che si dice fosse quella del Gran Re Magma stretta saldamente tra le sue mani. "Mostrati." ringhiò.

Entrò nella luce del suo mantello mantenendo il suo segreto ancora per un momento.

"Mostra la tua faccia come un vero guerriero."

La sua mano si alzò e abbassò il cappuccio. Lo sguardo di rabbia e paura attraversò il viso dei suoi genitori. 'Padre sorpreso? Non esserlo. "

Troppo velocemente uno scudo cadde tra loro mentre sollevava la sua spada di onice nero.

Gli occhi di Alista si spalancarono per la paura forse per la prima volta. In un sussurro strangolato sussurrò: "La spada di ossidiana ... come?"

Prima che suo padre spostasse il fuoco accese gli occhi di Larna: "Non tutta l'ossidiana è stata distrutta"

Stava torreggiando sul corpo di sua madre. La sua spada di cristallo nero si tuffò nel cuore della donna che le aveva dato la vita. I suoi occhi si strinsero in minuscole fessure mentre teneva ferme le sue ali nere traslucide. Ascoltando l'unico suono del proprio cuore che batteva contro il silenzio, la sua testa si voltò lentamente per guardare oltre la sua spalla, la testa senza vita di suo padre sul pavimento ma a pochi metri da dove era caduto il suo corpo. Era stato l'ultimo guerriero Feyen a cadere.

L'ultima prima di sua madre. Almeno lì, aveva trovato un degno avversario da affrontare. Be ', almeno finché anche lei non ebbe vacillato e morì.

Un sorriso crudele si formò sulle sue labbra color cremisi scuro mentre se ne stava lì in silenzio a guardare il sangue di sua madre che iniziava a raccogliersi intorno al suo corpo senza vita. Non la linfa vitale rossa che aveva la maggior parte di Fey, oh nofinestra e oscurità della notte. Tutto così immobile. Così tranquillo. Con l'alba sarebbe diventata regina.quasi impossibile. "Per favore, devi aiutare mia madre."

La sua robusta presa alla fine fallì perché era tutto ciò che aveva bisogno di sentire. Larna guardò solo in parte sbalordito come un singolo fulmine balenò dalla punta delle sue dita accendendo il fuoco di segnalazione. Non un attimo dopo più di una dozzina di guardie armate li circondò. Tutti i loro occhi combattono pronti e cercano la causa per accendere il segnale. Eppure nessuno si mosse per un minuto aspettando che il capitano si unisse a loro.

Un cuore batteva poi due e la guardia armata che la teneva; la principessa singhiozzante, prese il comando. "Avviseremo il capitano più tardi. La famiglia reale è stata attaccata. La regina è la prima priorità." Guardandola, continuò: "Principessa Larna, vieni con me. La torre di guardia sarà al sicuro. Hai la mia parola."

Non aveva dubbi su questo. Dopo tutto, come avrebbe mai potuto sapere che era stata lei a uccidere la sua famiglia? Ma anche se in qualche modo l'avesse scoperto, dopo che lei era stata incoronata non un'anima sarebbe mai stata in grado di fare qualcosa al riguardo.

Stava torreggiando sul corpo di sua madre. La sua spada di cristallo nero si tuffò nel cuore della donna che le aveva dato la vita. Tenendo ferme le sue ali nere traslucide, si guardò alle spalle, la testa senza vita di suo padre sul pavimento ma a pochi passi da dove era caduto il suo corpo. Era stato l'ultimo guerriero Feyen a cadere.

L'ultima prima di sua madre. Almeno lì, aveva trovato un degno avversario da affrontare. Be ', almeno finché anche lei non ebbe vacillato e morì.

Un sorriso crudele si formò sulle sue labbra color cremisi scuro mentre se ne stava lì in silenzio a guardare il sangue di sua madre che iniziava a raccogliersi attorno al suo corpo senza vita. Non la linfa vitale rossa che aveva la maggior parte di Fey, oh no, la linfa vitale di sua madre era blu notte. Una stranezza in sé. Guardando il sangue fuoriuscire dal suo corpo, Larna avrebbe potuto sputare n faccia a sua madre per averle fatto prendere questa misura drastica. Ma, se lo facesse, rovinerebbe i suoi piani e il fatto che non lo farebbe non importa quale sia il prezzo. "Avresti dovuto ascoltarmi, madre. Ora guarda cosa ti è successo. Non potrai più ascoltare nessuno. Una giustizia che ti serve proprio per non aver mai sentito la verità che ti è stata posta davanti agli occhi."

Liberando la sua lama di cristallo nero dal cuore di sua madre, la usò per tagliare il tessuto del suo abito dorato. Metodicamente si è assicurata che i tagli sul tessuto riflettessero i tagli sulla sua stessa pelle. Doveva assicurarsi che i tagli fossero abbastanza superficiali da non ostacolare i suoi movimenti ma abbastanza profondi da sembrare che fosse sfuggita al massacro. Fuggire come l'ultimo erede sopravvissuto ... l'ultimo della linea di sangue di sua madre. E scappando come l'unico Fey reale vivente in tutta Feyen.

Dopo tutto, chiunque avesse visto qualcosa era già legato a lei. I loro ricordi erano qualunque cosa avesse deciso che sarebbero stati. In quel momento, in questo momento, scelse che tutti loro credessero che un uomo incappucciato fosse entrato nel castello venendo dal nulla e massacrando tutto ciò che gli si era messo sulla strada. Una nuvola, una nebbia lo avevano nascosto fino al momento in cui aveva ucciso la sua prima vittima.

Sì, andrebbe benissimo. E per quanto riguarda l'uomo ... Oh beh, aveva programmato anche quello. Myrddin o l'avrebbe sposata o ogni cittadino di Feyen avrebbe creduto che lui fosse stato dietro il massacro. Dopotutto, non c'era una sola persona viva che non sapesse quanto fosse veramente potente né quanto fosse pericoloso. E nessuno metterebbe in dubbio le sue motivazioni. Potere, avidità, lussuria? Non importa cosa hanno scelto di speculare, le sue stesse negazioni avrebbero solo rafforzato la loro convinzione nella sua colpevolezza.

Un sorriso crudele si formò sul suo viso lungo e magro. Ma lei gli avrebbe offerto un'altra soluzione. Avrebbe offerto la sua mano in matrimonio, dopotutto, era esattamente ciò di cui aveva bisogno. Un uomo Feyen con abilità più naturali e potere oscuro dell'intera famiglia reale di Feyen. O dovrebbe dire la famiglia reale ora morta.

Ma domani sarebbe stato abbastanza presto per lavorarci su ... Stanotte d'altra parte ... Doveva finire questo. Tirando su col naso fino a quando le lacrime iniziarono a scenderle sul viso, prese un profondo respiro e poi si lanciò in una corsa terrorizzata lungo le sanguinose sale del castello. Il suo abito strappato raccoglieva il sangue dalle guardie cadute mentre correva. Non c'era nessuno vivo in questa parte del castello o almeno nessuno che sarebbe stato di qualche utilità per il suo piano. Quindi, gridare aiuto non le sarebbe servito a niente almeno non finché non avesse visto la luce proveniente dal cancello principale ... Poi ... e solo allora si lasciò sfuggire un urlo acuto: "AIUTO! Aiutami!"

Vide una sola guardia al cancello principale e capì quasi immediatamente chi fosse. Un membro non solo della guardia reale, ma anche di uno che fungeva anche da guerriero d'élite. Dato che non ce n'erano mai più di una dozzina in quella squadra, li conosceva abbastanza bene. Tuttavia, questo potrebbe essere un problema per lei.

Una volta incoronata, potrebbe dover provvedere anche alla sua morte. Non è ancora meglio per la sua esecuzione. Non è un salto di molto che potrebbe avere qualcosa a che fare con gli omicidi. Avrebbe solo dovuto vedere cosa sarebbe successo.

Nel momento in cui si voltò verso di lei, lei sapeva due cose. Prima di tutto, stava esaminando l'area alla ricerca di guai e in secondo luogo, la riconobbe come un membro della famiglia reale. In quel respiro, in parte corse e in parte volò per incontrarla a metà della grande sala. Proprio mentre lui arrivava a lei, lei crollò tra le sue braccia singhiozzi che le scorrevano lungo il viso mentre ansimava, "Principessa ... Cosa ..." chiese quasi perplesso.

Riprendendo fiato, si costrinse ad uscire, "Un intruso incappucciato ... Mia madre, devi ..." Artigliando la sua uniforme bianca e dorata cercò di respingere. Ha cercato di sfuggire alla sua forte presa che, anche se avesse provato veramente, avrebbe trovato quasi impossibile. "Per favore, devi aiutare mia madre."

La sua robusta presa alla fine fallì perché era tutto ciò che aveva bisogno di sentire. Larna guardò solo in parte sbalordito come un singolo fulmine balenò dalla punta delle sue dita accendendo il fuoco di segnalazione. Non un attimo dopo più di una dozzina di guardie armate li circondò. Tutti i loro occhi combattono pronti e cercano la causa per accendere il segnale. Eppure nessuno si mosse per un minuto aspettando che il capitano si unisse a loro.

Un cuore batteva poi due e la guardia armata che la teneva; la principessa singhiozzante, prese il comando. "Avviseremo il capitano più tardi. La famiglia reale è stata attaccata. La regina è la prima priorità." Guardandola, continuò: "Principessa Larna, vieni con me. La torre di guardia sarà al sicuro. Hai la mia parola."

Non aveva dubbi su questo. Dopo tutto, come avrebbe mai potuto sapere che era stata lei a uccidere la sua famiglia? Ma anche se in qualche modo l'avesse scoperto, dopo che lei era stata incoronata non un'anima sarebbe mai stata in grado di fare qualcosa al riguardo.

Capitolo 2: Galeron

Non ci furono segni di guai finché non raggiunsero il cuore del castello. Nessun segno di lotta, tranne le impronte insanguinate che la principessa aveva lasciato. Quindi un corpo. Una giovane guardia il cui nome non era ancora noto a tutti coloro che lavoravano nei terreni del palazzo ... il suo corpo era tagliato quasi a metà. In una baia, a pochi passi da un'altra guardia, Gavan, gli squarciarono la gola da dietro. Chiunque avesse fatto questo doveva essere passato attraverso il muro dietro di lui. Una cosa dannatamente sciocca da fare a meno che non si sia addestrati. Anche allora, non molti avevano l'abilità di farlo senza essere intrappolati nella pietra. Di questi, nessuno era stato vicino al castello di recente.

Non ci furono segni di guai finché non raggiunsero il cuore del castello. Nessun segno di lotta, tranne le impronte insanguinate che la principessa aveva lasciato. Quindi un corpo. Una giovane guardia il cui nome non era ancora noto a tutti coloro che lavoravano nei terreni del palazzo ... il suo corpo era tagliato quasi a metà. In una baia, a pochi passi da un'altra guardia, Gavan, gli squarciarono la gola da dietro. Chiunque avesse fatto questo doveva essere passato attraverso il muro dietro di lui. Una cosa dannatamente sciocca da fare a meno che non si sia addestrati. Anche allora, non molti avevano l'abilità di farlo senza essere intrappolati nella pietra. Di questi, nessuno era stato vicino al castello di recente. E questo aveva incluso l'uomo che era stato preparato per questa atrocità.

Con cautela, con le sue ali dorate che ora svolazzavano a tutta velocità, volò lungo i corridoi. I suoi occhi vedevano i corpi dei suoi compagni caduti. Niente delle loro morti aveva senso. A meno che non dormissero tutti ... il che era altamente improbabile e completamente impossibile ... uno di loro avrebbe dovuto chiamare aiuto. Uno avrebbe dovuto segnalare i rinforzi o usare il linguaggio mentale per chiedere aiuto. Eppure nessuno l'ha fatto. E nessuno sembrava aver combattuto l'attaccante sconosciuto. Non è stata estratta né un'arma né un incantesimo. No, qualunque cosa fosse accaduta qui non era solo un semplice aggressore. Avevano uno scopo.

Galeron si fermò a pochi passi dalla roccaforte reale e combatté per non ammalarsi. Kailen, il principe più giovane, giaceva in parte nella sua stanza e in parte nell'ingresso. Il suo sangue viola schizzò sulla sua porta. Due porte più in là l'erede era stata fatta a pezzi nel suo letto. Lo scudo protettivo intorno al letto e alla stanza era ancora completamente intatto. Gli altri tre figli reali uccisi così completamente che non c'era motivo di mandarli nel Regno Inferiore ... Nemmeno come foraggio per coloro che possono ancora abitare lì.

Lentamente e con attenzione, si diresse verso la camera da letto della regina. Il corpo senza testa del re giaceva sulla soglia. La sua mano era ancora arrotolata intorno all'elsa della sua spada d'oro. La spada stessa si spezzò di netto a metà. In un'impresa impossibile ... eppure qualcuno era riuscito a farlo. La quantità di forza necessaria per farlo? Quindi, pochi avrebbero potuto farlo. E quelli che possedevano quell'abilità ora erano morti.

Spingendo la doppia porta abbastanza aperta da passare senza disturbare il corpo del re, i suoi occhi trovarono la regina. Il suo corpo senza vita sul pavimento, il suo sangue blu che scorreva intorno a lei filtrando da ferite che non erano visibili. Il sangue stesso tira verso la testa del re. L'ultima dimostrazione del giuramento di sangue che avevano fatto.

Per un momento, vacillò nel rendersi conto che la famiglia reale era stata spazzata via. In un attimo la sua mente si concentrò sulle uniche due persone in tutto il Feyen che avrebbero potuto farlo senza suonare l'allarme ... e per gli dei, non era Myrddin. Nonostante il tentativo di far sembrare che fosse stato ... sapeva meglio. La finestra della regina era aperta e non ci sarebbe stato tempo una volta che l'alba fosse arrivata ... Non c'era tempo dopo che era stato fatto il suo rapporto o quando altri avevano trovato i corpi della famiglia reale. Quindi, si è tuffato dalla finestra e ha sorvolato la città di Golden Sun e verso la casa del suo amico.

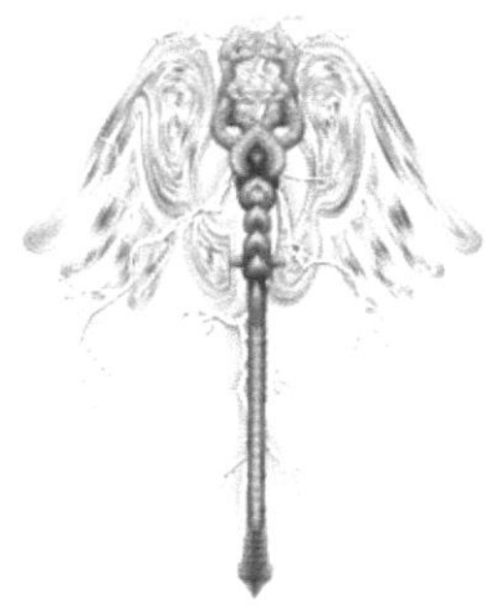

Atterrando in un vicolo, Galeron si affrettò lungo i numerosi tornanti del centro città finché non arrivò alla porta del suo amico. Alzando il pugno, bussò alla semplice porta di legno: "Myrddin apre quella dannata porta. O io la sfascio."

Quando finalmente si aprì, non era Myrddin ma la principessa Adrianna in piedi di fronte a lui. I suoi lunghi capelli scuri arruffati dal sonno. I suoi occhi non erano ancora aperti mentre assonnata chiese: "Galeron, che cos'è in nome di Darke?"

"Dobbiamo parlare." Spingendola oltre, vide Myrddin allacciarsi la cintura alla sua veste nera. "È iniziato."

Per un momento, Myrddin rimase lì insensibile. Alla fine, sussurrò: "Dannazione. Avremmo dovuto avere più tempo per prepararci".

Chiudendo la porta Adrianna guardò confusa dalla fidanzata all'amica. Asciugandosi gli occhi per svegliarsi completamente, chiese: "Che cosa è iniziato?"

Myrddin si avvicinò al suo lungo divano scuro e prese un profondo respiro, "Addy, sai che mi trattieni il cuore."

Andando a sedersi con Myrddin, Adrianna gli prese la mano tra le sue, poi disse: "Sì, e so che ci sposeremo ... Allora, cosa ..." Guardò in profondità negli occhi di Galeron. C'era una preoccupazione nella sua voce ma soprattutto c'era una rabbia ardente in quegli occhi. "Regina Elista?"

"Assassinato. E chiunque l'abbia fatto si è assicurato che sembrasse qualcosa di capace di fare Myrddin. O almeno, qualcuno che aveva una forte abilità naturale nelle arti oscure."

Addy si alzò dal divano e si voltò. Era venuta qui solo l'anno prima per imparare un po 'dalla regina Feyen come governare la vera Fey. E lo aveva fatto. Ma aveva anche trovato decine di amici e l'uomo che le teneva il cuore. Inoltre, aveva lavorato a un trattato che avrebbe unito le loro case. Un trattato che sarebbe caduto a pezzi se chiunque ora governasse non avesse visto la saggezza in esso. "Cosa succederà adesso?"

Myrddin si appoggiò allo schienale e sbuffò: "La Principessa Larna diventerà Regina. Sono sicuro che tutti i Feyen saranno distrutti, ma non abbastanza per fare qualcosa al riguardo. Almeno non con qualche motivazione."

Prendendo fiato, parlò come l'unica persona nella stanza con l'autorità di dire la verità senza paura di essere punita. "Come Fey, i suoi poteri e abilità non sono ancora stati testati. Avrà ancora alcuni anni prima di maturare abbastanza per gestire i doni che ha attualmente, figuriamoci essere in grado di gestire quelli della sua gente senza impazzire."

Una brusca risata poi Myrddin ringhiò: "Potrebbe esserlo già?"

Addy inarcò un sopracciglio in domanda, "Myrddin?"

"Ha imparato le arti oscure." Ora sia Addy che il suo amico lo fissavano.

"Che cosa?" Entrambi dissero quasi all'unisono.

"Larna ha chiesto se potevo insegnarle. Essendo una delle due sole persone in tutto il Feyen che era in grado, ho consultato la regina Elista. Dopo una conversazione molto dettagliata su quello che ero, disposto a insegnare al piccolo moccioso e ascoltando ciò che il moccioso voleva sapere che ho accettato. Come parte dell'accordo, la regina ha dato la sua benedizione alla nostra unione ".

Per molto tempo nessuno ha parlato. Lentamente Addy si avvicinò alla sua amata, "Potremmo andarcene stanotte."

"No." Per un momento rimase seduto lì. I suoi occhi si concentrano su qualcosa di molto al di là della sua casa. Alla fine si alzò fece i pochi passi verso la sua finestra e disse: "Adrianna, ho bisogno che te ne vada. Vai a Draken e porta mia sorella con te. "

Saltando indietro con un sussulto, ringhiò: "Come diavolo lo sono. Non le permetto di farla franca con questo. Né ti lascio prendere la colpa per quelli come lei."

Con un profondo ringhio, scattò. La sua voce fa tintinnare i suoi vetri e fa sussultare sia il suo amico che il suo amante. "Adrianna questo non è in discussione." Lentamente tornò da lei e le prese la mano. Prendendo un respiro profondo, aveva bisogno di ragionare con lei. Sperava solo che lei ascoltasse, solo per questa volta. "Sarai la prossima regina di Darke. E giuro che sarò sposata con te molto prima che accada. Ma ho bisogno che te ne vada. Larna è sopra la sua testa, e io sono l'unico forte abbastanza per rimettere le cose a posto. O almeno, assicurati che sia limitata nelle opzioni. "

"Bene. Andrò e porterò anche Tenanye e Faerydae con me. Dopotutto, sono sicuro che Tenanye vorrebbe vederla promessa sposa. Ma che sia dannato se me ne vado senza che siate entrambi sanguinari. legato a me. "

"Adesso aspetta un secondo ..."

"Non iniziare con me Galeron. Non so a che gioco sta giocando la piccola principessa. E francamente, non mi interessa. Ma non le permetterò di usare nessuno di voi per le pedine. Inoltre l'unico modo in cui lei non può legarti sarebbe essere legato a qualcuno più forte. "

"Ha ragione, sai."

"Solo perché la tua futura moglie ha ragione su qualcosa non significa che debba piacermi." Galeron sibila mentre cammina su e giù per i confini del salotto.

Stringendo gli occhi di colore scuro, disse: "No, ma non sei stupido. Allora, cosa sarà Galeron ... Sii il capitano delle mie guardie e il primo presidente del mio consiglio o servila e non vivere mai abbastanza a lungo diventare padre? "

Capitolo 3:
Myrddin

Quando i primi raggi del mattino iniziarono a illuminare le strade acciottolate d'oro, la giornata di Myrddin iniziò con le guardie armate del castello che bussavano alla sua porta. Se non fosse stato avvertito ieri sera Adrianna sarebbe stata qui e naturalmente accusata degli omicidi. Certo, l'aveva salvata da quello ... ora per fare quello che poteva e sperare che fosse abbastanza. Lentamente aprì la porta e guardò in profondità negli occhi verde mare della guardia. "Presumo che ci sia una ragione per cui stai cercando di sfondare la mia porta?"

La paura attraversò il viso dell'uomo. Un Elfo non una fata a giudicare dalla mancanza di ali. "Beh, o vuoi sprecare la mia intera giornata?"

La guardia si riscosse dal suo stupore e si costrinse ad uscire: "Io ... tu sei ricercato al castello per essere interrogato."

"Capisco. Allora facciamola finita. Sono già in ritardo per un altro importante impegno." Non proprio, ma stare con Addy gli aveva insegnato una o due cose. Come essere Feyen e l'unica cosa oscura al di fuori di Darke ... aveva l'autorità di essere brusco e difficile. Più di questo ... una volta sposata la futura regina avrebbe potuto mandare tutti coloro che l'hanno offeso nel Regno Sottomarino ... forse vivi ...

forse no. In ogni caso, era divertente guardare la porta che si apriva e i morti in piedi molto al di sotto dell'apertura in attesa di salutare il loro prossimo pasto o poi i nuovi compagni.

Uscendo da casa sua Myrddin si guardò intorno verso le quasi due dozzine di guardie armate. Fata. Elfo. Portatori di luce. Poi i suoi occhi si posarono sulla corsa prescelta al castello. Non una bella carrozza, ma un carrello per troll. Prima di fare un altro passo, ha usato solo un po 'di semplice mestiere ... beh semplice se tu fossi un maestro di diversi tipi di mestiere ... Fumo nero, poi un soffice puff prima di un forte scoppio e una carrozza adeguata si trovava davanti a lui. "Se vado al castello, ci andrò con uno stile che si addice al mio prestigio. Ma di certo non in un carrello dei troll mal fatto."

"Dov'è..."

Stringendo i suoi occhi scuri e senz'anima, Myrddin si voltò lentamente verso il giovane elfo che aveva ritrovato la sua voce. "Dov'è chi?"

"La principessa di Darke. Ci è stato detto ..."

"Hmp. La Signora aveva altri appuntamenti. Credo che ieri sia partita a mezzogiorno." Dovrebbe bastare per tenere Addy fuori dai guai. Poi di nuovo, con lei, non poteva esserne troppo sicuro. Dopotutto, i guai sembravano seguire Addy ovunque osava viaggiare. Era qualcosa che il suo gemello era stato pronto a sottolineare più volte nell'ultimo anno.

Almeno non aveva bisogno di preoccuparsi per Celeste in tutto questo. Per fortuna, alcuni giorni prima era partita per la Guglia per presentare un po 'di povera linfa a sua madre. Un'altra volta avrebbe potuto trovare divertente l'attuale situazione di Blake se fosse caduta la mattina dopo la morte del suo caro amico.

Alzando lo sguardo dal suo libro dove stava cercando di trovare qualcosa di utile, Lord Eros toccò ancora una volta il suo libro e sospirò. Tante leggi e tradizioni ma nessuna per incoronare una bambina dopo la perdita della sua famiglia. Ma i passaggi funebri erano molto chiari e dovevano essere curati immediatamente. "Principessa dobbiamo provvedere ai funerali di ..."

Doveva interpretare la figlia sconvolta che aveva perso i suoi genitori. Il problema era che si annoiava. Né le importava cosa facessero dei corpi. Bruciali, seppelliscili. Invia ciò che è rimasto al Regno Inferiore. In ogni caso, per lei non faceva molta differenza. Ovviamente non poteva dirlo. Tuttavia, poteva tirare su col naso una volta e combattere le lacrime finte. "Oh, può il consiglio per favore ..." Tirò su col naso e girò la testa, "Io ... non posso."

Porgendole il suo fazzoletto da taschino di seta nera, le accarezzò la schiena in modo rassicurante. "Certo, mia cara. Avrei dovuto considerare ... Forse il consiglio dovrebbe parlare con Lord Devros."

"No ..." sbottò Larna. Poi, rendendosi conto del suo errore, ha ricominciato: "No, mi piacerebbe vedere quelli che avrebbero potuto fare questo alla mia famiglia".

Le grandi porte dorate della sala del trono si spalancarono e si schiantarono contro le pareti alle loro spalle. Myrddin camminava nella sua veste nera che lo contraddistingueva come un Nobile, copriva la maggior parte dei suoi muscoli naturali e le sue dimensioni reali. Non fecero nulla per mascherare il potere oscuro che poteva essere percepito dal suo fastidio. "Presumo che ci sia una ragione per cui la guardia del castello mi ha portato qui."

"Tratterrai la lingua, Lord Devros."

Stringendo i suoi occhi color corvo, Myrddin fissò il primo presidente del consiglio di Feyen, "Dato che sono l'ambasciatore di Darke e chiedo risposte a Lord Eros. E avrò quelle risposte o puoi darle alla mia regina".

"Signori, per favore, questa è una giornata cupa." Quando questo non fece nulla per convincere nessuno dei due a fare marcia indietro, Larna tirò su col naso. "Per favore, vorrei parlare in privato con Lord Devros."

"Dovrei pensare di no ..." protestò Lord Eros.

"Questa è la mia volontà, Lord Eros. Ora, per favore ... penserei che i miei genitori vorrebbero essere sepolti."

"Come vuoi principessa." Tornando a Myrddin, sussurrò: "Ti vedrò mandato nel Regno Inferiore per i tuoi crimini".

Una volta sola, Myrddin fece il giro del palco. "Qual è il gioco, Larna?"

Le sue labbra pallide si arricciarono in un sorriso sinistro. "Oh no, Myrddin. Solo una proposta."

"Oh?" Lentamente si avvicinò a lei. "Dimmi, cosa ti aspetti? Il tuo futuro raccontato forse?"

"Oh, vieni ora. Sappiamo entrambi che non è un'arte oscura Myrddin."

Ha alzato le spalle. "Forse no. Quindi, andiamo avanti. Cosa era così importante per te uccidere la tua famiglia e cercare di incolpare me?"

"L'hai capito, vero? Avresti dovuto sapere che avresti avuto una spia nelle guardie." Si risedette sul trono. "Non importa, saprò chi abbastanza presto."

Mettendo un piede sulla pedana si chinò verso di lei. "Mi dirai perché sono qui o dovrei indovinare?"

"Oh, immagino che te lo dirò. Mi sposerai."

Come diavolo lo sono. Gli bruciava in gola, ma riuscì a dire che è un canto del cigno: "Lo sono? Ora, perché dovrei sposare un bambino che ha poche capacità naturali?"

Se non fosse stato lui a torreggiare su di lei, sarebbe scappata dal trono, ma poiché non poteva, incrociò le braccia. "Non sono un bambino. Ho quasi duecento anni. E ho molte capacità naturali."

Allontanandosi da lei si avviò verso la porta. "Non hai risposto alla mia domanda, Larna. E il tuo gioco comincia ad annoiarmi."

"O sposami o tu e la principessa Adrianna sarete ritenuti responsabili dell'omicidio della famiglia reale. E chi ti ha mai avvertito si unirà a te per la tua morte."

Sapendo come sarebbe andata a finire, non era turbato. "Ti sposerò a tre condizioni. Come mi piace il suono di essere sposato con una regina." Anche se l'unica regina che avrebbe sposato non era in quella stanza. O in questo regno per quella materia.

Borbottò Larna, già troppo preoccupata per il potere che avrebbe avuto una volta che si fossero sposati, "L'ambizione ti si addice. Ora, quali sono le tue condizioni?"

"Niente di molto. Prima di tutto, dovrebbe essere presente la famiglia reale di Draken. Dal momento che mia sorella sposerà il principe ereditario nel prossimo anno."

L'avidità illuminava i suoi occhi viola. "Fatto."

"In secondo luogo, dichiarerai che ogni mio figlio sarà tuo erede a meno che tu non abbia un figlio con qualcun altro che ti tiene il cuore."

"Certo, tuo figlio sarebbe il mio erede. Che cosa stupida da richiedere."

Ah ah. Vedremo a riguardo. "E infine, come da tradizione mi darai il tuo cuore."

"Di nuovo, Myrddin che sarebbe stato detto nei voti a prescindere. Ora c'è qualcos'altro?"

"No." Fece un passo sul palco e la sovrastò: "Ci sposeremo tra tre giorni".

"Tre ..." ansimò lei già guardandolo negli occhi.

Sorridendo mentre i suoi occhi si incrociavano con i suoi, lasciò che diventassero una foschia blu ipnotica. "Non vuoi più il tuo paese senza una regina."

Gli occhi di Larna brillavano dello stesso colore dei suoi. "No ... suppongo di no."

Capitolo 4:
Adrianna

"Addy, sei sicuro di voler essere qui? Voglio dire mio fratello ..."

Addy voltò le spalle alla sua amica e si lasciò vedere oltre la stanza ... oltre ciò che la maggior parte vedeva. Sembrava ben oltre i fiori color crema e le file di sedie con schienale alto. Sembrava ben oltre le pareti bianco latte. Si concesse uno sguardo agli ultimi tre giorni in questa stanza. Poi sussurrò: "Myrddin sa cosa sta facendo e ho intenzione di essere qui per scoprire esattamente cosa ... Questo e ho intenzione di strangolarlo proprio nel momento in cui posso per avermi fatto assistere a questo per cominciare."

Tenanye sorrise mentre guardava il suo fidanzato principe Craykren e suo fratello discutere di qualcosa che aveva entrambi gli uomini che si spingevano scherzosamente a vicenda. "Me l'aspettavo per il giorno del tuo matrimonio ma ..."

Firmare Addy scosse la testa: "Dovremmo separarli prima che questa si trasformi in una rissa. Inoltre, mi darà le scuse per parlargli e possibilmente scoprire qualcosa di utile."

"Stai attento, Addy. Ci sono quelli qui che pensano che tu sia quello che ha ucciso la regina."

"Sì, lo so. Posso sentire il loro disagio come spine sulla mia pelle. Ma aiuta che mia madre e mia sorella siano qui. Non oserebbero incrociare la mamma. È già di pessimo umore e dubito che lo sarà in grado di controllarsi molto più a lungo. "

Tenanye sorrise, accarezzando la mano della sua amica. "Tua madre è sempre di umore. Ma sono d'accordo con lei se dovesse decidere di distruggere questa farsa. Tuttavia, nessuno qui oserebbe nemmeno contro di me ora che Craykren mi ha dato un nome che suona più Draken. Dubito che qualsiasi cosa sarebbe sinistra di Feyen se lo facessero. "

Prendendo il braccio di Tenanye sorrise. "Oh, non me l'hai detto, devo semplicemente sapere cosa ha deciso Cray per la sua sposa."

"Alyisope. Era il nome di sua nonna. Mi piace ma penso che chi mi ha conosciuto per tutta la vita continuerà a chiamarmi Tenanye." Facendo un passo verso la sua promessa sposa, lei sibilò: "Craykren, giuro che se ti comporti in questo modo il giorno del nostro matrimonio mi rifiuterò di sposarti".

Si voltò con la grazia di un gatto nonostante le sue grandi dimensioni. Le sue scaglie corazzate sembravano appartenere a una razza di rettili ma le sue corna ... quelle erano più bovine. Poi di nuovo, non si prese la briga di mettere incantesimi glamour sui suoi artigli neri che aveva per le dita o sulla lunga coda che conteneva un pungiglione velenoso. "È consuetudine combattere prima di sposarsi."

"Sì, e combatterai la notte prima del nostro matrimonio. Non il giorno del. Mi sono spiegato?"

Si è appena rivolto a Myrddin. "Dovrei mangiarti."

Myrddin incrociò le braccia muscolose nude dando al suo amico il tempo di considerare la possibilità di un vero combattimento piuttosto che il giocoso spintone. Poi fece un sorriso contorto. "Se mi mangi, chi continuerà a insegnarti a parlare correttamente?"

"Dovrei mangiarti per avermi presentato a ... a ... sorella."

Tirando il braccio di Craykren sibilò: "Vieni qui prima di causare problemi".

Addy sorrise mentre guardava la sua amica allontanarsi, "C'è qualcosa che dovrei sapere."

"Adrianna mia dolcezza, sai già tutto quello che ti serve. Quindi, ti chiedo per favore di farla finita.

"Perché confido in te, farò come chiedi. Tuttavia, non aspettarti che tua sorella rimanga civile con la regina Larna dopo aver sposato Craykren."

"Stiamo parlando di mia sorella ... dubito che rimarrebbe cortese con chiunque io scelga di sposare." Sorrise poi le toccò la mente. Dietro di te.

Ricambiando il sorriso, rise. "Suppongo che tu abbia ragione. Non è mai civile con nessuno a meno che non riesca a batterla nel combattimento." Un debole suono suonò sommessamente per segnalare che la cerimonia doveva iniziare. Sospirando, chiese: "Dovrei sedermi con la mia famiglia o la tua?"

"Addy, tu sei la principessa di Darke. Devi sempre sederti in base al tuo stato. Mia sorella ha Cray per impedirle di fare qualsiasi cosa avventata. Almeno per il momento."

Adrianna annuì bruscamente una volta. "Bene. Cercherò di impedire a Celeste di trasformare la tua 'sposa' in un fiore ornato. Ma non faccio promesse. Sia lei che la madre sono in condizioni rare oggi."

Adrianna si sedette con grazia su una sedia bianca con lo schienale alto accanto alla sorella e le prese la mano. "Cosa hai sentito?"

Tirandosi una ciocca di capelli dorati dietro l'orecchio, sorrise. "La mamma è fuori di sé. Non aspettarti che si comporti nel modo migliore se Myrddin va incontro a questa farsa di matrimonio."

Guardando leggermente dietro di lei, guardò sua madre in piedi rigidamente vicino al muro di fondo. "La mamma raramente si comporta al meglio quando è circondata da coloro che desiderano far del male alla sua famiglia. E non si comporta mai al meglio quando papà non è nei paraggi per calmarla."

"Vero. Ma non ha mai dovuto affrontare la perdita di un caro amico e di bambini che conosceva dalla nascita."

Rivolgendosi alla mente di sua sorella, decise di fare il resto di questa conversazione in privato. *E la mamma sa cosa è successo quella notte?*

Sai bene quanto me che lo sa. Ma senza prove, non è in grado di fare nulla al riguardo. D'altronde questo non l'aveva mai fermata prima quando aveva a che fare con i piantagrane.

Voltandosi verso la porta, Adrianna strinse gli occhi e guardò l'assassino che si faceva strada lentamente lungo il corridoio. *Il suo vestito sembra più qualcosa che dovrebbe indossare per la prima notte di nozze e non per il matrimonio stesso. Dubito che riuscirà a farla franca.*

*Celeste arricciò il naso per il disgusto del vestito. O mancanza di vestiti. Si rende conto che sembra ridicolo sposare un uomo che ha il doppio della sua età e il doppio della sua altezza? Per non parlare di quella cosa che dovrebbe essere un vestito ... Giuro che il suo elfo sarto ne ha dimenticato più della metà.

Addy alzò gli occhi al cielo. Dubito che le importi di tutto tranne che del potere che pensa di poterle dare.

Beh, dovrebbe essere interessante vederla apprendere che potrebbe avergli comprato la mano ma non avrà mai il suo cuore né il suo potere.

Capitolo 5:
Larna

Larna fece i due gradini fino al palco senza mai guardare gli ospiti che avevano mostrato di vederla diventare la regina di Feyen ... Ma era così bello che la regina di Lite e Darke avesse scelto di venire ma rimanendo la più lontana dai festeggiamenti. Oh beh ... finché la vecchia strega non ha causato problemi, non avrebbe avuto bisogno che Myrddin si sbarazzasse di lei. D'altronde, non sarebbe divertente governare tutti i paesi che detengono il sangue di Fey?

Domani avrebbe iniziato a pianificare come fare proprio questo ... come per oggi ...

La sua voce si riempì di finte lacrime mentre diceva dolcemente: "Lord Eros, prima di iniziare vorrei dire qualcosa".

Inchinandosi di conseguenza, sorrise. "Certo, Vostra Grazia."

Ora si rivolse al suo ospite. "So che questo non è quello che tutti voi immaginate per la successione della linea Feyen, ma spero di rendere orgogliosa mia madre."

Le porte dorate della sala del trono si aprirono scricchiolando e una donna anziana si avvicinò lentamente al palco. Ancora più lentamente abbassò il cappuccio del suo mantello cremisi. "Dato che non ci hai lasciato scelta, piccola. Continua così. Non sono venuto fin qui per vederti blaterare."

I suoi occhi si spalancarono per lo shock. "Nonna?!?"

La vecchia regina si appoggiò pesantemente al suo bastone di cristallo mentre faceva un solo passo nella stanza. "Cos'è caro? Ti aspettavi che fossi morto da tempo?"

"Io ..." Fece un respiro profondo. Sua nonna non si vedeva da quasi un secolo. Non da quando si era ammalata di qualcosa che nessun Fey era mai stato in grado di curare ... eppure ora era davanti a lei. Argento tra i capelli di sicuro, ma non sembra un po 'male. Sforzandosi di restare calma, fece un respiro profondo. "Sono contento che tu possa essere qui. Grazie."

"Bene, vai avanti."

Non aveva mai incontrato sua nonna e ora era grata di non aver mai parlato con il vecchio pipistrello amareggiato. "Come stavo dicendo prima dell'arrivo della regina vedova, rompendo con la tradizione di essere sposato prima di essere incoronato, chiedo al mio primo presidente del consiglio di Feyen di aggiungere questa dottrina alle mie redini." Chiamò un pezzo di pergamena firmato e lo porse a Lord Eros.

Prendendo la pergamena, iniziò a srotolarla. Mentre leggeva, balbettava: "Sei sicuro?"

"Sono."

"Molto bene, Vostra Grazia. In questo giorno, qualsiasi bambino generato da Lord Devros sarà nominato erede di Feyen ... A meno che la regina Larna non trovi un altro uomo che possa trattenerle il cuore."

Adrianna si appoggiò allo schienale e cercò di non sorridere. Conosceva Myrddin da poco più di un anno e lui le aveva insegnato una cosa sopra ogni altra cosa ... sii sempre preciso quando hai a che fare con i Fey. Ancora di più quando si ha a che fare con un Dark Fey che userebbe ogni parola a proprio vantaggio.

Capitolo 6:
Myrddin

Larna era in tutta la sua altezza ora che indossava la corona d'argento di Feyen. Un cerchietto così semplice ma il potere a cui ora poteva attingere ... che sensazione meravigliosa.

"Mia regina, sei pronta per i voti matrimoniali?"

"Può procedere, Lord Eros."

"Ottimo." Fece un respiro profondo e cercò di sorridere. "Tu, regina Larna, figlia di Elista, dai liberamente a quest'uomo, Lord Myrddin Devros ogni parte di te. La tua mano, il tuo cuore e tutto ciò che farai insieme?"

"Io, la regina Larna, do liberamente il mio cuore a Lord Devros per averlo per sempre."

Myrddin era rimasto lì tranquillo e non aveva prestato attenzione a nulla fino a quel momento ... tuttavia, ora che aveva detto quello che si aspettava ... Sorrise e si leccò le labbra rosso vino. "Mi dai davvero il tuo cuore Regina Larna?"

"Sì, ti do il mio cuore." Fu allora che si rese conto del suo errore quando la sua mano raggiunse il suo petto tirando fuori il suo cuore ancora pulsante.

Guardò il sangue nero che gli copriva la mano, poi chiamò una scatola d'argento. "Terrò il tuo freddo cuore nero. Dal momento che me lo hai dato in fiducia. E in cambio, vivrai finché qualcuno che può trattenerti non sarà in grado di restituirtelo." Ora si rivolse alla regina vedova. "Regina Alista, dato che hai governato Feyen ed essendo l'unica più capace, ti prego di farlo ancora una volta. Sembrerebbe che tua nipote non sia che un guscio di ciò che aveva sperato."

Alista strinse i suoi vecchi occhi viola. "Molto bene. Mia nipote regnerà solo di nome e a coloro che sono in questa stanza è vietato discutere di quello che le è stato fatto fino alla mia morte."

"Penso di poter parlare per tutti qui quando dico che nessuno dirà una parola."

"L'hai pianificato?"

Aiutando Adrianna a diventare un allenatore nero non poté fare a meno di sorridere. "Tesoro, devi sempre chiedere cose di cui sai già la risposta?"

"Forse voglio sentirti dire quello che già so."

Accomodandosi accanto a lei sorrise. "Se devi saperlo, ho chiesto a tua madre di sbarazzarsi della regina una volta che i voti fossero stati completati. Ma con l'arrivo della regina Alista ... ho improvvisato.

Dopo tutto, ha perso tutta la sua famiglia. Sarebbe crudele per lei per perdere l'ultimo legame con sua figlia. Almeno, finché non decide cosa fare con lei. "

"Sei molto gentile." Guardando la scatola d'argento che sedeva di fronte a lei, "E quella ..."

"Tra un secolo o due, lo restituirò." Myrddin lanciò un'occhiata alla scatola d'argento, poi riconsiderò: "Forse restituiscila. O qualsiasi bambino che abbiamo può scegliere di farlo. Ma nierte può distruggere la scatola." O il contenuto all'interno.

I suoi occhi guardarono la scatola quasi ipnotizzati. "Incantevole."

"Sì, e se sei un bravo piccolo apprendista ti insegnerò come funziona."

Sedendosi indietro, incrociò le braccia compiaciuta. "Presumi che non lo sappia già."

Dandole un bacio appassionato, sorrise. "Incantesimo, mia cara, non potere. E niente che sia vicino alle tue attuali capacità."

62

Parte 2

DICIOTTO ANNI FA.

64

"Un tumulto si sta insediando tra la mia gente. Perché, non posso dirlo con certezza. Si dicono sussurri ma nemmeno io riesco a sentire tutto ciò che viene detto. Spero solo oltre ogni ragione che tutto ciò che è sbagliato non mi si riveli fino alla nascita di mia figlia. Prego che avrò almeno un po' di tempo con lei prima di essere la regina di Darke.

Eppure in qualche modo dubito che avrò mai la possibilità di vedere mia figlia crescere nei suoi doni."

-Il diario privato della regina Adrianna. Regina di Darke

Capitolo 7:
Adrianna

Adrianna abbassò lo sguardo sul suo bambino appena nato e sorrise. Con molta attenzione la raccolse dalla culla nera come il fumo. "Non so cosa farò con te. Non posso chiamarti la mia piccola dolce metà per il resto della tua vita." Fece una pausa e si lasciò sfuggire una piccola risata. "Beh, potrei, ma non è un buon nome per una regina che un giorno governerà tutta Darke." Una leggera risatina la fece voltare verso la porta.

"Carissima sorella, hai già dato un nome a mia nipote?"

Guardando la donna che scorreva nella stanza Adrianna non poté fare a meno di sorridere. Il suo gemello. Non una gemella identica, ma piuttosto il suo completo opposto. Dove il suo gemello aveva fluenti capelli dorati, il suo era il colore della notte. Sebbene entrambi fossero alti e magri e sembrassero svolazzare quando camminavano, Celeste incarnava tutte le cose luminose e dorate. "Non riesco a pensare a uno che le renda giustizia" Premette le labbra finché non furono nient'altro che una linea sottile prima di continuare. "Non c'è un nome a cui riesco a pensare che incarnerà la prossima regina che farà riflettere i suoi nemici."

"Oh cielo. Le nostre figlie non hanno ancora tre giorni e tu stai già parlando di nemici. Giuro che dovrei farti portare da tuo marito a vedere la sua terra natale. Penso che tutta l'oscurità e l'oscurità del tuo regno ti abbiano finalmente reso un piccolo stupido. "

Allontanandosi da sua sorella, la rimproverò leggermente: "Molto divertente. Sai bene quanto me che non posso semplicemente visitare il Regno di Feyen. Tu d'altra parte ... ti danno il benvenuto."

Celeste roteò gli occhi e tese le braccia pallide come il latte. "Sì, beh ... Dammi mia nipote, dovrei passare un po 'di tempo con lei prima di partire per il mio regno."

Mentre metteva la sua preziosa figlioletta tra le braccia della sorella, Adrianna si fermò. Qualcosa nell'oscurità veniva sussurrato. Tutti quelli che governava ne parlavano, ma a che serve un sussurro nell'oscurità quando non riesce a sentire tutto ciò che viene detto? "Voglio che la porti con te."

"Che cosa?" Celeste si voltò per affrontare sua sorella. Sapeva che quello sguardo nei suoi occhi qualcuno ... o qualcosa le stava dicendo qualcosa. Che cosa potesse essere non avrebbe mai potuto indovinare, ma stava causando abbastanza angoscia che sua sorella sembrava più una guerriera fiabesca pronta a combattere che una madre che aveva appena partorito. "Che c'è, sorella?"

La nebbia nera e vorticosa le nascondeva le gambe e le strisciava sulla schiena; accarezzandole i lunghi capelli color corvo. "I sussurri non sono chiari. Non importa, avrò tutto ciò che è deciso abbastanza presto. O lo farà il mio caro marito. In entrambi i casi, vorrei che portassi i nostri figli al Castello di Lacrima del Sole. Verrò quando è sicuro."

Sun-Tear era il più lontano dei castelli di Lite, ma quello più vicino al regno di Feyen. Allora perché tra tutti i posti Adrianna voleva che sua figlia ci fosse portata? Non una domanda che avrebbe potuto fare. Almeno non mentre sua sorella stava ancora avendo una conversazione che solo lei poteva fare. Ma una richiesta formulata come ultimatum? Non solo poteva, ma non sarebbe stata la prima volta che lo faceva. "Lo farò, ma solo se chiami tua figlia. Oppure manderò entrambe le nostre figlie con nostra madre e tu potrai spiegarle perché vengo con te."

Adrianna lanciò un'occhiata alla sorella attraverso gli occhi socchiusi, poi al suo bambino. "I Fey chiamano i loro figli in base a cose a cui possono rivolgersi. O, almeno, questo è ciò che dice il mio carissimo marito." Chiuse gli occhi e lasciò che scuri tentacoli di nebbia fuoriuscissero da lei e intorno a sua figlia. Tirandoli indietro, sorrise. "Si chiamerà Nisha, figlia della notte."

Adrianna era rimasta in piedi nella strada della sua grande città inorridita nel vedere. Gli edifici stavano crollando intorno a lei. Il fuoco sia naturale che quello era stato magicamente evocato dalle finestre riempite intrappolando i suoi cittadini dietro muri di fumo.

A molti che chiedono aiuto. Troppi che farebbero parrocchia se non facesse niente.

Posando la mano sul cuore, ansimò cercando di dare un senso a ciò che stava vedendo, " ADRIANNA

"Che cosa, in nome di Darke, era successo qui? La mia amata città non è solo in fiamme, ma in diversi luoghi ci sono segni di esplosioni. Non ha alcun senso a meno che i cittadini della palude non siano arrivati   così a nord per iniziare un guerra. Ma perché adesso? "

Lentamente Myrddin le si avvicinò con Galeron e sua moglie in piedi a pochi passi indietro.

Riconoscendo silenziosamente il marito, Adrianna scosse la testa. In questo momento aveva bisogno di essere la regina. In quel momento la sua gente aveva bisogno della sua mente fredda per farli superare tutto questo.

"Dea tu e Galeron prendete il lato sud della città, io e Myrddin prenderemo il nord. Ci incontreremo al castello. Chiunque stia peggiorando le cose fa come meglio credi. "

Myrddin le mise una mano sul braccio, i suoi occhi vedevano oltre il fuoco. "Addy, sei sicuro di questo?"

I suoi occhi si strinsero in minuscole fessure mentre sibilava "Abbiamo due scelte. Uno non facciamo nulla e guardiamo la nostra casa bruciare. Oppure ci occupiamo di questo e portiamo nostra figlia a casa ".

Fece una smorfia mentre prendeva fiato, "Oppure chiediamo aiuto a tua sorella".

Adrianna si fermò solo un momento e scosse la testa: "No. Qualunque cosa sia ... non la voglio cui. C'è qualcosa ancora sfuggente per me e finché non scopro di cosa si tratta ... nessuno di Lite metterà piede nel mio regno.

Capitolo 8:
Celeste

Era mezzanotte passata quando giunse la notizia. E almeno un'altra ora prima che lo shock fosse svanito abbastanza da farle riempire gli occhi di lacrime. Eppure non era riuscita a rimanere nella sua sala del trono. Invece ha dovuto spiegare questo a sua nipote. Ma come avrebbe mai trovato le parole da dirle? Come avrebbe mai spiegato a Nisha che sua madre era morta? No, non solo sua madre, ma anche suo padre e innumerevoli altri che dovevano ancora essere nominati.

Solo poche ore prima aveva ordinato di allestire un asilo nido per sua nipote. Solo poche ore prima aveva abbracciato sua sorella con tutte le sue forze, confidando che l'avrebbe vista tra un giorno, forse due al massimo. Se solo avesse saputo che sarebbe stata l'ultima volta ...

...Se...

Non poteva permettersi di pensare al "se". C'era troppo da fare prima del mattino. E molto, molto altro da fare dopo la pausa diurna.

Così, con il cuore pesante, si infilò nella nursery di sua nipote che era stata frettolosamente ricostruita con un miscuglio di mobili abbinati. Sporgendosi sulla semplice culla di legno, Celeste rabbrividì quando toccò il morbido viso pallido e lattiginoso di sua nipote. Le sue stesse lacrime ancora una volta vengono respinte. "Come ti dico che tua madre se n'è andata?"

"Tesoro, fermati."

Tirandosi in tutta la sua altezza, si voltò verso l'uomo che le aveva rubato il cuore; suo marito. "Blake?" I suoi capelli biondi baciati dal sole sono ancora perfettamente a posto nonostante siano stati svegliati nel cuore della notte.

"Vieni, tesoro, devi addolorarti e io devo assicurarmi che il resto della nostra piccola famiglia sia al sicuro."

Certo che l'avrebbe fatto, essendo il capitano delle sue guardie; avrebbe dovuto prepararsi per un attacco e trovare tutte le risposte che poteva trovare. Poi si sarebbe permesso di essere suo marito e le avrebbe offerto tutti gli abbracci e le rassicurazioni che poteva. Ma non prima di essere certo che il loro regno fosse al sicuro. "Tu pensi..."

Blake fece un passo completo nella stanza e chiuse le braccia intorno alla moglie. "Ho parlato con tua madre. L'incendio che ha preso tua sorella e suo marito non è stato un incidente. Per ora, non credo sia saggio avvicinare Nisha a Darke. Né credo sia saggio per te, il Queen of Lite, per mettere piede nel regno più oscuro. "

C'era dell'altro che poteva quasi sentirlo ma non poteva insistere su di lui ... non stanotte ... non quando il suo cuore era dolorante. Traendo un po 'di conforto dal suo abbraccio lei tirò su col raso. "Addy lo sapeva. Accidenti a lei! Sapeva che non avrebbe visto crescere sua figlia."

La tenne stretta mentre lei lasciava cadere le lacrime. La tenne stretta finché non fu sicuro che non si sarebbe sgretolata quando parlò. "Ah amore, non puoi esserne sicuro."

Si allontanò quel tanto che bastava per considerare i suoi occhi verde mare. "Cor osco mia sorella. Abbiamo avuto le nostre divergenze ma la conosco. Non riesco proprio a decidere se voleva che crescessi sua figlia qui, o che chiedessi aiuto ai Fey."

Il solo pensiero di chiedere qualcosa al Fey gli fece venire un fremito lungo la schiena. "I Fey sono persone molto difficili, lo sai."

"Sì. E so che mia nipote fa parte di Fey. E prima che tu lo dica, so che il suo potere eclisserà qualsiasi regina in tutti i regni messi insieme una volta che sarà maggiorenne."

Per un momento non respirò. Non ho avuto il coraggio di farlo. Fino ad ora, solo Celeste e sua sorella potevano affermare di essere le più potenti e dotate nei propri regni. "Sei sicuro?"

"Ne sono sicuro. Sono venuto qui per parlarle di sua madre. Non che lei avrebbe capito e ... C'erano ... erano ... mia sorella le chiamava ombre o sussurri. Loro ... It .. . svanito quando sono entrato. Non lo so, ma penso che abbia assaggiato il suo sangue. Se è possibile. " Poi mostrò a suo marito la puntura di spillo nascosta sulla minuscola mano di Nisha.Una singola goccia di sangue blu si stava già riformando.Ma sua nipote non aveva emesso un solo suono tranne quelli di un bambino molto felice.

Parte 3

"Un giorno ci sarà una regina nata sia da Lite che da Darke. Sarà più potente di chiunque altro prima di lei. Attento che il giorno in cui sarà incoronata regina per tutti cambierà. Verità dimenticate da tempo verranno nuovamente rivelate. E dall'ombra verrà la fine di tutto ciò che ci sta a cuore. "

-La leggenda di Darke e il maledetto

Capitolo 9:

Nisha

Aprendo le ante dorate dell'armadio, Nisha ha preso un respiro profondo oggi è stato il suo ultimo giorno in Lite. L'ultimo giorno con la sua famiglia ... Beh, non proprio, ma sarebbe stata l'ultima volta che sarebbe venuta qui come principessa. No, la prossima volta che fosse entrata in Lite sarebbe stata la regina di due regni.

Per diciotto anni aveva vissuto qui. Imparando sia i suoi poteri che quelli di sua cugina Lilly. Entrambi si erano premuti l'un l'altro per essere di più ... per essere i migliori. Entrambi sapevano giocare a vicenda. Entrambi sapevano che sarebbero stati regine. Ed entrambi si rifiutano di ascoltare che erano destinati a essere nemici. Dopotutto, come avrebbe potuto rivoltarsi contro l'unica persona che la capiva anche nel peggiore dei casi? Un altro respiro profondo e guardò l'armadio appeso ordinatamente alle grucce: "Cosa si indossa quando si vede la loro casa per la prima volta?" Fece la domanda più a se stessa, ma fu una voce stanca dietro di lei che rispose.

"I colori sono smorzati in Darke. I colori scuri sono i migliori. Inoltre, tua madre si lamentava del freddo e della mancanza di luce naturale."

"La mia giacca di piume di corvo e la mia camicetta rossa sono." Nisha si tolse la giacca dalla gruccia d'oro, poi scrollò le spalle. "L'ho adorato la prima volta che l'ho fatto, ma ora io e Lilly siamo d'accordo che mi fa sembrare ..."

Terminando la frase di sua nipote, Celeste disse senza fiato: "Come la regina di Darke". Facendo i pochi passi verso la nipote e sospirando. "Mi hai terrorizzato la prima volta che l'hai indossato. Naturalmente, dopo aver visto diversi corvi senza le piume e ancora molto vivi, ci ha dato qualcosa di cui ridere."

Nisha scrollò le spalle mentre si infilava la giacca. "Hanno deciso tutti che sarei stato adorabile come un uccello. E questo mi ha dato un motivo per iniziare a lavorare a maglia."

Celeste sbatté le palpebre. Dovrebbe ricordare a sua nipote che gli uccelli non parlano ... ovviamente, poi avrebbero una discussione che riguarderebbe tutto ciò che non era importante. Quindi, trattenendo il commento, è entrata nella stanza. "Sai, ora che lo guardo penso che le spalle abbiano bisogno di qualcosa in più." Un solo schiocco delle dita e una giovane cameriera dai capelli rossi si precipitò dentro con una semplice scatola bianca con un nastro di velluto nero. "Questo era di tua nonna. Penso che sarebbe contenta se tu lo avessi."

Nisha lasciò che una foschia scura si protendesse verso la scatola, "Posso?"

"Mia cara, devi imparare a non chiedere cose. Sei la regina di Darke, dici a chi ti serve quello che vuoi."

"Oh, non credo che a loro piacerebbe. Shadow risponde meglio quando chiedo piuttosto che dirgli qualsiasi cosa. E i sussurri sono più chiacchieroni quando porto avanti una conversazione piuttosto che chiedere solo informazioni. Non riesco nemmeno a descrivere cosa fanno i morti quando do un ordine. Tuttavia, sono molto contenti quando chiedo aiuto ".

"Il ... Morto!?! Quando eri ..." Facendo qualche respiro corto, riuscì a calmarsi, "No, non dirmelo. I morti hanno il loro posto dove non devono essere vagando per le strade di Lite ". Tornò indietro fino al letto per sedersi prima di svenire. Si spera che, dopo che sua nipote fosse stata incoronata, queste piccole conversazioni si sarebbero interrotte ...

... E alle pecore potrebbero crescere le ali domani.

"Oh, non vagano ... o almeno non qui. Il Regno Inferiore è molto noioso. Io do loro delle cose per ravvivarlo un po 'e loro mi hanno resa la loro regina. Era unanime ... credo. Non ne sono proprio sicuro. Quelli che mi hanno incoronato si sono rifiutati di discuterne mentre ero lì per partecipare alla conversazione ".

Per diversi lunghi secondi, Celeste si dimenticò di respirare. In verità, se la sua testa non avesse cominciato a ronzare, non avrebbe ricordato qualcosa di così banale. "I ... loro ... non voglio sentir parlare di questo. In realtà, chiedo umilmente di non parlarne mai a nessuno che non sia di famiglia."

Tirando il nastro dalla scatola Nisha scrollò le spalle non prestando più attenzione a sua zia. "È sbagliato?"

"Mia cara bambina, nessuno ha governato il Regno Inferiore per quasi un milione di anni. I residenti hanno deciso che dopo aver vissuto sotto un sovrano nella vita non ne volevano uno nella morte." O, almeno, questo era ciò che veniva detto in ogni libro di testo e aula in ogni regno. In effetti, era una delle pochissime cose su cui tutti potevano essere d'accordo.

"Oh. Beh, immagino che abbiano cambiato idea." Nisha si fermò di nuovo. "Ma pensavo sapessi che Freya non è dei vivi? Visto che non ha bisogno di dormire né di cibo per sopravvivere."

"Freya è anche una Fey oltre che una guerriera addestrata. Non avevo intenzione di rifiutare aiuto per mantenere te e tuo cugino al sicuro." Che all'epoca suonava come un ottimo consiglio ... tuttavia ... guardando indietro ...? C'erano una mezza dozzina di altre cose che avrebbe potuto provare prima. Avrei dovuto provare prima. Dopo aver accettato Freya come guardia, era già troppo tardi per provare qualsiasi cosa, incluso portare Nisha dalla regina Alista per chiedere aiuto.

"Oh. Bene, allora dovresti anche sapere che molti dei cittadini del Regno Inferiore sono anche guerrieri altamente addestrati e non lasceranno che accada nulla alla nostra famiglia. Hanno giurato a questo."

Per un momento, la bocca di Celeste rimase aperta. Così tante domande che poteva fare ... le possibili risposte la terrorizzavano. "La scatola. Sì, per favore apri la scatola."

"Oh tsk. Che divertimento c'è ad avere una nipote se non posso essere onesto con te?" Aprendo il coperchio, sorrise ai due grandi artigli piumati. "Da che tipo di uccello vengono questi? Sono assolutamente perfetti."

"Non ricordo, dalla dimensione delle piume direi un uccello piuttosto grande." O almeno, qualcosa che somigliasse a un uccello. Dopotutto, Darke ha animali di cui nessun altro paese ha mai sentito parlare, per non parlare di aver mai visto. Poi di nuovo, l'animale avrebbe potuto essere evocato da sua madre solo per gli artigli ... era una possibilità. Dopotutto sua madre era stata più che capace di farlo.

Mettendo le spalline sulla giacca, sorrise. "Mi chiedo se ne vedrò qualcuno?"

Oh mio, spero di no. "Non lo saprei, cara. Adesso vieni a sederti. Dobbiamo esaminare alcune cose prima che te ne vada."

Morbidi viticci le scorrevano intorno sollevando i capelli in diversi modelli in un arco di minuto i suoi capelli erano legati e una piccola corona di pietra nera levigata era posata sulla sua testa. Tre punti tutti hanno levigato un bordo tagliente. "Oh guarda.

Immagino di avere una corona da indossare per Darke. Ero preoccupato che nessuno sapesse chi fossi."

Con voce ferma, Celeste disse di nuovo: "Nisha, per favore siediti". Avevano bisogno di questa conversazione anche se lei avesse dovuto trascinare Lilly qui per farlo.

Le sue labbra si arricciarono in un sorriso tutt'altro che rassicurante. "Sì, zia."

"Per prima cosa, ti viene preparato un cesto da prendere. Non mangiare nulla finché non avrai un bastone legato al sangue."

"Marta verrà come mia cuoca. Sua figlia Marigold sarà la mia cameriera personale. E ho Emmett, Edgar e Shadow che sono le mie guardie personali." Inoltre, Freya e decine di morti viventi. Non che l'avrebbe detto quando aveva già spaventato abbastanza la zia per un giorno.

"Molto bene. Per favore, chiedi a Shadow di stargli vicino fino all'incoronazione. Lui ... è ... bravo a sapere quando sei in pericolo e non gli importa molto chi è quello che ti mette in quella posizione." Che avevano quasi tutti imparato troppo tardi quando aveva quasi ucciso David perché stava cercando di insegnare a Nisha come difendersi e si era lasciato prendere la mano.

Nisha strinse gli occhi viola e sussurrò in un tono molto più scuro di quanto avrebbe dovuto avere una ragazza della sua età. "Questo e tutti sanno che le ombre non possono essere uccise ma possono uccidere qualsiasi altra cosa, inclusi Drakens, troll e altri."

Come potrei dimenticare? "Sì, lo sanno tutti. E Darke ha altri che sono anche difficili da uccidere. Ricordi i tipi di cittadini su cui governerai?"

"Ovviamente." Iniziò a contare sulle sue dita. "Ci sono i Nati Superiori, che consistono in Spettri che possono creare viticci oscuri dalle ombre. Possono essere servili o semplicemente cattivi. Ballerini del fuoco, che possono assomigliare a qualsiasi altro cittadino di Darke , ma possono trasformare la loro carne in braci o creare fuochi ovunque calpestino o tocchino. E poi i Telepati, mi hanno detto che assomigliano a un cittadino di Feyen con orecchie appuntite e occhi a mandorla. Ma a differenza dei Fey non possono usare incantesimi di fascino per mascherarsi . "

Annuendo d'accordo Celeste chiese: "E gli altri residenti?"

"Tutti gli altri hanno abilità minori. Come essere in grado di attraversare i muri. Far sparire gli oggetti e riapparire a piacimento. Sono sicuro che ce ne sono molti altri di cui devo ancora imparare." Eppure si diceva che nessun Fey vivesse entro i confini di Darke. Nessuno ha mai messo piede nel paese da prima del grande incendio che ne ha presi così tanti. E questo era qualcos'altro su cui avrebbe dovuto indagare poiché i Fey erano leggi a sé stanti e rispondevano solo alla regina Feyen oa una regina che sceglievano di servire volentieri.

"Verissimo. Ora una volta che accetti lo scettro di Darke, tutte le tue abilità saranno sbloccate." E che la luce mi protegga quando lo fanno.

"Avrò abilità che non conosco già? Che emozione. Anche Lilly riceverà nuove abilità alla sua incoronazione?"

Celeste si strinse il ponte tra il naso sentendo già il mal di testa che veniva sempre da queste conversazioni che cominciavano a farsi strada. Sapendo che quando sua nipote fosse partita per la Guglia, la sua testa sarebbe stata pronta per esplodere. "Sì caro."

Nisha batté le mani per l'eccitazione. "Dovremo incontrarci ogni poche settimane per allenarci insieme. Una volta qui a Lite e l'altra a Darke. Sarà meraviglioso."

"Nisha, per favore."

"Scusa, zia Celeste."

"Una volta incoronata regina, sarai in grado di attingere a tutte le abilità del tuo soggetto oltre a quelle che già possiedi. E con tutto quel potere arriva la responsabilità. Ci saranno quelli che ti spingeranno a usare i tuoi doni per i propri mezzi. E altri che ti temeranno e cercheranno di farti del male ".

Per un lungo momento, Nisha rimase seduta in silenzio. Ogni volta che aveva pensato a come era morta sua madre, la rabbia ardeva dentro di lei. Molto freddamente ha risposto: "Non preoccuparti. Non sono mia madre. Non mi fido dei vivi per proteggermi. Né faccio affidamento solo sulle mie capacità".

"Sì, è di questo che ho paura. Ecco perché prima che tu nascessi tua madre ha scelto un marito per te. Era legato a te il giorno della tua nascita. Tua madre e tua nonna hanno curato la rilegatura. era accurato e preciso nei termini. "

Nisha balzò in piedi dal letto. "Cosa? Mi stai solo raccontando di questo adesso? Lilly ha dovuto scegliere suo marito. Più o meno. Beh, almeno, ha avuto modo di scegliere quale figlio di Draken ha sposato. E lui ha vissuto qui con noi per quasi dieci anni! "

"So che sembra ingiusto. E ho cercato di farlo portare qui diverse volte. Ogni volta che suo zio ha rifiutato per motivi che non riesco a comprendere. Tuttavia, ti incontrerà alla Guglia. Prenditi del tempo e parlagli . Mi è stato detto che tuo padre lo aveva scelto da qualsiasi altro figlio maschio nato entro un anno dalla tua nascita. "

C'era dell'altro in questa conversazione. Qualcosa che ora veniva sussurrato nel profondo delle ombre. Conversazioni mormorate e un avvertimento a procedere con cautela. Le ombre non si fidavano della verità di sua zia. Tuttavia, potrebbe usare questo singolo momento per chiedere qualcos'altro. "Mio padre?" Quindi, le era stato detto poco di lui. Adesso...?

Avrebbe ottenuto una risposta onesta? O avrebbe dovuto chiedere al grande folletto del passato?

Vedendo le domande sul viso di sua nipote, Celeste continuò: "Era di Feyen. E si diceva che fosse un veggente oltre agli esseri in grado di diventare invisibile". Facendo una lunga pausa, ha scelto di condividere un po 'di più sul marito di sua sorella. "L'ho incontrato solo due volte. Una volta al matrimonio con tua madre. Mi ha preso la mano e mi ha detto che mia figlia sarebbe stata bella quanto Lite stessa e sarebbe felicemente sposata con un figlio di Draken." C'era di più che poteva dirle ma poteva aspettare fino a dopo l'incoronazione.

Con un sospiro Nisha si rassegnò ad incontrare questo corteggiatore scelto: "Bene, lo incontrerò ma se non è bello come David mi rifiuterò di sposarlo. E se protesta lo trasformerò in una rana".

"È legato al sangue a te. Se gli dici che non devi essere sposato, non protesterà. Suo zio, d'altra parte, potrebbe benissimo. E dal momento che sta governando come tuo procuratore, a causa di questa unione potrebbe fare un potente nemico ".

"Bene, trasformerò suo zio in cibo per David. Penso che i Drakens adorino il coniglio fresco."

Oh, benedizione. "Dubito che i conigli si trovino a Darke."

Raddrizzando le spalle Nisha si sedette sul bordo del letto e lasciò che la sua voce assumesse un tono freddo e scuro mentre diceva: "Be ', ce ne sarà uno se questo procuratore pensa di potermi dare ordini".

Capitolo 10: Ethan

L'acqua cadeva dal soffitto sopra.

Plop.

Plop. Plop.

Il suono un ronzio calmante che aveva imparato a usare per rilassarlo nonostante il dolore alle braccia e il bruciore alla schiena. È bastato far riposare qualche istante. Pochi minuti preziosi per recuperare le forze per qualunque cosa suo zio avesse programmato per il giorno successivo.

"Svegliati, cane." Una voce profonda echeggiò nella cantina fredda e umida.

Lentamente, Ethan lasciò che i suoi occhi si abituassero all'oscurità e al suono di quella profonda voce maschile. Lord Edrich. Suo zio. Se avesse risposto sarebbe stato schiaffeggiato. Se non l'ha fatto, qualcosa di molto peggio. Decidendo che non voleva nemmeno lui, lasciò che le catene che lo legavano al soffitto vibrassero e sperò che non fosse abbastanza disobbedienza per guadagnarsi una frustata.

Apparve un bagliore di candele, così come lo zio e lo spettro da lui impiegato mentre scendevano gli ultimi gradini. Entrambi indossavano i loro vestiti più elaborati. Suo zio indossava pantaloni eleganti neri e giacca coordinata con una camicia rossa schiacciata e cravatta nera. I gemelli d'oro e un punto d'oro sulla cravatta per impedirne il movimento erano l'unico colore. Lo spettro? Un vestito rosso sangue che sanguinava nella vorticosa nebbia grigia che era i suoi piedi. Nessuno dei due sembrava che fossero qui per picchiarlo finché non è svenuto. Poi di nuovo ... con loro, non poteva mai esserne sicuro. Dopo tutto, torturarlo era il loro passatempo preferito. O almeno così sembrava.

Lord Edrich si fermò appena fuori dalla portata del suo prigioniero e ringhiò: "È ora che ti guadagni da mantenere, cane inutile".

Non vide cosa fosse successo ma un dolore bruciante quasi lancinante gli corse lungo la schiena. Soffocando un urlo, cercò di tenere gli occhi su suo zio. Ha cercato di ascoltare le parole che stava dicendo mentre lo spettro cercava di forzare un urlo. Qualcosa che aveva cercato di produrre nell'ultimo anno. E qualcosa che le avrebbe rifiutato oggi.

Allungando il suo lungo dito ossuto, Edrich afferrò Ethan per il mento e sibilò: "Oggi incontrerai la piccola principessa. Non preoccuparti. Sono sicuro che implorerai la mia gentilezza molto prima del matrimonio." Un sorriso crudele si formò sulle sue labbra mentre si avvicinava: "Ho sentito che ha una tendenza alla crudeltà più di quanto sua madre avesse mai sognato."

Nozze? Gentilezza? Ethan non poteva parlare. Sapeva che era meglio che lasciarsi sfuggire una sola parola dalle sue labbra secche e screpolate. Non era degno di discorso. Non degno di niente. O almeno, era quello che era stato educato a credere. Viveva nella casa di suo zio solo perché i suoi genitori morirono senza un soldo e gli dovevano un grande debito. E lui come il loro unico figlo vivente, era stato costretto a pagare quel debito. Un servo di giorno e un palo da frustate di notte, o peggio, una moneta per suo zio per pagare i suoi debiti.

"Andrai alla Guglia e recupererai la piccola principessa. Quindi torna prontamente al palazzo. Non indugiare alla Guglia o la tua carne verrà spogliata dal tuo corpo entro la mattina."

Lui annuì. Il suo corpo già tremava per il dolore.

Edrich disse allo spettro: "Lascialo cadere. Dovrà alzarsi per raggiungere la Guglia". Poi a Ethan: "E se sento che hai una goccia di sangue sulla mia carrozza, mi assicurerò che sia l'ultima volta che lo fai.

Conosceva la minaccia. Suo zio non lo avrebbe mai licenziato. Qualche grande scandalo se lo avesse fatto. Non tanto se avesse ucciso un servitore solitario. Meno se lo ha dato in pasto a un troll.

L'acqua era fredda, puzzava e si stava trasformando in melma grigia dei vermi che ora vivevano nella ciotola. Se si lavasse con questo, nel migliore dei casi offenderebbe la principessa, nel peggiore le sue ferite si sarebbero infettate. Se non lo avesse fatto, i suoi vestiti si sarebbero attaccati a lui e avrebbero strappato la pelle tenera quando venivano rimossi. Chiudendo gli occhi, si infilò una camicia bianca senza cercare di lavarsi. Dal davanti sembrava di seta fine, ma la parte posteriore e le braccia erano di materiale che graffiava e prudeva. Dopo averlo indossato per tre anni, aveva imparato a ignorare la sensazione.

La giacca, invece, è stata una piacevole sorpresa. Era di ottima qualità. Anche foderato di seta. Nero ... ma poi tutto era di un colore scuro o bianco. Ma soprattutto nero e rosso.

Passando davanti allo specchio di un ingresso solitario, lanciò una rapida occhiata. I suoi capelli neri come il carbone stavano cominciando a crescere. Solo una larghezza delle dita ora. I suoi occhi erano di un colore insolito da qualsiasi altro cittadino di Darke ... così raro che non aveva nemmeno una parola che conosceva. La sua pelle era sbiancata da qualsiasi colore che potesse avere. Un giorno sperava di riuscire a vedere la pelle color crema di porcellana che ricordava vagamente.

Sperava che un giorno avrebbe potuto vedere i suoi occhi senza guardarli stanchi. Ma soprattutto sperava di poter un giorno fuggire dalla casa di suo zio. Magari raggiungi Lite o Draken e chiedi asilo. Un giorno in cui ha avuto la forza di lasciare questo posto. Quando ha avuto un'idea di dove rivolgersi per chiedere aiuto.

Sapeva che era un sogno debole. La principessa era tornata a Darke e in due settimane sarebbe morto. Un regalo per il giorno del suo matrimonio. Un sacrificio per arricchire i suoi poteri. O almeno era quello che gli aveva detto suo zio. E suo zio non aveva motivo di mentire a un servo inutile.

Ethan alzò lo sguardo verso la Guglia. Metà in Lite e metà in Darke. Il lato che era di Lite era stato fatto di pietra bianca che brillava al sole. Dove il lato che risiedeva a Darke era di pietra nera levigata per metà nascosta nell'ombra. Questo era il confine tra i due paesi. Il luogo in cui due generazioni fa una sola regina aveva governato entrambi. Le sue figlie hanno poi preso il controllo dell'una o dell'altra. Si diceva che Celeste fosse creata dal sole stesso. Quindi, puro che nessun male possa toccare la sua pelle. Mentre Adrianna era pura malvagità. Ha abusato del suo potere ed è morta per questo. Ora sua figlia che si dice sia così potente da essere stata allevata da un'ombra e da un demone in una torre che è stata incantata dai Fey in modo che non potesse fare del male al di fuori di ciò che avrebbe governato.

Ed eccolo qui ... quello che l'avrebbe riportata al suo palazzo della Notte. L'avrebbe condotta al suo matrimonio e all'incoronazione. Poi muore per mano sua davanti a tutti coloro che hanno voluto assistere alla cerimonia.

Ethan guardò oltre il confine in Lite. Poteva percorrere i pochi metri attraverso la Guglia e dentro la Lite. Potrebbe supplicare di vedere la regina Celeste ... Potrebbe ...

... No, non poteva. Era un sacco di cose, ma un codardo non era una di queste. Forse potrebbe passare le prossime due settimane al servizio della futura regina. Se lo avesse fatto, avrebbe potuto rendersi inestimabile per lei, quindi non lo avrebbe ucciso.

Prendendo un respiro profondo, scese dal retro della carrozza.

Questa sarebbe la sua unica speranza. La sua unica possibilità ... e doveva farlo senza che suo zio scoprisse che l'aveva fatto senza permesso.

Lentamente, salì la grande scalinata che lo avrebbe portato alla porta principale. Le pietre che costituivano i gradini sembravano abbastanza lisce da essere scivolose e bagnate, ma in qualche modo gli impedivano di scivolare. La doppia porta raggiungeva due piani ed era di legno scuro. Solo stando davanti a loro potresti sentire gli occhi che ti guardano. Senti il respiro sul collo e sappi che se ti voltassi non ci sarebbe nessuno.

Deglutendo forte alzò il pugno e bussò alla porta. Lo aveva fatto piano, ma non aveva impedito al colpo di sbattere in un boato echeggiante.

Stava per precipitarsi giù dai gradini e aggirare la Guglia e il lato che risiedeva nella Lite quando la porta si aprì cigolando.

Per un momento, i suoi occhi si fissarono sul Guerriero Feyen che per fortuna era disarmato. Dopo che il suo cuore si sistemò di nuovo nel petto, si inchinò. "Sono qui per scortare la principessa." Sembrava sbagliato parlare, ma doveva farlo. Certo, sarebbe stato punito più tardi ... ma in quel momento non importava. Non potrebbe importare. Doveva dichiarare perché era lì o era morto senza mai parlare.

La guerriera Feyen sorrise mentre tirava le ali grigio fumo lungo i fianchi: "Seguimi. La principessa arriverà a breve."

Capitolo 11:
Nisha

Se usassero le carrozze per viaggiare alla Guglia, potrebbero volerci ore. Tuttavia sarebbero arrivati   ben prima dell'orario di arrivo previsto. Tuttavia, se avesse usato il cancello dei morti, ci sarebbero voluti solo pochi battiti cardiaci. E questo significava ...

"Freya!" Nisha lanciò uno strillo eccitato.

"Tua grazia?" Quel tono cauto proveniente da questo guerriero irremovibile era sufficiente per sapere che almeno uno dei suoi sudditi sapeva quando stava per fare qualcosa di terrificante e mozzafiato.

«Per favore, dì a coloro che si uniscono a me a Darke che non dovrebbero ritardare. Ho un altro appuntamento che sta avendo la priorità. Ci vediamo tutti alla Guglia all'ora stabilita. "

Freya chinò leggermente la testa. Dopotutto era una delle poche persone che capivano chi avrebbe richiesto un incontro con la regina. "Per favore, comunica i miei rimpianti per non essermi unito a te."

Un sorriso malvagio sbocciò sul giovane viso di Nisha. "Cercherò di non scompigliare troppo zio Magmas in tua assenza."

Nel profondo della Città dei Morti, Nisha sedeva in una piccola dimora di sua creazione. Un grande tavolo rotondo con diverse sedie color corvo con schienale alto. Uno per ciascuno degli uomini che formavano il consiglio dei folletti. Uno per sua nonna e Alista. E due che sono rimasti vuoti su richiesta dell'avvocato.

I magmi le avevano insegnato tutti i doni che appartenevano ai folletti reali delle città stellari. Donavan era stato il suo allenatore in tutte le cose considerate abilità oscure o addestramento per combattere. Sia Flint che Karnack avevano trascorso innumerevoli ore a esaminare le leggi sia delle città stellari che di Darke. E sia sua nonna che Alista le avevano dato lezioni su come essere una brava regina e un vero leader.

Eppure nessuno di loro le aveva detto niente di suo padre. Né l'aveva chiesto, fino ad ora.

Era tranquillamente seduta e sorrise quando Magmas entrò accompagnando sua figlia al suo posto. Flint e Donnavan li seguono con la nonna che entra per ultima. Eppure era Appollo che rimase sulla soglia tenendo le ali perfettamente ferme mentre misurava il suo temperamento.

"Zio Appollo, non ti unisci a noi a tavola?"

I suoi occhi si strinsero in minuscole fessure. "Ti conosco solo da pochi cicli di luce, ma quando sorridi in quel modo ..." Scosse la testa e le rivolse un sorriso molto sincero. "Non c'è niente che possa convincermi a muovermi da questo punto.'

"Oh, tsk. Che divertimento c'è ad avere una nipote onoraria se non riesco a spaventarti di tanto in tanto? "

Magmas lasciò che un colpo di tosse che sembrava quasi una risata scivolasse sulle sue labbra. "Ottimo. Appollo può sorvegliare la porta. Tuttavia, hai chiesto a tutti noi di venire e siamo qui. Allora perché è quando dovresti essere sulla buona strada per abbracciare il tuo destino che avevi bisogno di avere un momento con un gruppo di vecchi folletti irritabili ".

Il suo sorriso svanì. "Ho delle domande e non lascerò questa stanza finché non avranno risposto."

Flint annuì una volta. "Inteso? A quali domande avevi bisogno di una risposta? "

"Ho bisogno di sapere di mio padre. La mia fidanzata. E si sa che entrambi i poteri hanno ".

Ritornando alla Guglia, Nisha prese un respiro profondo e si cambiò dalla sua lunga gonna nera e dalla camicetta rossa schiacciata. È svanita la sua giacca da padre corvo e ha permesso che un vestito da lei stesso modellasse il suo corpo magro. Bianco e nero che rispecchiano i boschi dei morti. Era perfetto per l'ambientazione della guglia. Perfetto per sollevare il suo umore.

Aveva bisogno di scoprire la verità non solo della sua famiglia, ma anche di quella della sua promessa sposa. E lei aveva ma ora le domande brulicavano nella sua mente.

Prendendo un respiro profondo, spinse da parte i suoi pensieri e decise di ammirare la rara bellezza della Guglia. Prendi tutto ciò che non aveva mai visto prima. Questa era la sua unica occasione per vedere il luogo in cui sua madre era stata cresciuta. Il luogo in cui sua nonna aveva governato non solo lite ma anche Darke.

Questa era la sua occasione per esplorare il più grande tesoro di potere e segreti in tutte le terre conosciute.

Canticchiava mentre camminava per le sale della Guglia. Trovandolo ipnotizzante. Le sale che hanno accoppiato le due metà sono state messe insieme come un grande puzzle. Un filo di pietra nera e grigia che vortica in pietra bianca e crema. Unirsi insieme lavorando in armonia ma capaci di stare in piedi da soli.

"Principessa?"

La donna che stava davanti a lei conosceva da anni. Alto e magro. Occhi blu-verdi che sembravano piccoli fiumi attorno a un piccolo marmo nero opaco e rotondo. Capelli color cacao che finivano appena sotto le spalle. Le sue delicate orecchie appuntite che sembravano più un elfo che un Fey spuntavano dai capelli che al momento stava logorando. Una spada di cristallo ora pendeva liberamente al suo fanco. La spada non la rendeva una guerriera, ma era la velocità e l'abilità di ciò che poteva fare con nient'altro che le sue mani che lo facevano. "Freya."

Facendo un cenno del capo che era il massimo che Freya si sarebbe concessa di fare in termini di rispetto, disse dolcemente: "La tua promessa sposa è arrivata".

Stringendole il ponte del naso e preparandosi al peggio Nisha sussurrò: "È davvero orribile? Dimmi che non è un brutto troll peloso".

Freya sorrise dolcemente. "Penso che sarai piacevolmente sorpreso."

Che non si aspettava, o forse l'aveva fatto. "Oh, bene. Allora devi chiamare Lilly. Non posso sposarmi senza il mio caro cugino e anche David, suppongo."

"Certo, maestà. Chiederò loro di arrivare domani. E se posso?"

Hanno avuto questa discussione diverse volte, quindi era davvero un'abitudine quando lei alzò gli occhi al cielo e disse: "Freya, non hai bisogno di chiedere. Sei mia cara amica. Per favore, parla liberamente".

"Dovresti provare a chiamare il principe con il suo vero nome. Potrebbe fargli fare una pausa. Almeno per un momento. È, dopotutto, loquace per un Draken."

"Oh sì. Vediamo il suo nome completo. Il principe Davkren, figlio di re Craykren e della regina Alyisope di Feyen. Terzo in fila per la corona di Draken. O secondo se sua sorella riesce a farla a modo suo."

"Sì, capisco il tuo punto. David è molto più semplice."

Una risatina le scivolò sulle labbra. "Lo so. Sono così felice che Lilly l'abbia inventato."

Fermandosi a metà passo Nisha guardò il giovane alto che stava nervosamente guardando fuori dalla finestra che guardava Lite. Qualcosa in lui le ricordava una volpe con cui lei e Lilly si erano incrociate qualche tempo prima. A quel tempo, la volpe stava sgattaiolando intorno al bordo del prato eppure li osservava come se fosse pronta per l'attacco. La volpe era stata ferita e aveva bisogno di aiuto. Lo aveva capito in un attimo dopo aver individuato la povera creatura ... Ma era stata Lilly a curare la sua zampa. Per quanto riguarda il giovane? Non pensava che fosse una zampa ferita a turbarlo ... no. Se lo stava leggendo correttamente, stava cercando di non mostrare che soffriva ma si aspettava molto peggio.

Rimanendo sulla soglia, si tolse la sua corona di pietra e lasciò che la foschia scura la portasse ovunque portassero le cose da conservare. In quel momento, voleva essere Nisha, una giovane guaritrice in addestramento. Non Nisha, la principessa ereditaria di Darke e la regina del regno sotterraneo. "Ehm ... mi scusi?" La sua voce tremava solo un po '... più per i nervi ma il suono doveva essere sufficiente perché il giovane non pensasse a lei come una minaccia.

Al suono della sua voce, si voltò sui tacchi. Zigomi alti e mascella cesellata. Labbra sottili, pallide, screpolate ... ma erano i suoi occhi a trattenerla. Il resto di lui diceva che stava bene ma aspettava istruzioni ... ma i suoi occhi urlavano per il dolore che stava nascondendo.

Un piccolo respiro e cercò di sorridere ma non osava parlare.

"Stai aspettando qualcuno?"

I suoi occhi la guardarono fare un passo nella stanza. Alla fine, sussurrò: "Devo scortare la Principessa Nisha al Castello della Notte. Lord Edrich sta aspettando il suo arrivo".

"Vedo." Fece un altro passo verso di lui e guardò la paura registrarsi nei suoi occhi. Anche se fosse stata solo un'apprendista qui alla Spire, i suoi vestiti avrebbero urlato da nobile. Il suo servo, tuttavia, urlò e sicuramente non di quelli che la sua promessa sposa avrebbe dovuto indossare. Forse Freya si era sbagliata su chi fosse venuto alla Guglia.

No, Freya ne sarebbe stata certa prima di venire a trovarla. Consentendo a se stessa di sentire, anche lei sentì il legame che sua madre aveva usato. Tuttavia, poteva dire che c'era qualcosa di strano in lui. Non sbagliato ... appena fuori. Quasi come se non sapesse di appartenere a lei. O forse, se lo avesse fatto, non capiva cosa stesse provando ora. Solo un modo per scoprirlo e interpretare quello di un guaritore non le avrebbe mai dato quella risposta. "Pensavo che domani non saremmo stati richiesti al castello fino a mezzogiorno."

Molto rapidamente cadde su un ginocchio. "Principessa, sono ..."

Viticci neri gli circondavano, carezzandogli dolcemente la pelle. Quando l'hanno revocata, lei sapeva ogni ferita che aveva e ogni segno che mostrava già segni di guarigione. Oggi sarebbe una visitatrice passiva. Domani avrebbe avuto un'idea migliore di come funzionavano le leggi di Darke. E a quel punto avrebbe avuto Lilly qui per aiutarla ad affrontare chiunque avesse causato quelle ferite. "Forse dovremmo andare. Vorrei parlare con Lord ... ed ... Edrich."

La paura per il momento era svanita, ma ora la tristezza aveva preso piede. "La carrozza sta arrivando."

Si voltò, poi si fermò sulla porta. "Un momento, per favore. Devo avvisare il mio staff personale che ce ne andremo. Non crederesti a quanto si arruffino se non gli viene detto in anticipo." E le avrebbe concesso un momento prima di decidere come trattare la sua promessa sposa.

Non era quello che aveva pensato che sarebbe stato. Se ci si poteva fidare di quello che stava raccogliendo dai viticci, lui aveva almeno del sangue di Feyen in lui. Non la metà di lei, ma abbastanza per riconoscere che ne ha un po '. Questo è stato un enigma per un altro giorno poiché non c'era traccia di Fey in vita in tutta Darke. In effetti, i morti non sapevano di nessuno che facesse parte dei Fey all'interno dei confini … almeno non dopo l'incendio.

Un respiro profondo e prese mentalmente nota di un'altra cosa su cui avrebbe dovuto riflettere. Che avrebbe dovuto aspettare …

… e aggiungere all'elenco sempre crescente di cose a cui avrebbe bisogno di trovare risposte e aggiustare.

Per oggi, avrebbe dovuto scoprire perché il suo promesso sposo era vestito da servo quando apparteneva a una casa di nobili origini. Non solo, sua madre era stata una signora in attesa di sua madre, ma aveva anche posseduto diverse attività commerciali sia a Darke che a Lite. Per non parlare di suo padre era stato il primo presidente del consiglio reale. Un uomo che un tempo era stato il capitano delle guardie di sua madre prima di farsi da parte per un altro.

Tutto ciò che aveva appreso lei stessa una volta arrivando alla Guglia e chiedendo al Siniscalco informazioni sulla sua promessa sposa e sulla sua famiglia.

L'unica informazione di cui non le importava molto era Lord Edrich. Era stato l'unico adulto vivente a causa dell'incendio che aveva preso così tanti diciotto anni prima. L'unico adulto di nobili origini sopravvissuto a un incendio che aveva spazzato via quasi metà della popolazione della città e del castello di Darke.

Una stranezza. Ma più di questo solo leggerlo ... qualcosa non suonava bene e le pizzicava la pelle in segno di avvertimento. Qualcos'a tro era andato storto con ciò che aveva letto ... Sua madre era stata in grado di creare e manipolare il fuoco tra le altre cose. Quindi, se fosse veramente morta tra le fiamme ...

... Allora perché Ethan sentiva un potere che solo una regina Feyen poteva possedere? Sentiva un potere che sarebbe dovuto svanire con la sua morte.

Così tante cose confuse ... e molto di più che avrebbe dovuto capire prima di poter sposare Ethan e prendere il suo posto come regina. E tante altre domande a cui bisognava rispondere dopo che era stata incoronata.

Nisha scese in fretta i gradini di pietra scura e si fermò a pochi passi dalla carrozza che l'avrebbe portata al castello. La carrozza era piccola, cupa e odorava di marciume. Prima di pensare a cosa avrebbe dovuto dire, sbottò: "Non sto mettendo piede in quel pezzo di sporcizia marcio."

Ethan balbettò per rispondere: "Questo è il migliore ..."

Non le importava se sembrava una bambina piagnucolona o una principessa viziata ... non era seduta nella sporcizia. "Se questo è il meglio che ha il mio palazzo, apporterò dei cambiamenti a partire da questo momento."

Ansimando per formare parole, qualsiasi parola per essere utile e non sembrare un idiota balbettante, Ethan cercò di dire: "Non il palazzo. Mio zio ... Lui ... Questo è suo".

Be ', almeno, non possedeva un pezzo di sporcizia così disgustoso e marcio che non sarebbe nemmeno adatto a un carrello per i pover . "Capisco. Allora Lord Edrich è una pessima scusa per un procuratore." Si voltò bruscamente verso la Guglia. "Freya?"

Già in piedi al fianco della sua regina, sorrise. "Tua grazia?"

Un respiro profondo e raddrizzò le spalle come aveva visto fare innumerevoli volte sua zia quando si rivolgeva a qualcuno per un compito importante. Una postura che non avrei mai voluto usare quando si rivolgeva a Freya. "Per favore, manda un messaggio a mia zia. Avrò bisogno della sua assistenza, dopotutto. Domani sarà abbastanza presto per il suo arrivo. Per favore, estendi l'invito anche a mio zio Blake." Non che lui non si accodasse come invitato o no, ma lei potrebbe anche far sembrare che lo stesse chiedendo. Inoltre, se Lord Edrich fosse stato tanto idiota quanto lei sospettava, avrebbe avuto bisogno che suo zio avesse a che fare con lui. O almeno affrontalo mentre lei si occupa dello stato del suo regno.

"Molto bene. Farò in modo che un paggio la cerchi." Freya si fermò e guardò di nuovo la Guglia: "Una carrozza adeguata e Pegasi vengono portati in giro. Entrambi appartenevano a tua nonna. Sono della migliore qualità."

"Grazie, Freya. Sarà abbastanza grande anche per il personale?"

"Il tuo staff seguirà in una seconda carrozza. Non è appropriato che si siedano con te. Vostra Grazia."

Cazzo, se stava usando il suo titolo ... non una, ma due ... allora aveva già causato abbastanza scene per il momento. "Oh, va bene. Cercherò di non far scoppiare un grande scandalo sulla carrozza in cui è seduto il mio staff personale. Almeno non oggi. Non faccio promesse per domani." La sua unica risposta fu che il viso di Ethan perdeva ogni colore e Freya alzava gli occhi al cielo mentre tornava di corsa nella Guglia.

La carrozza era abbastanza grande da contenere almeno dieci persone e aveva ancora molto spazio per distendersi. I sedili di velluto blu scuro con finiture dorate avevano il grande tocco di eleganza di sua nonna ma sembravano ancora nella media tra le altre carrozze per cittadini di nobili origini. Bene, questo finché non ti sei avvicinato abbastanza da vedere il sigillo di Darke inciso sulle porte. Allora e solo allora non ci sarebbe stato alcun errore su chi avrebbe viaggiato su questa carrozza.

... E ora era suo.

Per molto tempo Ethan non parlò. Se non lo avesse guardato dritto in faccia, non avrebbe nemmeno saputo che era seduto lì. "Allora, mi racconterai cosa stiamo passando o darò ai siti nuovi nomi e chiederò a tutti di ricordarli per me?" Non che l'avrebbe fatto, ma solo il pensiero la fece sorridere. D'altronde, aveva sempre voluto nominare una città. Forse potrebbe crearne uno solo per l'esperienza? Più tardi avrebbe potuto riflettere più in dettaglio.

Uno sguardo di assoluto orrore cadde sul viso di Ethan mentre balbettava: "Le mie scuse, ma mi è stato detto di non parlare".

"Be ', questa è la cosa più assurda che abbia mai sentito. E ti sto dicendo che ho sentito diverse cose che sono semplicemente assurde. Ancora di più dopo che le parole erano state dette ad alta voce per farle sentire."

La paura tornò ai suoi occhi ma era riuscito a sembrare calmo altrimenti. Un respiro corto e si chinò in modo da poter vedere davvero dove si trovavano. "Siamo a sud della Guglia, vicino al lago senza fondo. La città di Manticora è a ovest. Nonostante il nome la popolosa città ha un buon misto di basso-nato e non molte Manticore. Anche se hanno trovato I villaggio e,

quindi, gli hanno dato il nome del loro paese d'origine
".

Non poteva vedere il villaggio da lì, ma lo
sentiva. Bloccando gli occhi su un punto lontano si
permise di vedere ciò che i suoi occhi non potevano ...
Il villaggio sembrava fatiscente, le case cadevano su
se stesse troppo lontane per salvare ... gli altri come
qualcuno ci viveva era molto al di là della sua
portata ... Un respiro profondo che è stato rilasciato
lentamente ... Non in un posto che vorrebbe visitare
ma in un posto che avrebbe bisogno di vedere molto
presto. "Sai quale di basso livello risiede lì?"

"Uh ..." Si strofinò leggermente la testa senza
parole. "Essendo così vicino al lago, penso che
potresti trovare delle sirene, forse Caronte. I Cariddi
risiedono nel lago stesso. Brutta bestia. Hanno invaso
la maggior parte dei corsi d'acqua da un po 'di
tempo." A meno che qualcuno non abbia trovato un
modo per rimuoverli. Il che era altamente improbabile.
"Gli ippocampi tendono a stare vicino all'acqua se
non in essa." Fece una pausa. "Nella Città della Notte,
potrei parlarti dei nobili che risiedono lì. Conosco
molti di loro."

Annuendo, sorrise mentre diceva: "Per favore.
Non ero sicura se la città fosse stata ricostruita o
meno. Mia zia non era riuscita a scoprirlo prima di
mandarmi qui".

"Non è così grandioso come prima
dell'incendio. Ma è stato in gran parte ricostruito. Tutti
i nobili hanno case vicino al castello. Tendono a
litigare su chi può avere la loro casa più vicina. È
abbastanza ridicolo se ci pensi Dal momento che il

loro status è mantenuto rimanendo bene nelle tue grazie e non avendo nulla a che fare con quanto denaro hanno o quali poteri possiedono ".

Borbottando più a se stessa che a lu , si lasciò sfuggire: "Non ci ho pensato".

Considerando tutto ciò che veniva detto come qualcosa che necessitava di una risposta, Ethan continuò: "Come servo, sono in grado di vedere cose che la maggior parte fingerebbe di non notare".

Strana scelta per le parole visto che siamo fidanzati. "Sei un servo, ma tuo zio è il mio procuratore? Come è possibile?" La sua voce non tremava per lo stupore ma per la rabbia appena controllata.

"I miei genitori sono morti senza un soldo secondo mio zio. Pago il loro debito perché non possono."

Fece un respiro profondo per non urlare contro di lui. Non era colpa sua se gli avevano mentito. Ma sarebbe dannata se avesse lasciato che la menzogna continuasse dopo oggi. "Vedo."

Sentendo che in qualche modo l'aveva offesa, disse molto velocemente: "Mi scuso, volevi sapere chi risiedeva in città". Con il suo cenno del capo, chiuse gli occhi: "C'è un'Empousa che gestisce il servizio di matchmaking per i nobili. Naturalmente, se non puoi pagarla, potrebbe provare a prepararti la sua cena ".

"Empousa?" Li conosceva. Tuttavia, quello che le era stato detto li faceva sembrare bassi. Non qualcuno che gestisce un negozio. A meno che non sia pagato dal proprietario per farlo.

"Un vampiro ibrido. I loro capelli di solito sono rossi come il fuoco. Le gambe sembrano una statua di bronzo e hanno tutti i piedi d'asino. Naturalmente, hanno tutti un carattere mediocre per andare con loro."

"Buono a sapersi. Quindi, nessuna vera abilità allora?"

"No, a loro piace solo carne fresca e sangue."

Alzando gli occhi al cielo Nisha disse lentamente, mentre si sedeva allo schienale del suo sedile, "Fantastico".

"C'è una famiglia di Manticore. Devi guardarli. Sparano punte dalla coda a quelli che passano. Penso che sia la loro idea di divertimento. Non molto in termini di cervello, però. Naturalmente, nemmeno il Minotauro lo è. I Telkhine gestiscono i negozi di metallo. Due Tifoni siedono nel consiglio adesso. Nessuno osa attraversarli. Anche se non so perché siano qui piuttosto che nella Palude.

"Allora hai gli Spettri. La maggior parte sono solo cattivi invece che servili. I Fire Dancers stanno in case di pietra e non si preoccupano di chi bruciano quando sono fuori. I Telepaths possiedono la maggior parte dei negozi. Allora hai mio zio. Per quanto ne so, è l'unico ibrido Wendigo vivente. Ma non so con cosa sia un ibrido ".

Wow. Sbatté le palpebre solo per aver imparato di più in pochi minuti da Ethan, poi quello che era stata in grado di imparare in tutti i suoi anni di convivenza con sua zia. "Con così tanti che vivono di sangue fresco, sono sorpreso che possano vivere nella stessa città." E solo pochi che considererebbero nobili. Un'altra stranezza che non aveva davvero senso. Aggiungila ai Typhons che era stato bandito da Darke più di cento anni fa ... Un'altra cosa da aggiungere alla lista delle domande era il numero enorme di cittadini di bassa nascita che si atteggiavano a nobili ... Oh, avrebbe dovuto parlare con Lilly prima o poi . Diavolo, a questo punto avrebbe potuto aprire una porta per il Regno Inferiore e parlare con le regine morte da tempo e forse trovare alcune risposte. Poi di nuovo, avrebbe potuto aspettare di vedere cosa aveva da dire sua zia. Un giorno non avrebbe funzionato molta differenza, almeno non per lei.

"Sì, beh, non ho detto che vanno d'accordo. Ma sono sicuro che lo scopriranno ora che sei tornato a casa." C'era una strana miscela di speranza nella sua voce mista a un accenno di dolore.

Capitolo 12: Magmi

Appoggiandosi allo schienale della poltrona, Magmas fece roteare un bicchiere di nettare al miele più per fare qualcosa che per guardare la violenza del fluido che si schiantava contro il vetro.

Avrebbe potuto andarsene dopo che la sua regina scelta era partita per la Guglia. Sarebbe potuto tornare alle Città Stellari e riferire al Grande Magnar il motivo per cui Nisha stava convocando il consiglio, ma invece si è seduto nella sala riunioni ora vuota nascosta in una dimora così semplice che la regina bambina preferiva.

"Qualcosa che ti preoccupa, Mags?"

Conosceva la voce. Come potrebbe non farlo? Alzando gli occhi dal bicchiere, vide suo fratello minore chinarsi sulla soglia. Non nella stanza, ma nemmeno fuori.

Alto con una corporatura muscolosa, Flint è stato costruito per l'arduo compito di essere un impiegato o di far passare innumerevoli ore a leggere. Eppure c'erano ancora quelli che ricordavano ancora che l'apparenza poteva ingannare molto. Dato che questo era un Fey che poteva essere spietato e letale come qualsiasi guerriero d'acciaio. Questo era un Fey che aveva la velocità e il potere di distruggere tutto ciò che desiderava o di costruire qualsiasi cosa che potesse sognare. No, Flint non era un folletto da prendere alla leggera.

Quindi, per lui stare sulla soglia poteva significare qualcosa di più della semplice curiosità.

Per un momento rimase seduto lì prima di fissare i suoi occhi rosso lava sul pugnale di cristallo di Flint che pendeva al suo fianco. Niente di sbagliato in un guerriero che indossa apertamente la sua arma. Niente che gridasse agitazione. Ancora…

Sì. lì negli occhi di Flint. Preoccupazione. Anche lui capiva la loro regina e le domande che lei ora faceva.

"Abbiamo preparato Nisha il meglio che potevamo. È forte, dotata, di talento e non si fida delle parole che vengono da coloro che la circondano. Tuttavia, mi chiedo se avremmo dovuto lottare più duramente per portare qui il ragazzo. Se avrebbe dovuto essere allevato sotto le nostre cure. O almeno nella cura di qualcuno di cui ci fidavamo. "

Lentamente Flint si staccò dal telaio della porta e fece un passo deciso nella stanza rotonda. Ignorò le pareti scolpite nell'argilla per assomigliare a ossa. Proprio come ignorava la lava che scorreva nelle fessure del pavimento che davano calore a questa stanza.

Oggi non è stato il giorno adatto per riflettere sulla scelta dell'arredamento di Nisha. Non era un giorno per sprecare parole o mescolare sentimenti in decisioni che erano già state prese anni fa. Ma oggi è stato un buon giorno per esprimere verità d cui nemmeno Magmas era a conoscenza. "La notte dell'incendio, a Vasilissa è stato chiesto del ragazzo. Qualunque cosa abbia visto. Qualunque cosa sappia ... ha le sue ragioni per tenere il ragazzo con suo zio e nascosto a Darke. E quella notte Magnar ha accettato. "

C'era dell'altro in quella storia che poteva quasi sentirlo nella voce ferma di Flint. Eppure non poteva mettere in dubbio quella decisione. Ma avrebbe espresso la sua preoccupazione. "Nessuno dei due ha tenuto conto del fatto che il ragazzo sarebbe stato spinto a poteri e abilità in cui non sarebbe stato addestrato? Che non saprebbe nemmeno che i poteri che possiede ... che può esercitare esistono? "

Versandosi un bicchiere di nettare Flint bevve un generoso sorso prima di rispondere. "Avrà Nisha. È una brava regina e aveva le caratteristiche di un grande leader ".

"Buona regina o no, potrebbe non essere pronta per quello che ha in serbo il bastardo di Pallade."

Flint fece un sorriso agghiacciante e tirò fuori il pugnale testando l'acutezza della lama contro la sua pelle. "No, ma lo siamo. E non incontrerà un bambino non addestrato sul campo di battaglia, incontrerà un esercito esperto ". Si fermò e si sporse in avanti. "E incontrerà la grande regina dei draghi in persona."

Magmas appoggiò la sedia su tutte le gambe. I suoi occhi si restringono solo un po ', "E finalmente ho la vendetta che mi è dovuta".

Capitolo 13:
Ethan

Il suo cuore gli batté contro il petto. Non poteva davvero essere seria nel rinominare tutto ... vero? Doveva pensare e farlo in fretta. Se avesse parlato, avrebbe potuto conquistare la sua fiducia e forse lei lo avrebbe tenuto al suo servizio ...

... poi di nuovo se suo zio lo avesse scoperto ... No, non se ... Quando ...

... No, non oserebbe pensarci. Mantenendo la sua voce bassa ... appena sopra un sussurro rispose: "Le mie scuse ma mi è stato detto di non parlare."

Aveva un bel viso. Quasi gentile e sembrava quasi divertita quando parlava. Forse non gli credeva, non credeva che fosse un servitore. Poi di nuovo, forse l'ha divertita.

La speranza si gonfiò dentro di lui.

Era così perso nei suoi pensieri che quasi non si accorse che stava ancora aspettando una risposta. Molto velocemente sbirciò fuori dalla finestra. Non potevano essere già qui in qualche modo, avevano percorso due ore di distanza in pochi minuti? "Siamo a sud della Guglia, vicino al lago senza fondo. La città di Manticora è a ovest. Nonostante il nome, la città popolosa ha un buon misto di bassa terra e non molte Manticora." Prendendo fiato, si rilassò e sperò che sarebbe stata la fine della conversazione. In un batter d'occhio, seppe che non sarebbe stato così.

"Sai quale di basso livello risiede lì?"

"Uh ..." Oh merda. Chi abita qui? Non lo so. Ma non posso dirlo. Un altro respiro veloce e chiuse gli occhi e si strofinò la testa. "Essendo così vicino al lago, penso che potresti trovare delle sirene, forse Caronte. I Cariddi risiedono nel lago stesso. Brutta bestia. Hanno invaso la maggior parte dei corsi d'acqua da un po 'di tempo." A meno che qualcuno non trovasse un modo per rimuoverli. Il che era del tutto possibile, "gli Ippocampi tendono a stare vicino all'acqua se non in essa." Fece una pausa, "Nella città della notte potrei parlarti dei nobili che vi risiedono . Conosco molti di loro. "Per favore fammi provare che sono una risorsa. Per favore.

Sembrava stesse pensando. Valutando le sue opzioni, poi ... "Per favore. Non ero sicuro se la città fosse stata ricostruita o no. Mia zia non era riuscita a scoprirlo prima di mandarmi qui."

Grazie, "Non è così grandioso come prima dell'incendio." O almeno secondo chi lo ricorda, non lo era. "Ma è stato perlopiù ricostruito. Gli High-Born hanno tutti case vicino al Castello. Tendono a litigare su chi può avere la loro casa più vicina. È abbastanza ridicolo se ci pensi. Dal momento che il loro status è mantenuto stando bene le vostre grazie e non aver nulla a che fare con quanti soldi hanno o quali poteri hanno ". Oh, dolce oscurità, sto divagando.

"Non ci ho pensato."

"Come domestica, riesco a vedere cose che la maggior parte fingerebbe di non notare." Perché l'ho appena detto? I servi vedono tutto e non sanno niente. Tutti lo sanno e ammettere il contrario ... Cazzo ... Voglio salvare la mia pelle non trovare un modo più elaborato di morire.

"Sei un servo, ma tuo zio è il mio procuratore? Come è possibile?"

Sembrava sospettosa riguardo a qualcosa. Non peggio, sembrava incazzata. Devo sistemare questo ... Forse dei miei genitori ... "I miei genitori sono morti senza un soldo secondo mio zio. Pago il loro debito perché non possono."

"Vedo."

Merda. "Chiedo scusa, volevi sapere chi risiedeva in città." Con il suo cenno del capo, chiuse di nuovo gli occhi. "C'è un'Empousa che gestisce il servizio di matchmaking per i nobili. Naturalmente, se non puoi pagarla, potrebbe provare a prepararti la sua cena."

"Empousa?"

"Un vampiro ibrido. I loro capelli di solito sono rossi come il fuoco. Le gambe sembrano una statua di bronzo e hanno tutti i piedi d'asino. Naturalmente, hanno tutti un temperamento cattivo."

"Buono a sapersi. Quindi, nessuna vera abilità allora?"

"No, a loro piace solo carne fresca e sangue."

"Grande." Il suo tono non sembrava soddisfatto. Eppure non sembrava nemmeno pazza. Quasi come se stesse pensando a cosa avrebbe fatto con tutti coloro che avevano bisogno di sangue fresco per sopravvivere.

"C'è una famiglia di Manticore. Devi guardarli. Sparano punte dalla coda a quelli che passano. Penso che sia la loro idea di divertimento. Non molto in termini di cervello, però. Naturalmente, nemmeno il Minotauro lo è. I Telkhine gestiscono i negozi di metallo. Due Typhon siedono nel consiglio adesso. Nessuno osa attraversarli. Anche se non so perché siano qui piuttosto che nella Palude.

"Allora hai gli Spettri. La maggior parte sono solo cattivi invece che servili. I Fire Dancers stanno in case di pietra e non si preoccupano di chi bruciano quando sono fuori. I telepati possiedono la maggior parte dei negozi. Allora hai mio zio. Per quanto ne so, è l'unico ibrido Wendigo vivente. Ma non so con cosa sia un ibrido ".

"Così tanti vivono di sangue fresco che sono sorpreso che possano vivere nella stessa città." Sì, aveva avuto ragione. Stava solo cercando di capire le cose. Quindi forse le era stato utile, dopotutto.

"Sì, beh, non ho detto che vanno d'accordo. Ma sono sicuro che lo scopriranno ora che sei tornato a casa."

Guardandola spostare la sua attenzione fuori dalla finestra e allontanarsi da lui, si rilassò. O almeno, abbastanza rilassato perché il suo cuore si calmasse un po '. Le aveva detto tutto quello che sapeva. Tutto ciò che una principessa dovrebbe sapere. Tuttavia, non poteva dirle come andavano i negozi. Come c'era una classe di cittadini che superava di numero i nati bassi ma che non esisteva davvero. Non poteva dirle che non era solo un servo ... ma meno di uno schiavo. Non aveva una posizione sociale. Niente che potesse chiamare suo. Non una maglietta, né un letto. Tutto quello che usava apparteneva a qualcun altro. Entro quella notte lei l'avrebbe saputo e lui sarebbe stato punito molto peggio di qualsiasi cosa avesse mai sperimentato prima, perché per un cane parlare o anche solo pensare di parlare prima che un nobile fosse punito con la tortura fino a quando il nobile non fosse stato soddisfatto che il reato è stato rettificato.

Poteva fargli qualsiasi cosa ... o fargli fare qualsiasi cosa mentre guardava ... e lui non sarebbe stato in grado di urlare. Non tanto come pensare di urlare o la punizione sarebbe peggiore. Molto peggio di quello che aveva già escogitato.

Capitolo 14: Nisha

I muri di pietra grigia della città apparvero troppo in fretta. Avrebbe dovuto dire alla carrozza di andare più piano finché il suo umore non si fosse calmato abbastanza da non dire tutto quello che voleva. Oh, ma come voleva prendere da parte Lord Edrich e strappargli la carne dalle ossa e poi salvare tutto il dannato casino per David. Non che suo cugino avrebbe mai mangiato qualcosa che non si era ucciso, ma avrebbe fatto qualcosa con esso solo per mostrare il disprezzo del culo offensivo.

Forse David avrebbe usato la carcassa per attirare un troll per suo padre. Sì, era sicuramente qualcosa che David avrebbe fatto. A pensarci bene, era qualcosa che poteva fare da sola.

No, non poteva. Almeno no, fino a dopo l'incoronazione. Dopotutto, doveva almeno fingere di essere una principessa ben educata anche se era solo per un giorno o due. E a questo ritmo sarebbe stato solo un giorno o due.

Un altro respiro profondo e guardò passare i negozi. Niente di straordinario. Non ha davvero catturato la sua attenzione. A meno che tu non consideri fuori dall'ordinario marciapiedi sporchi e finestre ricoperte di fango. Poi in quasi tutte le finestre c'erano piccoli segni scritti a mano. Più tardi avrebbe dovuto scoprire cosa significassero i piccoli segni che dicevano "cani dietro le quinte", ma per il momento aveva abbastanza a cui pensare. Aveva più che sufficiente per tenerla occupata fino all'arrivo di Lilly.

Ripensando a Ethan, sembrava più spaventato e preoccupato di quanto non fosse alla Guglia. Poi c'era una sensazione alla bocca dello stomaco che sembrava un minaccioso avvertimento che qualunque cosa stesse per accadere ... Avrebbe dovuto agire rapidamente e con attenzione. Certo, poteva ordinare ai suoi guerrieri di occupare la città ... le avrebbe fatto guadagnare tempo per l'arrivo della sua famiglia.

Nisha sospirò tra sé. Doveva esserci un altro modo. Uno che non coinvolgeva i non morti che venivano in questa città. Uno che le ha fatto guadagnare tempo di cui aveva bisogno per gestire tutto ciò che vedeva. E uno che non le avrebbe fatto mostrare la profondità del suo vero potere ...

... tutto quello che doveva fare era farcela oggi.

Fermandosi di fronte a un enorme castello di pietra nera, il cuore le balzò alla gola. Non solo il castello era tre volte più grande del Castello Lacrima del Sole, la Guglia e il castello invernale di Draken messi insieme ... c'erano grandi creature di pietra che la guardavano dall'alto. Occhi rossi luminosi. E nonostante fosse fatta completamente di pietra levigata avrebbe scommesso sulla sua vita che le cose erano vive ... e per niente amichevoli ...

.... Andava bene. Era al sicuro ...

... Shadow era con lei. Niente potrebbe toccarla senza essere prima ucciso da lui. Niente compreso un Draken. Nemmeno il re dei draghi.

Quando la portiera della carrozza si aprì, Nisha lasciò che i suoi occhi fluttuassero fino alla grande scalinata e all'enorme doppia porta di pietra fino a quando finalmente si sistemò su un uomo alto e snello in un abito nero che la fissava dall'alto delle scale. Quando il suo sguardo fu finalmente caduto su

Ethan, i suoi occhi si strinsero ma mostravano ancora la rabbia appena controllata.

"Principessa." La sua voce suonava come era stata detta con la bocca piena di sassi.

*Culo pomposo.*Non sai chi sono io? Non che lo dicesse, almeno non ancora. Un secco saluto, però ... "Lord Edrich, presumo."

Non annuì, la ignorò e parlò invece con Ethan. "Aspettavo la mia carrozza più di un'ora fa." Quando si accorse che si era offesa, aggiunse mentre si metteva la mano ossuta sul cuore. "Ero preoccupato."

*Come diavolo lo eri. Lo so meglio, inutile pezzo di grasso da troll. La tua sporca carrozza cavalcato non avrebbe avuto un momento migliore di quello che aveva mia nonna. In effetti, dubito che sarebbe arrivato qui.*Non che glielo dicesse, ma le parole le bruciavano in gola.Salendo le scale e ignorando che nessuno si era offerto di accompagnarla, continuò con un tono che avrebbe fatto rabbrividire sua zia: "La tua carrozza era inadeguata. Tuttavia, quella di mia nonna non lo era. Adesso dobbiamo entrare nella mia castello o vorresti discutere la mia decisione su quale carrozza preferisco essere seduto? "

Per un momento, lui la fissò. Aveva pagato un prezzo alto per assicurarsi che la principessa diventasse incapace durante il viaggio. Aveva pagato di più per ottenere un campione del suo sangue per il principe serpente. E ora ... era sicuro che il cane cavalcato dalle pulci avesse qualcosa a che fare con questo. "Le mie scuse principessa. Consentitemi di farvi un breve giro."

"Non sarà necessario. Dato che questa è casa mia, la esplorerò a mio piacimento. Ora credo che tu abbia preparato un banchetto per stasera." Quando lui non rispose, lei gli scivolò accanto nell'atrio principale. Un'altra grande scalinata era davanti a lei con una serie di enormi doppie porte rosse in cima. Le porte ad arco si aprivano a sinistra ea destra, oltraggiando molte altre porte e corridoi. Un labirinto. Che meraviglia. Se non fosse già incazzata la scoperta del proprio labirinto l'avrebbe elettrizzata. Domani sarebbe abbastanza presto per esplorare ... Come per oggi ...

"La cena è una tradizione per il diciottesimo compleanno di un reale."

Non voltandosi ancora verso Edrich, socchiuse gli occhi e cercò di non mostrare la rabbia che stava crescendo dentro di lei. Se mi parlassi in quel tono di fronte alla mia famiglia, a quest'ora saresti una cena per un Draken. Lei lo pensò ma riuscì a dire: "E si terrà nella stanza in cima alle scale. Sì, Lord Edrich ... Lo so". Prendendo fiato, continuò, "Ethan, mi accompagnerà nella stanza. Per favore, trovagli qualcosa a causa della sua statura."

"Ethan? Oh, ma principessa ... non preferiresti di gran lunga ...?"

Ora si voltò bruscamente per affrontarlo, i suoi occhi ardenti di vera rabbia e rabbia ribollente. "Questo non è in discussione, monsieur. Questo è il mio testamento. E poiché è il mio diciottesimo compleanno, non sei più il mio Proxy." Voltandosi ancora una volta, strinse i denti e sibilò: "Freya?"

"Tua grazia?"

"Per favore, vieni con me. Vorrei vedere un po 'della mia casa prima di avere la mia prima apparizione pubblica nel mio regno."

Freya con molta calma si assicurò di avere abbastanza spazio per manovrare se Nisha avesse lasciato che il suo umore scivolasse. Poi, molto cortesemente, rispose: "Certo. Devo dire alle vostre signore dove portare le vostre cose?"

"Non è necessario. Li chiamerò quando sarò pronto."

"Culo prepotente e pomposo. Come potrebbe mai essere il mio procuratore? E guarda questo?" Fece scorrere il dito guantato nero sul bordo di un arazzo: "È quasi rovinato. Polvere, acari e chissà cos'altro ha cominciato a mangiarlo".

Sempre camminando un passo dietro di lei, la regina Freya cercò di ragionare con lei: "È stato messo nella posizione a causa di suo nipote, non perché era qualificato".

In un soffio, Nisha si voltò verso il suo amico e sputò: "Non è qualificato per essere un giullare di corte, figuriamoci il mio procuratore".

Freya annuì una volta e cercò di non sorridere all'onestà di quella valutazione. "Verissimo, comunque, sarebbe bene che tu lo facessi notare prima che domani arrivi la tua famiglia."

Questo le diede una pausa. Al mattino sua zia sarebbe stata qui e avrebbe potuto chiederle come una regina all'altra su come gestire il culo. "Suppongo che tu abbia ragione." Svoltare un angolo e quasi attraversato lo spirito della casa. "Le mie scuse ..." Per un momento, si fermò e socchiuse gli occhi. C'era qualcosa di strano in questo spirito della casa.

"Dovresti stare più attento a dove metti i piedi." Lo spirito di un vecchio Elfo sibilò.

Non era il ghigno nella voce ma la voce stessa che le diceva che aveva ragione sul fatto che lo spirito della casa non fosse quello che sembrava essere. "Sai che non è saggio nascondersi dietro un incantesimo glamour quando si parla con a principessa ereditaria?"

Lo spirito non sembrava turbato dall'avvertimento. "Dubito che sarai mai più di una principessa ereditaria."

E questo era abbastanza. Un piccolo gesto con il dito e del fumo bianco riempì la sala inghiottendo lo spirito con esso. Una volta ritirato, non era più un elfo ma un camminatore del fuoco in piedi davanti a lei. Pelle grigia che sembrava cenere con accenni di braci ardenti. Occhi che erano fiamme invece che occhi. E i suoi capelli erano solo tentacoli di fumo che scendevano appena oltre le sue spalle. Interessante, un camminatore del fuoco non dovrebbe essere in grado di trasformarsi in uno spirito. Un cittadino solido certo ma non quello di uno spirito. A meno che non ci fossero cittadini del Regno Inferiore che erano ancora cittadini di Darke. E questo era qualcosa che è stato bandito dopo che i primi Fey hanno stabilito questa terra. Restringendo gli occhi in minuscole fessure chiese con molta calma: "Ora vorresti dirmi perché non sarò incoronata".

"Hai rotto il mio fascino!"

Lasciando fuori uno sbadiglio annoiato Nisha ha risposto: "Ovviamente."

Si lanciò contro Nisha e gridò: "Puttana! Io ..."

Un altro piccolo gesto e questa volta non fumo bianco ma rosso. Mentre ostruiva il corridoio, Nisha chiuse gli occhi e sussurrò: "Coniglio". Quando il fumo si diradò, non sapeva cosa fosse ma sapeva che non era un coniglio.

Per un momento nessuno parlò. Ancora un momento e Freya afferrò la creatura per le lunghe orecchie che apparteneva a una forma di coniglio che viveva a Feyen. "Mio ti chiedo cosa stavi cercando di creare?"

"Oh beh, David ama il coniglio fresco." Ha alzato le spalle. "Immagino che i conigli non abbiano lo stesso aspetto qui."

Fissando la creatura nella sua mano, Freya la esaminò. "Beh, ha la faccia e le orecchie ci un coniglio. Oltre alle dimensioni ... comunque ... i denti sono quelli di un vampiro? Le corna sembrano più vicine a quelle di un satiro. E non ne sono nemmeno sicuro da dove veniva l'artiglio per le dita dei piedi. "

"Sì, sembra un po 'confusa. Si spera che abbia il sapore di un coniglio ... forse?"

"Stai davvero per ..." Freya guardò la cosa negli occhi. "... Finché non dici al principe cosa sta mangiando, sono sicuro che ti darà una descrizione accurata del suo pasto."

"Oh, non essere ridicolo, sai bene quanto me che David non lo mangerà mai. Anche lui ha alcune regole per il cibo. Ad esempio, non mangerà nulla che non possa identificare. E poiché quella cosa non ha un nome, viene salvato dal tavolo da pranzo. " Facendo un respiro profondo, si permise d sentire intorno a sé. "Una volta la nonna mi ha detto che una volta aveva un serraglio. Credo che dovrebbe esserci una gabbia abbastanza piccola per questo Puoi vedere se riesci a trovarlo? Ho bisogno di un po 'di tempo per pensare prima di cena."

"Certo, tua grazia. Shadow rimarrà con te?"
Non tanto una domanda ma una conferma.

Continuando lungo il corridoio Nisha gridò da
sopra la spalla, "Oh, quasi dimenticavo. L'ombra non
è davvero un'ombra. È un'ombra. Era limitato su ciò
che poteva fare mentre era in Lite. Non vedo l'ora di
saperne di più su di lui ora non è limitato. "

Freya indietreggiò di un passo. Un'ombra? E
l'ombra reale? Erano indomabili. Il suo respiro si
bloccò. Shades non prendeva ordini da nessuno ...
infatti, non aiutava né i vivi né i morti. Se questa fosse
stata la sua cara amica, allora e solo allora Nisha
sarebbe stata al sicuro ...

Tuttavia, se questo fosse un altro. Se questo
era uno che non era stato legato a lui molto prima
della Grande Guerra ...

Diffidente, fece marcia indietro lungo il corridoio controllando un'ombra che non avrebbe dovuto esserci. Un fremito nell'aria. Tutto ciò che potrebbe dire che uno Shade è vicino. I suoi occhi non lasciavano mai la schiena di Nisha finché non era scomparsa in un altro corridoio.

Solo una razza è diventata un'Ombra dopo la morte. Erano stati feroci cacciatori oltre che guerrieri. Li ricordava chiaramente da prima della propria morte. Ricordava chiaramente come fossero stati controllati da una sola regina in vita. La prima regina.

C'era così tanto pericolo ora che uno aveva scelto di fare amicizia con la sua regina. Presumendo che fosse stato solo uno che le aveva fatto amicizia. In caso contrario ... sarebbe più che guai. Potrebbe significare guerra.

No, potrebbe significare che la guerra che la sua regina aveva previsto molto tempo prima stava per iniziare.

Capitolo 15:
Ethan

Quasi cadendo dalla carrozza Ethan si bloccò. Lord Edrich lo stava fissando. Lo sguardo da solo non lo infastidiva ... la rabbia in quegli occhi scuri ... oh sì ... era nei guai ... no ... più che guai. Per favore, non lasciarmi solo con lui. Per favore. Era inutile desiderare che Nisha potesse sentirlo ... inutile pensare che avrebbe capito il pericolo che Lord Edrich rappresentava veramente. Come potrebbe? Dopotutto, era appena arrivata.

Perso nei suoi pensieri, sentì a malapena la principessa dire: "La tua carrozza era inadeguata. Tuttavia, quella di mia nonna non lo era".

Merda. Non dovresti dirgli questo. Ti distruggerà. Prese il panico. Avrebbe dovuto prenderle la mano e scappare. Dovrebbe dirlo alla sua guardia. Non dovrebbe ... fare niente. Se avesse toccato la principessa, l'avrebbe ucciso. Se avesse tradito suo zio, avrebbe fatto molto peggio.

Costringendosi a fare respiri regolari, salì lentamente i gradini. Sorpreso che suo zio non lo schiaffeggiò quando gli passò accanto quasi lo fece fermare a metà passo. Se l'avesse fatto, sarebbe stato schiaffeggiato di sicuro. O peggio, potrebbe essere spinto giù per le scale ripide rompendo qualcosa che non si sarebbe aggiustato prima del matrimonio impedendogli di essere utile alla principessa.

Naturalmente, non ha avuto il tempo di guardarsi intorno veramente alla grande prima di sentire la principessa dire: "Ethan, mi accompagnerà nella stanza. Per favore, trovagli qualcosa a causa della sua statura".

Ethan? Il nome significava poco per lui, anche se chiaramente significava qualcosa per il suo un ... cle ... Un frammento di un ricordo. Una bella donna con radiosi capelli dorati baciati dal fuoco e orecchie delicatamente appuntite ... che teneva ... doveva essere lui ... doveva essere ... poteva solo vedere le sue piccole mani raggiungere il viso della donna. "Oh Ethan, mio   stupido, stupido ragazzo."

"Tu ... cosa hai fatto?!?!" Edrich gli fu addosso nell'istante in cui la principessa era scomparsa in uno dei corridoi.

"Io ..." Lo zio non si mosse prima che la sua schiena andasse a sbattere contro il muro di pietra che si trovava dietro di lui.

"Rovinerai tutto." Suo zio camminava avanti e indietro davanti a lui. Sporgendosi abbastanza vicino da quasi toccare il naso, Edrich sibilò: "Ti ucciderei se non fosse per l'inconveniente di dire a sua altezza della tua partenza ... Tuttavia ..." Ora era di nuovo davanti a lui. "... non pensare neanche per un momento che ti godrai la festa. O del resto non pensare nemmeno a goderti un solo respiro che sarai costretto a prendere."

Sua madre deve aver fatto parte, Fey. Feyen ... Elfo? ... Fata? ... Un altro cittadino di Feyen? ... Ma non aveva molto senso. Tutti i Fey di nobili origini erano stati banditi decenni prima. Non lo erano? Era inutile cercare di trovare le risposte. Non ora ... ma presto. Doveva sapere la verità anche se lo avesse ucciso.

Ethan si guardò intorno e cercò di trovare un modo per non muovere un altro passo. Non si era reso conto di essere stato immerso nei suoi pensieri e di non prestare attenzione a ciò che stava accadendo intorno a lui. Adesso ... era troppo tardi.

Era nelle profondità della casa di suo zio. Non in cantina ma più in basso. In una piccola stanza, che era coperta del suo sangue secco. Le sue urla vibravano ancora nel fango e nella roccia. Edrich gli aveva fatto cose vili l'ultima volta che era stato quaggiù. Erano passati quasi cinque anni. Cinque anni e fino a quel giorno era stata l'ultima volta che aveva parlato. Cinque anni ed era stata l'ultima volta che si era ricordato di aver visto il vero colore della sua pelle o dei suoi capelli.

Una spinta da dietro lo fece cadere in ginocchio. Il suono del fuoco sfrigolava nell'aria, ma era il freddo a innervosire di più.

"Le sue mani e sopra le spalle dovrebbero essere lasciate sole. Sii creativo, mia cara, il cane ha quasi rovinato i miei piani." Non aveva visto suo zio ma non importava che capisse abbastanza bene le parole. Comprese la rabbia fredda nel profondo ringhio dell'uomo.

Non si permise di alzare lo sguardo per vedere il ghigno dello spettro. Non osava mostrare segni di paura, ma questo non fermò il brivido quando lei chiese: "Sua Altezza avrà bisogno del suo sangue prima di cena?"

Sua altezza. Il terzo in linea per il Trono del Serpente. La creatura che doveva sposare la principessa. L'uomo che aveva banchettato del suo sangue ogni poche notti negli ultimi tre anni. A volte fin dalla vena, altre volte da un calice d'oro pieno fino all'orlo. In quegli anni avevano cercato di dissanguarlo. Ho cercato di farlo morire di fame ... di affogarlo. Bruciatelo vivo. Avevano fatto cose vili che avrebbe voluto dimenticare ... Ma quella sera sarebbe stata la più crudele.

Stasera sarebbe stato picchiato, bruciato, frustato ... non importava ... ma essere vestito in modo elegante e fatto per fare da scorta alla principessa, poi si è seduto per tutta la cena con tavoli pieni di cibo e non gli è stato permesso così tanto come toccarlo. Non gli era permesso bere un solo sorso di vino che era sicuro avrebbe assaggiato più che meraviglioso ... Che al di là di tutto sarebbe stato il più crudele ...

... o almeno così pensava.

Cercando di non respirare Ethan chiuse gli occhi e cercò di calmarsi. Le piante dei suoi piedi erano state frustate e bruciate, quindi solo la sensazione del respiro di qualcuno gli faceva venire voglia di urlare. Quindi, stare qui, e camminare ... ci voleva ogni goccia di energia per non collassare ... per non urlare ... e soprattutto per non versare le lacrime che doveva ricambiare.

Dire a qualcuno che stava male o soffriva era inaccettabile. Non scortare la principessa ... molto peggio. Aveva ordinato la sua presenza, quindi non c'erano scuse accettabili per non scortarla.

Piccoli respiri. Passi lenti e deliberati sulla punta dei piedi ... resistere all'impulso di staccare gli strati di legatura che nascondevano il sangue che filtrava attraverso la maglietta era tutto ciò a cui riusciva a pensare ...

... Tutto ciò a cui si sarebbe permesso di pensare fino a quando non fosse stato sollevato da questo incubo e avrebbe potuto essere solo nella sua minuscola cella di blocchi di calcestruzzo che chiamava la sua stanza.

Aprendo gli occhi, guardò giù per i gradini e la vide ...

... Ho visto una visione che doveva essere un sogno perché non aveva mai visto niente di più bello né più potente.

Quando lei lo guardò, il dolore non aveva più importanza. Le persone nella stanza che erano dietro di lui avrebbero potuto essere a un milione di miglia di distanza. No, in questo momento l'unica cosa ... l'unica persona che contava era questa visione che saliva i gradini. Tutto ciò che importava ora era trovare un modo per essere al suo servizio per tutto il tempo che lei glielo avrebbe permesso.

Tutto ciò che importava era la rabbia che cresceva nei suoi occhi. La rabbia fredda e brutale che poteva vedere bruciare in quegli occhi implacabili.

Capitolo 16:
Nisha

Entrando di corsa nella prima stanza che sembrava vicina a una camera da letto, Nisha sbatté la porta dietro di sé. Le sue capacità non hanno funzionato qui.

No, non era vero. Hanno funzionato ma non come hanno fatto in Lite. I risultati qui erano più terrificanti rispetto alla versione raffinata a cui si era abituata crescendo con sua cugina.

Una voce esitante proveniva dalla porta. "Perdere?"

Voltandosi bruscamente verso la porta ora aperta, vide l'elfo basso e magro che conosceva da anni. Un lento sorriso le contrasse le labbra. "Calendula?"

"Dovresti iniziare a prepararti per la festa. Non vorresti arrivare in ritardo."

In ritardo? Non potevano iniziare senza di lei e in questo momento le importava di meno di chiunque potesse essere presente. Poi di nuovo, le avrebbe dato il tempo di parlare con Ethan. Forse anche saperne di più sulle vicende della città dal suo punto di vista.

E quella era l'unica ragione che aveva per andare a qualsiasi funzione che Edrich avesse programmato.

Guardando la sua amica che doveva ancora entrare effettivamente nella stanza, si prese il vestito. Il suo sorriso autentico adesso. Naturalmente, la sua amica e governante avrebbe trovato l'unico vestito di colore chiaro che sembrava di alto livello e che sarebbe stato comunque considerato un abito da servitore. Anche se, se fosse davvero una serva, avrebbe dovuto farla finita con il bordo dorato sul fondo del vestito. "Oh bene, immagino di poter essere l'ospite gentile per una notte."

Facendo un passo completo nella stanza Marigold chiamò diversi bauli di onice con intarsi d'oro. "Ho alcune donne che hanno bisogno della mia attenzione, ma tornerò tra pochi istanti per aiutarti a prepararti. E Nisha, potrei essere solo un'elfa domestica, ma questo non significa che mi diverta a raccogliere ogni capo di abbigliamento dal pavimento. Per favore cerca di tenerne almeno alcuni nei bauli finché non troviamo il posto giusto per loro. " Avrebbe potuto chiederle di lasciare i bauli da soli, ma sarebbe servito a poco. La sua unica speranza era chiedere a Nisha di non fare casino.

Quando Marigold fu quasi alla porta, Nisha la chiamò: "Hmm, e pensavo che saresti stata la mia cameriera personale". Stava solo scherzando. Erano cresciuti insieme. O per lo più insieme da quando Marigold aveva almeno dieci anni in più ma non sembrava un giorno più di sedici.

"Domani sarò il tuo elfo domestico personale. Oggi chiedo al mio caro amico di non portare la tua frustrazione sul tuo guardaroba."

"Oh, va bene. Troverò un altro asino da trasformare in una nuova creatura."

Sorpreso dal pensiero, Marigold iniziò a parlare: "Tu ... No, no, non dirmelo. Sono abbastanza sicura di non volerlo sapere". Quasi fuori dalla porta, si voltò: "Sarò solo pochi minuti."

"Vai, starò bene finché non torni."

Spalancando il coperchio del baule più vicino, iniziò a tirare fuori camicette e gonne. "Ora cosa indosso alla mia festa?" Sollevando una camicetta che le calzava stretta in alto e svasata in basso, arricciò il naso, "Troppo semplice". Trovando un vestito rosso vino, ha hackerato: "Oh che schifo, perché zia Celeste l'ha imballato?"

"Nisha?!?!"

"Oh, Mari ..."

Afferrando una camicetta sbriciolata dalla mano di Nisha, Marigold la rimproverò in un modo che solo lei avrebbe osato, "Non sono stata via due minuti. Due ..."

Nisha si strinse nelle spalle. "Pensavo di trovare qualcosa da indossare ... Dopo tutto, è la mia festa."

"Ecco perché ti ho fatto qualcosa di speciale." Esaminando il disordine davanti a lei, scosse la testa. "Almeno ho qualche idea su cosa andrà al camino e cosa dovrà essere appeso."

"Vedi, sono bravo ad aiutare."

"Sei bravo a creare disordine con la stoffa. Dovrei chiedere a David se può trovarti qualcosa di personale che possa scegliere i tuoi vestiti per te, così non avrai mai bisogno di toccare un armadio. In realtà, insisto che non ne tocchi mai uno ancora per tutto il tempo in cui sovrintendo al tuo personale domestico. "

Alzando gli occhi al cielo, Nisha sorrise. "Sai che non dovresti rimproverarmi che sono una regina."

"Hai ragione come cameriera, non lo sono. Tuttavia, sei mio amico, quindi ti sgriderò molto bene ogni volta che fai un pasticcio senza motivo. Tanto più quando devo essere io a ripulirlo."

Scendendo sul letto ha fatto finta di essere sottomessa per un breve momento prima di chiedere in tono aspro: "Oh, va bene ... allora amico, cosa mi hai fatto indossare?"

Stringendo gli occhi color lilla, Marigold sibilò: "Non credo che te lo meriti". Per un lungo momento, i due si fissarono finché una calda risata non riempì entrambi i loro occhi. "Ma te lo darò comunque." Un soffio di fumo bianco e ...

Balzando di nuovo in piedi, Nisha prese il vestito e lo indossò con gioia. "È perfetto. Come lo sapevi?"

"Sì, beh, mentre eravamo allo Spire ho chiesto al siniscalco cosa indossava tua madre alla sua festa. A quanto pare aveva scritto, un diario di quello che pensava avresti indossato alla tua festa di maturità e aveva una lista su lista di chi voleva lì. Cosa avrebbero dovuto indossare. E poi c'era questo disegno ... "Glielo porse.

"Mia madre l'ha disegnato?" L'incredulità riempì la sua voce. Zia Celeste lo sapeva?

"Non è la migliore interpretazione di un vestito, quindi mi sono preso delle libertà. Spero che non ti dispiaccia."

Ora guardava davvero il disegno e il vestito. La stessa rete nera fluente sul fondo che sembrerebbe essere una sottile nebbia nera attorno ai suoi piedi e alle sue gambe. La stessa cintura in velluto rosso per spezzare le diverse sfumature del materia e nero. Finiture dorate attorno al colletto invece del bianco raffigurato. Una tradizionale fascia di seta nera per tenere i perni delle sue realizzazioni. Le lacrime le ostruirono la gola, "Mi hai fatto un regalo che significa così tanto. Grazie."

Gettando le braccia intorno alla sua amica, Mari sussurrò: "Benvenuto. Ho incontrato tua madre solo una volta che posso ricordare, ma penso che sarebbe felice che tu abbia scelto di indossare qualcosa che ha suggerito".

Asciugandosi gli occhi, poté solo annuire. "Hai scoperto quanti p-pin dovrei avere?"

"Sia tua madre che tua zia ne indossavano sei. Ogni regina prima di loro solo quattro. Quindi, ci resta, annunciamo quanto sei potente o ne scegliamo solo una manciata?"

Toccando leggermente la fascia, lasciò che i viticci dell'oscurità filtrassero intorno a lei. Per un momento ascoltò solo i sussurri. Quando aprì gli occhi e si voltò verso la sua amica, raddrizzò le spalle: "Mia madre ha commesso un errore nel far conoscere i suoi poteri a quelli intorno a lei alla sua festa. Non c'è motivo per me di seguire quell'esempio."

"Quindi, scegliamo."

"No, sceglierò io."

Chiamando una piccola scatola Marigold la mise sul tavolino accanto a un grande letto. Lentamente aprì il coperchio. Diversi piccoli spilli. Alcuni in oro, altri in argento o pietre preziose rivestiti sul fondo. Ognuno è stato creato per rappresentare un'abilità e un potere diversi che erano stati padroneggiati. Anche i più abili di solito ne avevano solo una manciata entro il diciottesimo anno. Molto raramente avrebbero persino imparato più di tre o quattro in più negli anni successivi. Nisha ne aveva già padroneggiati venti ed era vicina a padroneggiarne altri sette. "Mia regina."

"Ho bisogno di sembrare potente ma ancora incerto di qualsiasi abilità importante".

"Allora posso suggerire di non indossare nessuno che possa essere dominato solo da quelli del Regno Inferiore."

"Sì. Non c'è motivo per i cittadini di Darke di sapere del mio altro regno. Almeno non firo a dopo l'incoronazione." O finché non ne discuto con Lilly.

Indicando uno degli spilli di cristallo Marigold sussurrò: "Sia tua madre che tuo padre erano veggenti; tuttavia, non credo sia saggio vantarsene".

"Verissimo." Fece una pausa: "Sai che non ci avevo mai pensato prima, ma ... Come veggente, mia madre o mio padre avrebbero saputo dell'attacco. Mamma, poteva controllare qualsiasi fuoco sia naturale che innaturale ... quindi come ha fatto? morire in un incendio? " Un altro spillo da non indossare. Gli spilli rappresentano il fuoco sia naturale che innaturale.

Pesando le sue parole Marigold alla fine rispose: "A volte le cose hanno due significati. Ora per me ... e questo solo io che parlo perché non ho prove ... ma ... tutti hanno detto che il fuoco ha preso la regina e tanti altri. Io non ho mai sentito nessuno dire che la regina fosse morta. Né che siano mai stati trovati corpi ".

Una scossa la attraversò mentre inspirava bruscamente. "Mari, sei un genio. Perché non ci ho pensato?" Si voltò e fece qualche passo. "Domani, una volta che Lilly arriverà, esploreremo il castello. Sono sicura che ci sia qualche indizio che è stato trascurato."

"In quel caso, comincerei con gli appartamenti reali. Da quello che ho sentito, è lì che è iniziato il fuoco. Inoltre, è l'unica stanza che deve ancora essere toccata da nessuno da quella notte."

In piedi davanti a un grande specchio, Nisha sorrise mentre si meravigliava di quanto fosse meravigliosa nel vestito che sua madre aveva disegnato. Tuttavia, non riuscì a nascondere la malinconia dalla sua voce quando chiese: "Dovrei avere una scorta finché non arrivo nell'atrio principale". Mio padre dovrebbe essere qui per scortarmi.

Un leggero colpo di tosse dalla porta la fece voltare. Non lo aveva visto allo specchio ... ma ... Oh ... come avrebbe voluto che lo avesse fatto.

Era l'uomo più bello che avesse mai visto. Bene, se superassi il fatto che era completamente costituito da una nebbia sottile. "Mia regina." fece un profondo inchino e aspettò che lei lo riconoscesse.

"Shade?"

La sua voce era un legno profondo ma dolce come il vento, "Mmm. L'ombra è la mia ... quella che chiamate razza. Non è certo il mio nome, mia cara."

Oh mio. Non vedeva l'ora di sapere cosa ci sarebbe stato di diverso tra un'ombra e un'ombra, ma niente l'aveva preparata a questo. Poteva vedere che il suo vestito era uno specchio di qualità superiore. Riuscivo a distinguere il punto in cui sarebbe stato un ricamo. Poi sorrise, rivelando denti così bianchi da sembrare pietre levigate. Ancora un momento finché non notò le cime finemente appuntite che sembravano rasoi. Quando parlò, lei vide di più ... vide tre file di quei denti finemente affilati. "Avresti davvero potuto mangiare David per uno spuntino, se avessi voluto."

"Secondo me, i Drakens, anche in parte i Drakens, sono troppo ossuti per fare un pasto decente. Ma hanno un sapore gradevole." Fece quello che sembrava essere un passo nella stanza. "Se preferisci posso restare come un'ombra."

"Come l'inferno che sei. Guardati. Solo la vista di un'ombra dovrebbe essere un avvertimento sufficiente ... beh, dopo domani. Se non ti dispiace." Per un momento, lo guardò fare alcuni passi verso di lei. Ad un occhio inesperto, stava facendo un passo completo, ma lei vedeva la verità. Quando fece un passo, la nebbia svanì dalla gamba che sarebbe stata dietro di lui e si rimodellò davanti a lui quasi in modo così uniforme che lei quasi non se ne era accorta. "È stupefacente."

Shade fece una pausa, "Che cos'è?"

La sua voce la travolse. Se non fosse stato legato al sangue a lei, sapeva che sarebbe caduta in trance ... sapeva che quelli che l'avessero fatto sarebbero diventati il   suo prossimo pasto. Sorridendo vivacemente, ha risposto: "Il modo in cui ti muovi. Sta davvero memorizzando".

"Lo spero. Rende molto più facile trovare il mio prossimo pasto."

"Ho la tua parola che non farai un pasto a nessun cittadino a meno che non dica diversamente."

"Non ho mai preparato un pasto fuori casa degli ospiti. Tuttavia, mi hai promesso che non mangerò nessun culo offensivo a meno che tu non lo desideri."

Chiaramente, stavano entrambi pensando a Lord Edrich. Le bastava sorridere.

Camminando con Shade, è stata in grado di vedere cose che non aveva notato con Freya. Non che qualcosa avesse importanza in quel momento, ma le cose a cui le sarebbe piaciuto tornare e apprezzare la loro rara bellezza. "Allora, come vorresti essere chiamato? O Shade funziona?"

Per un lungo momento non rispose: "È passato troppo tempo da quando ho usato un nome".

"Ti dispiace che ti chieda quanto tempo?"

"Quasi duemila anni danno o prendono un secolo."

Si aspettava un decennio o due, non due millenni. "Oh, wow."

"Hmmm. In verità, questa non è la mia vera forma. A parte i denti."

"Mi mostrerai?"

"Più tardi mia cara. Hai molto da sopportare stasera per essere distratto dalla mia vanità."

"Sei denti. Sembrano le foto del Serpente ... uomo ... un ... strappato?"

"Abbiamo denti simili ma difficilmente sono gli stessi. Forse dovremmo iniziare con il mio nome. Una volta mi chiamavano Gwydion. Una volta la mia gente si chiamava Eostre ".

"Affascinante."

Per un momento, Gwydion fece una pausa, poi chiese con molta attenzione: "Davvero?"

"Oh sì. Una volta Lilly e io abbiamo discusso sull'esistenza dell'Eostre. Ha detto che erano favole. Ho detto che doveva esserci del vero nei racconti, perché erano troppo dettagliati per essere inventati."

"Sì, anch'io ho sentito le storie. Molti tralasciano molto. Un giorno parleremo del passato. Non oggi."

Ancora una volta, guardò cosa aveva scelto di indossare. Molto debolmente poteva vedere un anello o l'ombra di un anello sulla sua mano destra. "Eri di nascita."

Di nuovo, si fermò. "Vedi più della maggior parte."

"Sì, suppongo di sì."

Dopo essere stato legato a lei quasi dalla nascita, aveva già imparato a rispondere o lei avrebbe trovato qualcosa di molto più scomodo di cui parlare. Per fortuna fino ad ora non era mai stato lui ad avere una di quelle conversazioni. "Una volta ero il re. L'ultimo re del mio popolo."

La vera preoccupazione e il dolore le riempirono la voce quando chiese: "Oh. Posso chiederti cosa è successo alla tua gente?"

"Sono stato tradito da qualcuno di cui mi fidavo. Non preoccuparti, mia cara, quella persona non è sopravvissuta al suo tradimento. Rimpiango solo le vite innocenti perse quel giorno."

"C'è qualcosa che posso fare? Ho davvero una buona amicizia con molti nel Regno Unito.'

"No, mia cara. Abbiamo tutto ciò di cui abbiamo bisogno." Fermandosi ancora una volta si voltò verso di lei. "Ero qui la notte dell'incendio. Allora non ho fatto nulla per aiutare. Forse avrei potuto. Anche se non so cosa."

"Sei venuto da me quella notte." Sapeva che un'ombra le era venuta quella notte. Sua z a l'ha menzionata solo una volta alcuni anni fa.

"Sì."

"Hai scelto di legarti a me e di proteggermi. Lo hai fatto con chiunque ti chiedesse né chiedendo nulla in cambio. Quindi, non incolpare te stesso per quello che è successo in passato."

"Sei un dono raro, mia regina." Le accarezzò la mano. "C'è una cosa che dovresti sapere. Come re, ne ho ancora molti che mi sono legati per il sangue. Anche nella morte, quel legame non svanisce ... non completamente. Potrebbero non prendere ordini da me o addirittura considerarmi il loro re ... ma sono legati a te ... completamente. Se sei in pericolo, hai diverse decine di Eostre pronte a proteggere e distruggere qualsiasi cosa o chiunque possa minacciarti. La sete di sangue che ora possiedono li rende molto pericoloso per chi vorrebbe opporsi a te ". Fece un solo passo indietro e si confuse in un'ombra che strisciava lungo il muro.

Nisha aspettò che scomparisse dalla sua vista, poi sussurrò: "Grazie Gwydion. Me lo ricorderò".

Per diversi lunghi momenti, Nisha si maledì per aver scelto una stanza così lontana dall'atrio principale. A quel tempo, le era sembrata un'idea innovativa ... All'epoca aveva bisogno di essere lontana dalla sala da ballo e da Lord Edrich. Ma ora ... essere così lontano ... era oltre la frustrante. Per qualche istante in più, ringhiò contro se stessa e giurò di scrivere una sedia per farla galleggiare da un lato all'altro del castello. Alla fine, vide la porta ad arco che l'avrebbe condotta alla sua festa. Se solo potesse chiamare questa farsa o un raduno una festa. Dopotutto, una festa era dove ti univi agli amici senza sederti e essere preso di mira da persone a cui davvero non importava chi fossi ... indipendentemente dal fatto che tu sia la loro regina o no. Persone che l'avrebbero vista morta prima di permetterle di rimettere in sesto il regno.

Fermandosi davanti a un'altra porta ad arco, guardò su per la grande scalinata dove si trovava Ethan e la guardò ... in attesa. Una seconda occhiata e non le è piaciuto quello che ha visto. Aveva detto a Lord Edrich di trovare gli abiti adatti a Ethan. In un primo momento, aveva uno sguardo. Ma quello era stato a prima vista.

Mantenendo i suoi passi attenti e deliberati, salì con attenzione le scale. A metà altezza poteva vedere i bordi di un altro incantesimo di illusione. Facendo ancora qualche passo si bloccò permettendo a se stessa di vedere davvero oltre l'incantesimo e vedere la verità. Permettendosi di vedere la giacca a brandelli, la camicia piena di sudiciume e le scarpe coperte di fango che sapeva quasi immediatamente che erano, almeno, una taglia troppo piccola. Poi guardò in profondità nei suoi occhi blu notte e vide il dolore che stava cercando di nascondere. In preda al panico e infuriata, corse su per le poche sca e rimanenti. Ansimando ha chiesto "Stai bene? Cos'è successo?" E quindi, aiutami se Lord Edrich ha qualcosa a che fare con questo.

"Io ..." Facendo un respiro irregolare Ethan si fermò. Una bugia sarebbe così facile. L'aveva detto mille volte, ma mai a nessuno che potesse aiutarlo. Ma mentirle? Non riusciva a trattenersi dal respirare, figuriamoci dirle una bugia. Sapeva solo che non poteva. "Starò bene in pochi giorni."

È già successo e non vuole che lo sappia. "Edrich ha fatto questo. "Non tanto una domanda quanto una conferma.

Scosse la testa, poi sussurrò dolcemente: "Ha solo dato l'ordine. La sua padrona era straordinariamente orgogliosa di eseguire ciò che le aveva detto di fare".

Voltandosi bruscamente, aveva tutte le intenzioni di irrompere nella sala da ballo portando con sé ogni grammo di poteri terrificanti. Chiamare i non morti e dare loro libero sfogo in tutta Darke. Diavolo, poteva invocare i fulmini nel cielo, o il fuoco che infuriava nei focolari e prendere ogni persona in quella stanza prima che avessero mai pensato a cosa sarebbe successo. Una mano calda e tremante sul suo gomito era l'unica cosa che le impediva di farlo. Con molta calma parlò con voce mortalmente calma. Una voce che terrorizzerebbe chiunque all'interno della sua famiglia e con buone ragioni. "Ethan, lascia andare."

In verità, l'ha quasi fatto, ma qualcosa di profondo dentro di sé gli ha impedito di farlo. "La ringrazio per la sua preoccupazione, principessa. Ma non è necessario."

Non necessario? Come l'inferno che era. Ed Edrich, così come il resto di Darke, l'avrebbe imparato in fretta. Ma forse non stanotte. Forse quella sera avrebbe semplicemente ceduto alla richiesta di Ethan, una volta che lui fosse stato nascosto da qualche parte al sicuro ... allora ... e solo allora si sarebbe presa cura di coloro che avevano osato fargli del male. "Bene. Non farò una scenata sul tuo aspetto. Almeno non stasera." Adesso lo fronteggiava. Poteva vedere la paura nei suoi occhi. Non ha paura di lei, decise, ma di quello che avrebbe fatto. I due erano completamente diversi. "Tuttavia, non sei più sotto il controllo di tuo zio. Sei un membro della mia casa. Se lui o qualcun altro ha un problema con questo, sarò più che felice di discuterne con loro."

"Ma ma…"

Assicurandosi che la sua voce avesse tutta l'autorità che una regina dovrebbe avere, disse con molta calma: «Non è questione di discutere, Ethan. Questo è mio da fare. Ed è qualcosa che avrei dovuto fare prima di lasciare lo Spire. "

Senza altro da dire, chinò la testa. Rilievo scritto sul suo volto chiaro come il giorno. "Grazie."

Era venuta vestita in modo da non vantarsi delle sue capacità. Non aveva davvero deciso di condividere nulla con Ethan fino a dopo il matrimonio ... ma ... lentamente gli toccò la mente con la sua. Era pericoloso se non si sapeva cosa stavano facendo. Anche allora ... pochissimi scelgono di usarlo. Ancor meno lo usavano per comunicare piuttosto che controllare la persona con cui si erano collegati. Sapendo questo, si concesse un momento per riconoscere la sua paura di quello che stava facendo. Sapeva che si aspettava un destino molto peggiore del pestaggio che aveva già ricevuto. Ethan

Gli ci volle solo un respiro per rispondere. Questo era qualcosa che avrebbe dovuto impiegare molto più tempo a meno che anche lui non elaborasse questa rara abilità. Pr-principessa?

Non hai motivo di temermi.

Non capendo veramente cosa stesse succedendo o come controllarlo, la mente di Ethan tornò a tutto ciò che gli era stato detto. Torna a tutte le torture che aveva vissuto. La sua mente ripercorse ogni grammo di dolore che era stato costretto a sopportare. La sua mente correva con immagini, ricordi di essere stato dato alle fiamme ... quasi annegato ... volte in cui suo zio e altri avevano cercato di dissanguarlo. A ogni immagine, la sua rabbia si acuiva finché non fu pronta a scoppiare.

Adesso capiva la paura. Più tardi si sarebbe occupata di coloro che gli avevano fatto del male. E molto ... molto più tardi avrebbe permesso al suo promesso sposo di capire veramente questo legame che stava creando per lui. Ma non oggi ... Molto dolcemente, gli mise il dito lungo e stretto sotto il mento, "Ethan?"

Tutto quello che ha fatto è stato ingoiare una volta.

Appena più di un sussurro disse dolcemente: "Starai bene per qualche istante in quella stanza?" Indicava la doppia porta davanti alla quale si trovavano. Se avesse detto di no, lei non avrebbe esitato a portarlo in un posto sicuro, quindi distruggere ogni persona in quella stanza.

Diavolo, anche se lui avesse detto di sì, lei potrebbe ancora farlo.

Deglutendo forte, ha costretto a uscire, "Sì".

La sua paura la stava divorando, ma lei doveva assicurarsi che qualunque cosa facesse, che non peggiorasse quella paura. In qualche modo, in qualche modo, doveva assicurarsi che lui sapesse che era al sicuro con lei. "Hai la mia parola che rimarremo solo il tempo necessario per fare qualche piccolo disturbo, poi vedremo cosa è necessario riparare stasera e cosa può aspettare fino all'arrivo di mio cugino."

Ancora una volta, le afferrò il braccio. Questa volta sul serio: "Non mangiare nulla. Non puoi fidarti del cibo. Non fidarti mai di ciò che non hai visto fatto da solo. So per certo che alcuni piatti sono avvelenati e altri ... il veleno sarebbe troppo gentile . '

Ora lasciò che un sorriso iniziasse ad arricciare le sue labbra. "Tesoro, non avevo intenzione di mangiare niente che la mia cuoca personale non avesse preparato con le sue stesse mani. Ma ti ringrazio per la tua preoccupazione." Inutile dirgli che il veleno non le avrebbe fatto del male, almeno non da quando è diventata la regina del regno sottomesso. Né serviva dirgli che altri additivi avrebbero avuto ben poco o nessun effetto su di lei ... e quello era stato dalla nascita. No, non sarebbe servito ... non quando non sarebbe stato in grado di capire.

"E ..." Ethan prese un respiro profondo e poi lo lasciò uscire lentamente, "Il principe serpente è qui. Ha già ucciso almeno tre dei suoi fratelli. Attualmente è terzo in fila al trono. Per favore, fai attenzione che è molto pericoloso. Più di ogni altro dal suo regno. A meno che non conti suo padre. "

Be ', avrebbe solo dovuto pensarci. Un momento per riflettere su cosa avrebbe fatto con il principe incriminato. Poi un pensiero che le alleviò la collera ... si chiese se a suo zio piacesse il sapore del serpente.

Quando le porte della sala da ballo si aprirono, Nisha trattenne il respiro. La stanza era molto più grande di quanto avesse immaginato. Tre piani di altezza. Ogni piano si apre al centro sulla stanza sottostante. E ogni piano ha enormi pilastri di pietra che reggono il pavimento sopra di esso e una sorta di incantesimo in modo che le persone sembrino danzare nell'aria, pur consentendo una vista del piano principale. Più tardi avrebbe esplorato ciascuno degli altri piani ma stasera ...

Prese il braccio di Ethan. Fu solo quando lui prese un respiro acuto per il dolore che lei gli toccò la mente, mi dispiace.

Non rispose solo fissando gli occhi sul lungo tavolo che si trovava sulla lunga piattaforma che si trovava a più di tre gradini più in alto del piano principale. Incatenando la sua paura, Ethan si costrinse a rimanere completamente passivo.

Essendo collegata, poteva vedere dove stava guardando ma si permetteva comunque di seguire il suo sguardo anche se non ne aveva davvero bisogno. Lord Edrich stava parlando a un uomo alto e magro che, anche da quella distanza, poteva vedere le squame sulla parte posteriore del suo collo nonostante l'incantesimo dell'illusione. "Qua cuno non indossa un incantesimo glamour?" Ogni cittadino che si trovava sui gradini doveva aver sentito la sua domanda da quando l'hanno guardata e si sono precipitati via prima che Ethan potesse rispondere.

"No." Fece una pausa e abbassò la voce mentre diceva: "Tutti sono convinti che nessuno possa vedere oltre. Naturalmente, chiunque dica qualcosa su di loro è punito".

"Capisco. Beh, sembra che il mio piccolo disturbo sarà un po 'più divertente una volta che li avrò interrotti."

"Pausa? Oh, per favore, stai attenta, principessa, ci sono persone molto pericolose in questa stanza e ognuna di loro è un assassino."

Lentamente, per non far muovere Ethan più velocemente di quanto non fosse a suo agio, si fecero strada attraverso un mare di persone. Nessuno della folla chinò la testa o mostrò un minimo di rispetto che avrebbero dovuto avere. Anche quello potrebbe aspettare fino al mattino. Dopotutto, aveva già capito per cosa aveva bisogno di aiuto. Ovviamente, il suo stratagemma di indossare solo cinque delle sue spille sembrava funzionare dal momento che poteva sentire diverse persone sussurrare su quanto fosse debole o che sua madre era due volte più dotata. Sebbene i commenti su quanto facilmente sarebbe stato ucciderla non sono passati inosservati.

*Lascia che pensino quello che vogliono.*Nisha si fermò appena fuori dalla portata dell'uomo che sarebbe stata la sua prima parte del piccolo disturbo, "Lord Edrich". La sua voce era annoiata e infastidita. Niente che suggerisse i suoi veri sentimenti fu rivelato in quelle due semplici parole.

Non fu Lord Edrich a salutarla, ma il principe si voltò: "Ah, Principesse, è bello conoscerti".

Un buon glamour potrebbe nascondere molto ma anche il migliore non potrebbe nascordere una lingua biforcuta. "Il principe Ciron, presumo."

Il suo sorriso era tutt'altro che affascinante. "Non sapevo che tu sapessi che ero presente."

Passandogli accanto, Nisha rispose: "Che sciocco da parte tua pensare che non fossi stato informato. Tuttavia", si voltò di nuovo verso di lui dopo essere salita sulla piattaforma. "Credo che mia madre abbia proibito a tutti i tuoi parenti di Darke, quindi sono curioso di sapere come stai qui? "

La folla si stava avvicinando per ascoltare e guardare questo piccolo dramma. Nessuno sembrava pensare che lei, la principessa, sarebbe stata la vincitrice. Vedendo questo, sentì Ethan chiamarla e sentì l'avvertimento nella sua voce. Principessa.

Fidati di me.

Ciron respinse la domanda con grande entusiasmo. "Oh, il consulente l'ha scoperto un po 'di tempo fa."

"Capisco. In tal caso, vorrei che una copia del trattato mi fosse presentata entro mattina. Nel frattempo, possiamo sederci e goderci i festeggiamenti." Fece una pausa. Era consuetudine che il capo della famiglia reale si sedesse al centro. Il suo coniuge a destra e l'erede a sinistra. Dal momento che sua madre e suo padre se n'erano andati ... Prese il posto di sua madre e accarezzò il sedile alla sua destra, "Ethan, per favore, unisciti a me."

"Principessa, il tuo posto ..."

Con molta calma si sedette più dritta. "Lord Edrich, come ti ho già spiegato, dato che ho diciotto anni non sei più il delegato e non hai alcuna funzione in questa stanza o al mio tavolo. Lei, signore, è scusato."

Edrich sbottò: "Non sei ancora incoronato mia cara."

"Verissimo, tuttavia, mia zia sarà qui domani e sovrintenderà a tutto ciò che deve essere curato fino all'incoronazione."

Il principe Ciron si chinò sul tavolo e la guardò profondamente negli occhi. "Penso che sarebbe da non volere."

Chiunque altro sarebbe caduto preda di quello sguardo mortale, lei però si lasciò sfuggire uno sbadiglio annoiato. Un tocco leggero come una piuma le avvolse la caviglia. La sua cara amica ombra o forse una che era ancora legata a lui, dal modo in cui era più che al sicuro. "Fai ombra al mio amico, per favore, chiedi a Freya di scortare il principe Ciron nella prigione fino a quando non sarò in grado di affrontarlo adeguatamente." Poi al principe, che sembrava confuso dal fatto che lei non fosse influenzata dalla sua trance. "Non prendo alla leggera le persone che cercano di usare la forza per costringermi a fare qualcosa che altrimenti non farei."

Una nebbia sottile salì sulla sedia alla sua sinistra e una forma scura iniziò a formarsi. Non la sua cara amica, ma un'altra sfumatura. Questa femmina. Lunghi capelli piumati e artigli affilati al posto delle dita: "La tua guardia sta arrivando. C'è qualche aiuto che posso offrire?" Si sedette e congiunse le dita assicurandosi che i suoi occhi fossero ora fissi sul serpente. Senza dubbio la valutazione del suo prossimo pasto.

La stanza si riempì di un sussulto collettivo. Né le ombre né le ombre arrivano così a nord. In effetti, la maggior parte rimase tra le rovine delle ossa. Se non negli stessi Mystic Woods. Ma mai vicno al castello. La vista di uno richiedeva cautela Il fatto che … lei … offrisse assistenza alla principessa … era motivo di grande preoccupazione. Tanto più se la piccola principessa potesse davvero controllarlo.

"Tu … dovresti essere …" balbettò Ciron mentre cercava di allontanarsi dalla piattaforma.

"Non mi lasciano ingannare facilmente da Ciron." Alzandosi in piedi alzò la voce in modo che tutti in tutti i piani avrebbero sentito. "Tutti coloro che sono cittadini delle Paludi devono essere fuori da Darke entro mattina. Chi non ascolta il mio avvertimento morirà entro domani sera. Quelli di voi con incantesimi di illusione di qualsiasi tipo, vi dico questo, non lo fanno lavorare su quelli della casa reale di Devros. Nascondersi dietro di loro non ti andrà più bene e quindi ora sono banditi alle porte del castello. Chiunque oserà attraversare la soglia indossandone uno verrà dato alle Ombre che ora si aggirano per queste sale . Ora siete tutti licenziati. " Quando nessuno si mosse, aggiunse: "Mio caro amico Shade, per favore fa 'come desideri a quelli in questa stanza. Ethan, con me." Una porta che era stata nascosta dietro di lei si aprì con Freya che sembrava tutt'altro che soddisfatta.

Una volta entrati in un altro corridoio, la porta si chiuse dietro di loro ed Ethan sussultò: "Un'ombra?"

"Oh, beh, non sono sicuro di come si chiami, ma sono amico di molti di loro. Sono persone davvero interessanti." Be ', almeno, il re lo era comunque. Col tempo, potrebbe essere in grado di imparare di più sulle sfumature. No, avrebbe imparato di più su di loro. Survival voleva che lo facesse.

Capitolo 17: Adrianna

Adrianna camminava su e giù per i confini della sua prigione. Non che sembrasse una prigione, ma una bella suite per una supposizione divina ... beh, se sei riuscito a superare la cupola di vetro che era stata maledetta in modo che nessuno dei suoi incantesimi o abilità funzionasse. E il fatto che la cupola fosse all'interno di una stanza di pietra senza finestre per vedere anche solo un accenno di luce del giorno ha reso il tempo trascorso qui esasperante. Fece un respiro profondo e fece un altro cerchio intorno alla zona salotto, un altro cerchio attorno al divano blu pastello con finiture dorate. Poi un altro intorno alla stanza oblunga. Un percorso che aveva fatto a volte per giorni e giorni. E altre volte solo per muoversi. Ma oggi il suo ritmo era dovuto all'energia nervosa. Dae aveva trovato una via d'uscita pochi giorni prima. Un modo per scappare. Certo, doveva trasformarsi in un topo per trovare il piccolo buco ... ma l'aveva trovato. Anche le ci erano voluti diciotto anni ... L'aveva finalmente trovato. Quindi, per ora, tutto quello che doveva fare era aspettare e sperare che Dae avesse trovato aiuto ... o per lo meno non fosse stata catturata.

Di nuovo non c'era alcuna garanzia che Dae potesse trasformarsi di nuovo in una forma utile una volta che avesse liberato la cupola o la stanza in cui erano tenuti. Il suo cuore si fermò quando la porta di pietra che conduceva oltre la cupola di farro si aprì e il suo rapitore sbirciò dentro. Come sempre, era avvolto in una veste verde scuro che nascondeva la maggior parte delle sue scaglie e delle sue gambe che sembravano appartenere a un pollo piuttosto che a un rettile. La sola vista di lui aveva parole che le bruciavano la gola, ma le permetteva solo di dire "Apep".

"Mia cara, dov'è la tua cameriera?"

Mille cose le passarono per la mente ... poi dalla camera da letto sentì: "Di 'al serpente bastardo che ha appena interrotto un sogno meraviglioso". Voltandosi leggermente, guardò mentre la sua amica trascinava fuori dalla stanza i suoi opachi capelli rosso dorato in un tale disordine che era difficile non sapere che non era stato causato dal sonno.

Prendendo spunto dalla sua amica, scattò: "Beh, la vedi con i tuoi occhi. Ora perché sei qui? Vieni a gongolare ancora una volta? Oh, lo so, sei venuta a vedere se ho deciso di sposarti." Gli voltò le spalle e sputò: "Come mai, mai sarei con qualcuno che solo a guardare mi fa star male". Per non parlare che era già sposata. Non importava se suo marito fosse vivo o no ... lei era legata a lui ... il suo cuore era il suo. Come sarebbe sempre stato anche nella morte. Proprio come il suo apparteneva a lei.

I suoi occhi gialli si strinsero in un impeto di rabbia. "Vengo a sssshare newsssss. Sssssoon il mio sssssson sarà sposato con la tua ragazza. Sssso ingenuo, quello. Sssso maturo per la presa."

Prendendo un respiro profondo, si voltò di nuovo verso di lui. Non sarebbe servito a niente discutere con lui. Non serve imprecare né giurare cose che non aveva più il potere di fare. Almeno non fino a quando non si fosse liberata di questa dannata prigione abbandonata. "Hai dimenticato Apep. Mia madre e mia sorella hanno cresciuto la mia ragazza." Poi si è voltata da lui non riuscendo più a nascondere tutte le emozioni che stava provando. Il suo cuore desiderava ardentemente vedere sua figlia. Tanto più ora che ha riconosciuto chi aveva cresciuto la sua adorata bambina, poi tutti gli anni che ha dovuto trascorrere intrappolata in questa prigione.

"Lo so. I miei sssspys hanno guardato per molti anni sssss. No, mia cara, so tutto quello di cui ho bisogno."

Dannato serpente irritante, non doveva sembrare così compiaciuto. In lontananza, poteva sentire la porta di pietra sbattere dietro di ui. Ancora una volta era sola ... o per lo più sola. Adrianna scattò all'unica persona a cui era rimasta a gridare. "Dae, ti avevo detto di andartene."

Uscendo completamente dalla camera da letto Dae si avvicinò ma a pochi passi dalla sua regina e amica. "Addy davvero. Non me ne sono andato in tutti questi anni, non ti lascerò adesso." Andando verso lo specchio appeso sopra il focolare, scosse la testa. "Sarò così felice quando saremo liberi da questo posto. Questo posto è orribile per la mia pelle. E per non parlare dei miei capelli."

"Libero? Hai ..." La speranza le riscaldò la voce in un modo che poche cose raramente facevano più.

"So dove siamo. Ma in questo momento, non è importante."

"Faerydae?" Sia una domanda che un comando per dirle tutto.

"Devo dirti diverse cose, ma prima. Alcune buone notizie. Prima di tutto Apep è un bugiardo e non ci si dovrebbe fidare."

Lo sapeva. Diavolo, lo sapeva prima di essere tenuta prigioniera. Ecco perché aveva bandito tutti i suoi simili da Darke. Non che avesse detto a nessuno dei suoi sospetti; oh no aveva usato qualche altra informazione che aveva trovato ... o più al punto che il suo caro marito aveva trovato. Ma oggi non era importante. No, l'importante era tutto ciò che Dae aveva scoperto. Salendo fino al divano, accarezzò il sedile accanto a lei. Chiedere qualcosa alla sua amica non ha mai prodotto risposte. Ma lei era una Fey. Le loro notizie sono state raccontate a loro tempo ea modo loro. Mai direttamente, e mai quando gli viene chiesto apertamente. Quindi, ha invece optato per chiedere: "Sei sicuro che il bastardo non possa sentirci?"

Faerydae si portò in tutta la sua altezza e sibilò irritata: "Sono o non sono un Feyen di terza generazione?"

Conosceva la sua amica e non le chiedeva dove fosse nata ma le sue linee di sangue. C'erano diversi tipi di Fey. Fate ed Elfi sono i più comuni di Feyen. Ma i veri Feyen erano quelli con un genitore una Fata e l'altro un Elfo. E non solo un Fey di abilità minori, ma anche più forti della maggior parte. Nel caso di Faerydae, i suoi nonni da entrambe le parti erano stati Feyen. Entrambi i suoi genitori erano membri anziani del consiglio di Feyen e persone molto difficili. Negli anni, aveva riflettuto a lungo sui motivi per cui non avevano pagato il riscatto per riavere la figlia ... il motivo per cui la consideravano morta. "Mi dispiace. Potrei essere la regina qui, ma in questo momento sei tu quella con il potere."

"Verissimo. Anche se mi ci sono vo uti anni per adattarmi a questo posto maledetto. Ma prima una buona notizia. I nostri cari mariti non sono morti, come ha suggerito il bastardo. Tuttavia, non credo che abbiano accesso alle loro capacità in questa volta."

"Se sono vivi, essere tagliati fuori dai loro poteri sarebbe l'unico modo in cui uno o entrambi non ci hanno trovato." Significava anche che erano in guai maggiori e incapaci di difendersi.

"Sì, beh ... posso tranquillamente dire che se avranno accesso avremo due uomini Feyen molto incazzati che sono ..."

"Difficile da controllare anche quando non sei incazzato per qualcosa?" Il ricordo dell'ultima persona che aveva fatto incazzare suo marito le diede un brivido. Fortunatamente, non aveva mai veramente conosciuto l'attuale regina Feyen né desiderava farlo dopo aver visto cosa era successo.

"Sì, beh. Tuo marito è noto per essere letale in una buona giornata, mentre il mio è meglio conosciuto per essere un rompicoglioni ... anche se aveva sempre ragione."

Dopo aver ricordato per un momento le loro vite prima della rivolta, Adrianna finalmente chiese: "Posso chiederti come l'hai scoperto?"

Adesso Dae sorrise. Un sorriso così folle per un Fey era quasi spaventoso. Poi tese la mano. Due semplici anelli d'oro. "Ricordi l'incantesimo che ho lanciato prima del tuo matrimonio?"

Lentamente annuì, "Lo voglio."

"Finché entrambi traggono respiro, entrambi sono legati alla vita e alla morte. Chi indossa la pietra sia conosciuto." Quando Adrianna non prese l'anello, le prese la mano e se la ficcò sul dito. "Davvero, Addy, dovresti prestare più attenzione alle mie parole. Devi indossare l'anello per capire."

Chiudendo gli occhi, si lasciò sentire. Per un minuto, non sentì nulla, poi un leggero ronzio. Un polso morbido. Un battito cardiaco che batte a tempo con il suo ma non con il suo. "Myrddin." I suoi occhi si aprirono per lo shock "Myrddin?"

"Come ho detto ... vivo. Ma qualcosa non va. L'ho sentito quando ho trovato il mio Galeron. Non so cosa significhi ... ancora. Ma sono vivi."

Lacrime felici le ostruirono la gola. "Allora c'è speranza."

Dae si mise a sedere più dritto e fece un sorriso autentico di pura gioia. "Oh, mio caro amico, abbiamo più che speranza perché so ancora una cosa per certo."

"Me lo dirai o dovrei indovinare?"

"Sei un terribile indovino senza i tuoi sussurri, quindi te lo dirò. La principessa ha trovato il mio Ethan."

L'eccitazione sopraffece la sua migliore capacità di giudizio mentre gettava le braccia intorno all'amica. "Allora abbiamo più che speranza."

Poi il suo sorriso svanì. "Sì, ma i nostri figli saranno necessari per liberarci."

Non sembrava una speranza. Sembrava come rinunciare. Sembrava che sarebbero stati qui per sempre. "Cosa non mi dici?"

"Siamo nei boschi mistici. I poteri appresi non funzionano qui solo quelli naturali. Ma peggio ancora, siamo rinchiusi nella dimora di Eostre. Temo che l'unica cosa che ci tiene in vita ora siano i nostri carcerieri. E peggio ancora, io penso che questo fosse uno dei siti di atterraggio per i primi Fey. Un luogo per drenare i loro poteri nella terra ".

Merda. I Mystic Woods sono stati proibiti per quasi un millennio. Non più di quello ... Quasi due. Era stato così dai tempi della grande guerra e coloro che rivendicavano i boschi minacciavano di distruggere chiunque osasse entrare. Allora come o perché i serpenti hanno il permesso di essere qui?

Adesso stavano lavorando insieme in qualche modo? Oppure i serpenti erano diventati così potenti che quelli che vivevano qui ora vivevano nel timore di loro. "Non puoi scappare, vero?"

Dando ad Addy uno sguardo seccato, Dae sibilò: "Non ti lascerò indietro, mio caro amico."

La disperazione riempì la sua voce. Uno di loro doveva essere libero da questo posto. Uno di loro ha dovuto avvertire i bambini. "Dae non è quello che ti ho chiesto. Se ti avessi ordinato ..."

Mise un dito sulle labbra della sua regina. "La nostra fuga avverrà quando non accadrà quando deciderai tu."

Ovviamente. Perché avrebbe mai pensato che Dae avrebbe ascoltato la ragione? "Allora per stasera non parliamo più della nostra piaga solo nella speranza che i nostri mariti siano vivi."

"Sì, e la speranza che la tua ragazza abbia capacità più naturali di sua madre."

Capitolo 18:
Ethan

Nel momento in cui il muro di pietra grigia sigillò Ethan lo afferrò per evitare che cadesse. Poteva sentire il liquido caldo e appiccicoso che gli stava riempiendo le scarpe e sapeva che non c'era modo che avrebbe camminato molto oltre. In realtà, se il ronzio nella sua testa non si fosse fermato, non sarebbe stato cosciente abbastanza a lungo da provare. Questo era il piano di suo zio. Non solo lo fanno sembrare debole, ma assicurati che non possa fare nulla per guadagnarsi da vivere. Non ho potuto fare nulla che la principessa avrebbe trovato utile.

Se non faceva così male, avrebbe riso tra sé. Ridi perché utile o no faceva già parte della casa della principessa. Non c'era niente che Edrich potesse fargli adesso per cambiare la situazione. Tuttavia, solo perché faceva parte della sua casa non significava che potesse andarsene senza guadagnarsi da vivere. Non sembrava crudele come gli altri nobili, quindi forse forse gli avrebbe permesso di iniziare a guadagnarsi da vivere dopo che l'emorragia si fosse fermata. Un modo per scoprirlo. "Principessa."

La vide voltarsi verso di lui ma non la vide fare la manciata di passi che la riportarono al suo fianco. "Dannazione, Ethan, perché non mi hai detto che non potevi camminare? Non avremmo mai partecipato a quella farsa di una festa."

"Io ..." Cercò di fare un respiro normale e riuscì a malapena a farlo senza piangere per il modo in cui le sue costole si muovevano sotto la pelle. Dandosi un momento per riprendersi, poi parlò a bassa voce. "... pensavo di poterlo fare."

"Va bene, non ti sgriderò per avermi mentito; tuttavia, non lo farai più."

Che cosa? Sgridare ... Urlare? Se avesse afferrato un muro alla vista di suo zio sarebbe stato picchiato fino a svenire. Poi preso a calci per svenimento. Urlare non sembrava una punizione ma, di nuovo, non voleva nemmeno insistere sull'argomento. "Hai la mia parola."

"Buona." Nisha si fermò per un momento, poi sospirò. "Se ti aiuto a terra starai bene per un momento?"

"Io ... penso di sì."

La nebbia nera gli scorreva intorno mentre veniva gentilmente aiutato a terra. "Ora vado a trovare una sedia, cercherò di non andarci e ci metto troppo tempo ma non sono ancora stato da questa parte del castello."

"Grazie, ma ..."

Inginocchiandosi di fronte a lui, mise di nuovo il dito sotto il mento, "Ethan, sei ferito e non sei in grado di muoverti. Ora posso sedermi qui e discutere di me cercando una sedia che posso usare per portarti dove voglio che tu sia per la notte. Oppure puoi discuterne con te stesso poiché questo senza dubbio farà risparmiare tempo da entrambe le parti ".

Ha pensato di protestare, ma ha deciso di non farlo. Dopo tutto, quando mai aveva discusso con successo per qualcosa e vinto più della punizione che ne era seguita? "Grazie principessa."

"Oh, quella era un'altra cosa. Il mio nome è Nisha. Puoi chiamarmi così. I titoli formali sono così noiosi. Detesto quelli in casa mia che li usano solo per conversazioni causali."

Per un momento, la guardò alzarsi in piedi e poi chiuse gli occhi: "Dovrebbe esserci un salotto non lontano da qui. I mobili non sono dei migliori ma dovrebbero adattarsi a qualsiasi cosa tu abbia in mente." Forse avrebbe dovuto dirle che era solito intrufolarsi nel palazzo per nascondersi da suo zio. Forse avrebbe dovuto dirle dove erano le stanze più interessanti. Forse ... no, gliel'avrebbe detto non appena avesse potuto fare un respiro normale.

"Vedi ora, non è stato più facile che discutere?"

Capitolo 19:

Nisha

Nisha aspettò finché non fu fuori dalla vista di Ethan prima di dire: "Gwydion?" La nebbia turbinò intorno a lei quasi scherzosamente prima di formare la sua amica.

"Mia regina?"

Guardando dritto davanti a sé, Nisha socchiuse gli occhi. "Per favore, cammina con me, non mi fido di chi si nasconde nei corridoi."

"Molto bene. Due della mia gente veglieranno sul ragazzo ... Ethan."

Fece una pausa. "Hai guardato?"

Non si voltò verso di lei ma fissò gli occhi su qualcosa di lontano. "Come ombra, posso guardare più cose contemporaneamente. Come il salotto che è appena più avanti. E il principe serpente che è nel palazzo."

"Un giorno mi piacerebbe saperne di più sulle tue capacità sia prima della Grande Guerra che adesso. In qualche modo, penso che la maggior parte di ciò che si sa non sia altro che speculazione o poca verità."

"Come desideri, ma ti suggerisco di aspettare fino a dopo l'incoronazione. Avrai molto più tempo per parlare allora. Perché c'è molto che non è mai stato detto al di fuori dei boschi. Più che non è stato sussurrato dalla Grande Guerra."

Lei annuì una volta d'accordo. Fermandosi all'ingresso della porta chiese: "Il principe serpente è posto da qualche parte dove non può scappare?"

"Il principe serpente apprezza troppo la sua vita per provarci. Ho richiesto una guarnigione dei tuoi migliori combattenti per difendere questo palazzo. Freya ha convenuto che c'è più pericolo per lei di quanto avesse previsto."

Nisha incespicò di un passo guardando la sua amica. Freya raramente accettava prima qualcosa che non fosse stata una sua idea. Sentendo questo non poteva crederci. "Voi due ... avete parlato e lei ha effettivamente accettato?"

Gwydion sembrò perplessa dal suo tono, ma rispose con un tono più pratico che casuale: "Sei troppo occupato in questo momento per considerare tutti coloro che desiderano farti del male. Tuttavia, sia Freya che io siamo libere per indulgere nel loro gioco ". Si fermò e decise di condividere un po 'di più non solo su se stesso ma anche su Freya. «Inoltre, conosco Lady Freya da molto prima della sua morte. E questo è stato molti anni prima della guerra. "

Scegliendo di non dire nulla sull'ammissione di quanto tempo i suoi amici fidati si conoscessero, si permise di pensare a pensieri più costruttivi. Quelli su come potrebbe organizzare la sua corte. Mi chiedo se potrei fare un'ombra al mio capitano delle guardie? O averlo nel mio consiglio? Poi di nuovo è il mio consiglio e scelgo chi ci serve. Ma quello era un pensiero per un altro giorno. Oggi, tuttavia, avevano qualcosa da discutere. "Capisco. Allora grazie, ma per favore in futuro consultami prima di portare qui parecchie decine di cittadini che non sono ... come dirlo educatamente ... pienamente vivi ne la Notte. Devo ancora decidere come servirà entrambi i regni, ma dubito che permettere a quelli del Regno Inferiore di vagare liberamente andrebbe bene per i cittadini di Darke ".

"Naturalmente, tuttavia, hai dichiarato che coloro che appartengono al regno dei serpenti lasceranno questo Darke la mattina o saranno morti domani al calar della notte. Non è vero?"

Era stata esca ... poteva sentirlo, "Sì ..."

"Chi ti aspetti che esegua quell'ordine? Quelli sono tra i vivi e aspettano che tu fallisca. O quelli che appartengono al Regno Inferiore e sanno che non lo farai?"

Chiuse gli occhi: "Dannazione, hai davvero prestato molta più attenzione a questo posto di me."

"Essere quello che sono finché ho ha i suoi vantaggi, mia cara."

Alzando gli occhi al cielo, fece un solo passo in salotto e si fermò di colpo. Ethan aveva detto che i mobili non erano dei migliori, ma aveva sperato che sembrassero decenti. Tuttavia, la sedia imbottita con lo schienale alto sembrava che non sarebbe andata in pezzi se avesse piazzato un incantesimo galleggiante su di essa.

Qualche passo più vicino per esaminarlo e due occhi gialli la fissarono. "Oh wow. Non sapevo che c'erano quelli che potevano trasformarsi in mobili." Ha detto in totale soggezione.

Restando sulla soglia, Gwydion inarcò la schiena vedendo la creatura che aveva attirato l'attenzione della sua piccola regina. "Dubito che la creatura l'abbia fatto da sola."

"Intendi..."

Lentamente Gwydion entrò nella stanza. "Alcuni anni fa, diverse creature, perdonami, è passato troppo tempo per ricordare cosa erano state." Era una bugia, ma non spettava a lui rivelare la verità.

"Dimmi solo quello che sai ... Deve esserci un libro o qualcosa intorno a lei che può dirmi il resto."

Fece un cenno di comprensione, poi continuò: "Sono stati trasformati in quella che viene comunemente chiamata una Furia. Le creature sono collocate in aree comuni dove possono aspettare supposizioni irrilevanti o fastidiose. Ci si avvicinerà alla Furia vedendo che è l'unico posto che sembra invitante ... e sarà il suo prossimo pasto. Tuttavia, la maggior parte può vivere anni, anche una manciata di decenni senza aver bisogno di un pasto ".

"Che fascino." Avvicinandosi alla sedia ... Furia ... si inginocchiò davanti ad essa. Le sue dita gli accarezzano il braccio. "Non mangerai quelli che si siedono su di te. In cambio, cercherò di invertire l'incantesimo non appena troverò quello corretto che è stato usato su di te."

I due occhi gialli sbatté le palpebre per la comprensione. O almeno, pensava che fosse comprensione. "Vedi, era semplice. Ora per il mio incantesimo galleggiante ... "Una folata di fumo nero e la sedia si sollevò appena un soffio da terra." Splendido. Ora per prendere Ethan e trovare ... da qualche parte ... "

Gwydion si guardò alle spalle annuendo a una nebbia grigia che aleggiava vicino alla porta. "Il tuo elfo domestico ha trovato una stanza adatta su questo lato del castello. Senza dubbio più veloce da raggiungere rispetto all'altro."

Capitolo 20:
Ethan

Ethan chiuse gli occhi mentre Nisha scompariva nel corridoio. Respirare faceva male, ma non farlo non era un'opzione. Cercando di concentrarsi su qualcosa ... qualsiasi cosa lasciò che la sua mente si chiedesse fino al frammento di un ricordo che aveva ricordato quella mattina. Non era sicuro di come, ma sapeva che Nisha l'aveva innescato ... sperava solo di ricordarlo abbastanza ora.

Lentamente apparve il viso della donna. Zigomi alti. Naso sottile. labbra rosso sangue. Era quello il colore naturale o aveva fatto qualcosa per farli apparire in quel modo? Non qualcosa che sarebbe mai stato veramente in grado di scoprire. Non con la sua morte ...

Prendendo un respiro lento e frastagl ato, si concentrò sui suoi capelli rosso fuoco e sulle orecchie delicatamente appuntite. I suoi erano stati così una volta ... finché suo zio non aveva deciso che mutilarli sarebbe stato più adatto al suo scopo. Poteva ancora, anche adesso, sentire il coltello smussato che gli incideva la carne. Poteva sentire le urla che gli erano sfuggite dalle labbra quel giorno e le lacrime che gli erano scorse calde sul viso mentre era legato e costretto a sopportare il dolore. Costretto a guardare attraverso lo specchio che era stato davanti a lui. Ethan ha cercato di scrollarsi di dosso il ricordo. Meglio non pensarci adesso. No ... voleva solo pensare a lei ... sua madre e il suo unico ricordo di lei.

Un piccolo sorriso si contrasse sulle sue labbra quando vide i suoi occhi. Lo stesso colore del suo ... beh quasi ... il suo aveva quello che sembrava un luccichio scintillante in loro dove i suoi erano un colore solido. O almeno, pensava che lo fossero.

"Ethan?"

Quella voce disinvolta che conosceva. Morbido come il vento estivo.

Un tocco morbido sul viso. "Ethan." La sensazione di puro velluto sulla sua pelle.

Lentamente aprì gli occhi alla voce femminile ... alla principessa. "Mi dispiace ... io ..." Il suo dito premette contro le sue labbra per impedirgli di parlare.

"Ho trovato una sedia. E il mio amico ha trovato una stanza adatta non lontano da qui."

Sedia? Camera? La sua mente doveva essere confusa per comprendere veramente quello che gli stava dicendo. Sì, quella doveva essere la risposta poiché era sicuro che l'uomo che ora lo stava aiutando a sedersi non fosse stato lì un attimo prima. O perché la sedia sembrava fare le fusa. Sì, doveva essere quello il motivo.

Poi di nuovo, l'uomo è scomparso nella nebbia. Un'ombra? Un'ombra lo aveva appena aiutato a salire su una sedia che faceva le fusa? Sì, doveva morire perché niente aveva senso. O forse era così che erano stati presi quelli degni del Regno Inferiore ... su una sedia che faceva le fusa scortata da un'ombra. Peccato che non sia riuscito a tenere gli occhi aperti abbastanza a lungo per scoprirlo.

Capitolo 21:
Lilly e David

Lilly si sedette sul suo letto troppo soffice leggendo intensamente le leggi di Darke. Leggi che era sicura che il suo caro cugino non avesse mai visto. Libri su libri che sapeva che Nisha non avrebbe mai guardato a meno che qualcuno non glieli avesse fatti leggere. Con un profondo sospiro, si rassegnò a essere quella che aveva convinto sua cugina a leggere quei libri.

Sfogliando l'ennesima pagina, lasciò che le sue dita danzassero sulla morbida pelliccia grigio pietra di David. Naturalmente, se non fosse stato in forma di gatto, avrebbe discusso con lui le leggi del regno di suo cugino invece di accarezzarlo pigramente. Che preferirebbe piuttosto che prendere appunti mentalmente su quali leggi dovevano essere buttate fuori dalla finestra e quali dovevano essere adattate per avere più senso. Non che ne trovasse molti da conservare, ma comunque li teneva d'occhio.

Un lieve bussare alla porta di colore pallido la fece alzare lo sguardo dal volume attuale, "Puoi entrare".

La porta si aprì quel tanto che bastava perché un cameriere della Guglia potesse sbirciare nella stanza. Il suo vestito blu scuro era sufficiente per sapere da quale parte della Guglia era venuto. La pelle di tizzone ... beh, si sarebbe preoccupata del motivo per cui un vigile del fuoco aveva scelto di diventare un cameriere in seguito.

Quando lui non parlò, lei disse: "Hai un messaggio per me?" È venuto fuori più brusco di quanto avrebbe parlato normalmente, ma qualcosa nella sua postura mescolata a tutto ciò che aveva letto ... l'aveva innervosita ... ora, se solo avesse potuto trovare una ragione. Uno che non sarebbe finito con l'uccisione del messaggero.

"La principessa Nisha richiede la tua presenza immediata."

Il modo in cui la sua voce suonava come il fuoco scoppiettante nel focolare la infastidiva ... ma era il modo in cui sembrava pronto per un attacco che le faceva inarcare la schiena. Un movimento che ha fatto sì che il fidanzato allungasse le zampe di gatto e tornasse alla sua vera forma. La paura risuonò negli occhi del cameriere mentre guardava il suo David. Era abbastanza per non avere più paura di questa persona così ha ritrovato la sua compostezza. "E la mia cara cugina ha detto perché aveva bisogno che venissi prima della sua incoronazione?"

I suoi occhi non lasciarono mai il Draken che ora stava valutando il suo prossimo pasto. "Non mi è stato detto."

David sbadigliò lasciando che la sua lunga coda squamosa agitasse in avvertimento: "Dato che non hai altre istruzioni puoi andartene".

"IO..."

Sporgendosi in avanti David sorrise rivelando i suoi denti affilati come rasoi. "Vattene o andiamo a cena. Lascia che ti assicuri che i vigili del fuoco hanno un gusto delizioso." Si rivolse a Lilly e continuò: "Pensi che Nisha ne avrà uno nel menu per il banchetto?"

Sorridendo oh così dolcemente lei rispose: "Se me lo chiedi, sono sicura che sarebbe felice di trovarne uno di cui Darke potrebbe fare a meno ... dopotutto tuo padre ha già richiesto diverse prelibatezze per se stesso." Se fosse vero o no non importava. Far credere al cameriere che stesse dicendo la verità ... beh ... quella era una storia completamente diversa.

Nessuno dei due prestò molta attenzione al camminatore dei vigili del fuoco mentre fuggiva dalla loro stanza e percorreva il lungo corridoio. Tuttavia, Lilly si assicurò di aspettare qualche istante per assicurarsi che se ne fosse veramente andato prima di alzarsi e chiudere la porta. "Pensi che qualcosa non va ... Voglio dire con Nisha ... so che c'era qualcosa che non andava con il cameriere."

Disteso sul grande letto morbido, David fissò il baldacchino rosa pallido: "Se qualcosa fosse veramente sbagliato, Freya sarebbe venuta lei stessa ... o avrebbe mandato uno degli altri amici del nostro caro cugino. Detto questo, non credo sia saggio lasciarla stare troppo a lungo. Papà odierebbe dover trovare un'altra ... ehm ... persona? ... che sarebbe disposta a tagliargli le unghie dei piedi. "

Tirando indietro i suoi lunghi capelli dorati in una coda di cavallo sciolta, chiese: "Perché tua madre si rifiuta di ... ha detto una volta, ma allora non parlavo la lingua Feyen."

"A quanto pare non le interessa scoprire chi o cosa è rimasto nelle sue unghie poiché il padre tende a vantarsi dopo la caccia. È anche per questo che non caccia più spesso come vuole." Per un momento, chiuse gli occhi rosso lava, "Stavo solo pensando ..."

"Oh, non farlo ... ogni volta che lo fai la mamma non sa piuttosto ridere, piangere o rimandarti dalla tua famiglia. E francamente nemmeno io."

"Divertente, molto divertente." Aspettò che lei fosse abbastanza vicina, poi la avvolse con la coda inchiodandola al letto. Un respiro dopo, stava usando il suo corpo per tenerla contro il suo letto. "Penso di dover ancora lavorare sulle tue capacità difensive."

"Pensi davvero che non possa allontanarmi da te se lo volessi?" Il suo sorriso non era confortante.

"Non oseresti ... non se desideri diventare madre."

Dolcemente alzò la mano e gli accarezzò le lunghe corna ricurve sapendo che si sarebbe mosso piuttosto che indulgere a ciò a cui avrebbe portato la carezza se fossero stati già sposati. Nel momento in cui lui era in piedi e ringhiava, lei sorrise. "Vedi, non ho bisogno di ulteriore addestramento difensivo. Ora, cosa stavi pensando che ci avrebbe messo nei guai indubbiamente entrambi?"

"Solo così sai che non funzionerà una volta che ci sposeremo."

Lei alzò le spalle, "Penserò a qualcosa quando arriverà quel momento ... inoltre tu sei solo metà Draken."

Per un minuto, girò su e giù per la sua stanza. Un giorno avrebbe dormito in una stanza che non era tutta luminosa e dorata. Un giorno avrebbe avuto un letto in cui non sprofondare ... in qualche modo, non pensava che sarebbe stato vivo quando quel giorno sarebbe arrivato. "Sei pronto a sentire cosa stavo pensando o dovrei trasformarmi di nuovo in un gatto e continuare ad essere accarezzato?"

Già frugando nell'armadio del suo guardaroba Lilly sorrise: "Oh, dai. Puoi parlare mentre faccio le valigie."

"Se fai le valigie, le tue signore ti guarderanno male."

"Se non siamo qui, allora non possono," ribatté Lilly.

Non era utile discutere con lei ... non quando non poteva vincere comunque ... non quando davvero non gli importava di cosa stavano discutendo all'inizio. "Conosci la storia di come si sono incontrati mia madre e mio padre?"

"La mamma ha detto che zio Myrddin c'entrava qualcosa, ma dal momento che anche solo menzionare il suo nome le faceva pensare a sua sorella, non ho mai chiesto tutti i dettagli. E tu sai che non lo chiederei mai a tua madre."

Lentamente si avvicinò alla finestra e guardò il giardino di lei. Anche da tre piani in su, poteva vedere la più piccola delle fate che si prendeva cura dei fiori. Sapeva che la maggior parte le vedeva come api o farfalle ... solo qualcuno che capisse le fate dei giardini sarebbe stato in grado di vedere la loro vera forma ... solo qualcuno che fosse di sangue Feyen sarebbe stato in grado di parlare con loro ... in questo momento non lo sapeva. importa. "Myrddin è ... era il fratello di mia madre."

"Che cosa?!?" Lilly fece un salto indietro dal suo guardaroba. "E me lo dici solo ora!"

"La mamma non voleva che tu lo sapessi prima che Nisha fosse pronta a governare."

Non si era rivolto a lei e al suo rifiuto di incontrare il suo viso su ... oh sì, stava nascondendo qualcosa, "Davkren guardami".

Se stava usando il suo vero nome, allora era nei guai. Sospirò tra sé. Almeno non stava usando il suo nome completo o avrebbe dovuto essere un gatto solo per tenersi fuori dalla vista. "Ho bisogno di dirti una cosa e non voglio che tu reagisca in modo eccessivo."

Merda. Questo non potrebbe essere buono. Non va affatto bene. "Dovresti aspettare che anche Nisha sia vicina per sentirlo?"

Adesso si era rivolto a lei. In dieci anni, non si era mai sentito così nervoso: "No. Penso ... voglio che tu sappia prima, poi se pensi che vada bene allora glielo diremo. Chissà cosa farà con le informazioni."

Mettendo una mano sul fianco Lilly sbuffò, "Sai cosa farà ... avrà quello sguardo nei suoi occhi ... sai quello che dice che saremo nei guai. Poi sorriderà Non il suo sorriso amichevole ma quello terrificante che dice che stai per essere sgridato ... poi dirà che ho un'idea meravigliosa, poi saremo noi nei guai non so con chi. "

"Sì, è di questo che ho paura." Quello e quello che avrebbe fatto Nisha dopo essere rimasta sola con le informazioni ... sola senza nessuno che le impedisse di fare qualcosa di così incredibile che ci sarebbero voluti anni per capire la piena conseguenza di quella decisione.

"Allora perché non me lo dici mentre vado a trovarla. Allora se deve saperlo possiamo dirglielo nel suo castello e lontano da entrambi i nostri genitori."

David si fermò abbastanza a lungo da prendere tempo prima di aggiungere esitante: "Se partiamo ora, saremo lì prima del mattino".

Prendendogli il viso tra le mani, gli sorrise: "Tesoro, se ce ne andiamo adesso saremo lì ben prima dell'alba".

Seduta con attenzione nel suo pullman privato, Lilly chiese dolcemente: "Ok, dato che passeranno poche ore prima di raggiungere la Guglia, che cosa devo sentire e decidere se nostro cugino deve saperlo?"

David fece un respiro profondo. "Va bene. Per favore fammi finire prima di interrompere." Quando lei annuì, lui ricominciò: "Qualche centinaio di anni fa, forse di più da quando la mamma è molto vicina alla sua età reale. Mia madre era conosciuta con un nome diverso ... Penso che fosse Tenanye. Comunque, ha lavorato come apprendista alla corte della regina Feyen. Il nome della regina credo fosse Elista. In quel periodo, suo fratello tornò dai boschi mistici. La mamma non disse mai perché fosse lì, ma tornò conoscendo le arti oscure tra le altre cose. Le disse che aveva organizzato il suo matrimonio. Essendo la più anziana ed entrambi i genitori presumo non più vivi, era un suo diritto anche se lei non era molto contenta con lui da quando era così giovane.

Lilly ha alzato leggermente la mano per interromperla anche se ha promesso di non farlo: "Più vecchia di diciotto anni ma più giovane di due secoli?"

Alzando gli occhi rosso lava, David continuò: "Qualcosa del genere. Secondo la madre, il suo fratello bestiale l'ha trascinata al confine per Darken e l'ha fatta cadere su un ceppo di albero marcio. Sono sicuro che abbia esagerato un po ', ma l'ho fatto nessun altro a cui chiedere. E mio padre dice solo che avrebbe dovuto mangiare Myrddin molte volte per averlo presentato a mia madre. "

"Tuo padre dice a tutti che dovrebbe mangiarli. Penso sia un elogio."

"Certo che lo è. Dopotutto, papà non dice mai ai suoi pasti se deve mangiarli ... lo fa e basta."

Uno schiaffo scherzoso sul suo braccio e Lilly sibilò: "Non voglio conoscere le abitudini alimentari della tua famiglia. È già abbastanza brutto che tuo fratello abbia divorato quel troll davanti a me."

David strinse gli occhi e scrollò le spalle. "Ti ha attaccato. Cos'altro vorresti che facesse mio fratello? Lascia che uccida una principessa in visita?'

"Ebbene no. Ma non doveva mangiarlo davanti a me. Sono sicuro che ucciderlo avrebbe fatto la stessa cosa."

"Lilly, dolcezza. Non bisogna mai sprecare cibo. Soprattutto i troll. Passano così di rado a Draken."

Lilly sbatté le palpebre non preoccupandosi davvero quando i troll entrarono in Draken, purché non avesse a che fare con le brutte bestie. "Discuteremo più tardi dei troll. Continua la tua storia."

"Bene. Myrddin doveva sposare la principessa Larna. È successo qualcosa alla sua famiglia. La madre non fornirà alcun dettaglio su qualunque cosa fosse accaduta. Ma il giorno del matrimonio Larna dichiarò come il suo primo atto come regina che stava dichiarando ogni figlio che Myrddin ha generato sarà nominato erede della corona Feyen. "

Portò la sua mano al braccio di David. "Qualunque? Lei era Fey ... non avrebbe ..."

"Aveva appena duecento anni. Ancora una bambina e non addestrata al gioco di parole. La madre insegnava a tutti i suoi figli a giochi di parole sin dalla nascita per questo."

Gli occhi verde menta di Lilly si spalancarono, "Significa ..."

"Nisha è la principessa ereditaria di Feyen. Ma non è la cosa peggiore."

Con un gemito, Lilly chiese: "Cosa può esserci di peggio allora ..."

"I voti nuziali che Larna ha preso dicevano come nella tradizione che lei dona il suo cuore a Myrddin. Ha letteralmente preso il suo cuore pulsante dal suo petto e l'ha rinchiuso in una scatola di farro. Solo lui oi suoi figli possono tenere il cuore a cui ricambiare. Larna. A meno che non abbia trovato qualcun altro che potrebbe tenerlo. O almeno questa è l'ipotesi che la mamma stia scegliendo di vivere ".

"Non voglio sentire questo."

Esattamente la risposta che aveva pensato che Lilly avrebbe avuto. E il motivo per cui voleva che lei sapesse prima di dire qualsiasi cosa a Nisha. "La nonna di Larna ha governato ufficiosamente da allora. Venti anni fa, un uomo è venuto a Feyen. Si è interessato a Larna. Ora badate che era . . è ... soprattutto una conchiglia. Mangia, si veste, si comporta di conseguenza per un burattino, ma non ha emozioni. Da quello che ho imparato, non ha detto una parola da quel giorno. "

Questo ha significato dal momento che ogni incantesimo che sapeva di che coinvolgeva il cuore di una persona lasciava la persona morta o quasi morta. In qualche modo, non pensava che il padre di Nisha avesse usato nessuno di quegli incantesimi. Lilly non voleva chiedere ma lo fece lo stesso. "Cosa c'entra questo con Nisha?"

"Due anni dopo è stato espulso da Feyen e gli è stato ordinato di non tornare mai più. È fuggito a Darke. La madre pensa che fosse un parente di Faerydae. O almeno, ha detto che lo era. Ma pochi giorni dopo essere fuggito a Darke ... l'incendio è accaduto . Ora potrebbe essere solo una coincidenza ma ... "Ha alzato le spalle," Stavo pensando ... "

Lilly si appoggiò allo schienale e gemette: "Vorrei davvero che non lo avessi fatto ... ma a cosa stai pensando?"

"E se lui ... supponendo che fosse lo stesso ragazzo ... avesse scoperto chi era promesso sposo della principessa ereditaria e volesse usarla per governare sia Darke che Feyen."

"Allora è due volte lo stupido. Dannazione, David, hai dimenticato cosa ha fatto Nisha la prima volta che siamo venuti a casa tua? Eravamo appena cinque quando quei troll hanno attaccato. Tuo fratello, che aveva già vent'anni, ha mangiato il primo ma Nisha ha fatto a pezzi gli altri quattro in pezzi con nient'altro che uno sguardo. Uno sguardo. Ricordo quanto fosse terrificante dopo quello. Girò la testa e gli occhi ... Non ho riconosciuto nulla che somigliasse a mia cugina nella sua faccia. "

"Lilly ..."

"No, sei venuto dopo. Tuo fratello si è preso il merito di averci difeso perché la stava proteggendo. La volta successiva che siamo venuti ... e la tua gente ha cercato di attaccare Nisha ..."

"Lilly, ero lì allora. Lo so. Ed è stata la ragione per cui non ho lasciato il tuo fianco." Per un istante, si fermò e poi le disse la verità che aveva conservato per più anni: "Non erano lì per attaccare Nisha, erano lì per ucciderti".

"Io? Ma ... perché? Non ho problemi con la tua gente. Anzi, lo trovo molto interessante."

"Sei l'unico figlio di tua madre. Alcuni pensano che se non fossi vivo, allora Nisha potrebbe governare tutte le terre dei Feyen."

Con gli occhi spalancati, Lilly sussultò: "Dobbiamo dirglielo."

David le prese le mani assicurandosi di avere tutta la sua attenzione prima di dire: "Lo so".

"David, non capisci. Nisha è la regina del Regno Inferiore. Se qualcuno cerca di usarla per governare ..."

Con un sussulto, David riuscì a malapena a sussurrare: "Si scateneranno ..."

"Quelli che non possono più morire ... questo include le razze che non esistono più che sono molto più letali dei Drakens. Nisha ha già accennato che sono molto protettive nei suoi confronti."

Sedendosi di nuovo al suo posto, David chiuse gli occhi. "Allora prego che non sia troppo tardi."

Capitolo 22:
Nisha

Con la sedia che la seguiva, Nisha si fermò a pochi metri da dove aveva lasciato Ethan. I suoi occhi erano ben chiusi ora ... e il suo respiro ... Aveva sentito troll con infezioni ai polmoni che suonavano meglio di lui. Per una Fey ... o anche solo una parte di Fey per suonare così ... il suo cuore le saltò in gola. "Accidenti."

"Un tale linguaggio per una giovane regina."

"Non ora, Gwydion, devo fermare l'emorragia. O almeno abbastanza perché Lilly pensi che io abbia una certa abilità nella guarigione."

Facendo i due passi verso Ethan, Gwydion sorrise. "Mia cara, non puoi fare nulla per peggiorarlo."

Voltò bruscamente la testa per affrontarlo. "Sai cosa lo tiene in vita?"

"Sì, lo so. Anche se ci sono pochissimi vivi che conoscono questo incantesimo. Ancora meno potrebbero completarlo senza lasciare un'impronta digitale per così dire sulla loro identità."

Troppo preoccupata per preoccuparsi di quello che stava dicendo oa chi, Nisha scattò: "Oh bene. Possiamo discutere delle possibili persone dopo che lo avrò sistemato per la notte."

"Come desideri la mia regina, però ..."

"Comunque niente. Voglio che si senta a suo agio prima che arrivi Lilly." Riportando la sua attenzione su Ethan, lo chiamò dolcemente: "Ethan?"

Quando lui emise solo un leggero gemito, lasciò che un soffice filamento di nebbia gli accarezzasse il viso. "Ethan."

Lentamente aprì gli occhi alla sua voce dolce ... "Mi dispiace ... io ..." Il suo dito premette contro le sue labbra per impedirgli di parlare.

"Ti sistemeremo per la notte abbastanza presto. Hai la mia parola."

Dopo aver superato tre corridoi ad arco e una dozzina di stanze, Nisha emise un ringhio frustrato. "Non c'è una camera da letto vicino al corridoio principale?"

Trattenendo una risata, Gwydion disse dolcemente mentre girava l'ennesimo angolo: "Da questa parte, mia regina".

Due corridoi dopo usò una folata d vento per aprire la porta della camera da letto. "Mari."

Marigold si precipitò fuori dalla stanza adiacente. "Ho un bagno pronto. Che altro ti serve?"

"La mia borsa. Quella blu che Lilly mi ha dato per contenere i tonici curativi."

Alzandolo Mari sorrise. "Dimmi solo cosa deve essere fatto. La signorina Lilly sarà qui domattina per il resto."

Ovviamente Mari avrebbe saputo chi era il miglior guaritore. "La fiala blu. Metti tre tappi pieni nella vasca."

Accertandosi che Nisha conoscesse tutte le variabili che avrebbe dovuto considerare per iniziare la guarigione mentre era in acqua, Marigold replicò: "La vasca è abbastanza grande per un ippocampo".

"Va bene. Tre tappi sarebbero sufficienti per curare sei ippocampi e un tricheco nella stessa pozza."

Mari balbettò: "Un ... tricheco ... non importa, chiedo umilmente che non me lo dica".

Nisha alzò gli occhi al cielo e continuò: "E tre gocce di verde". Nisha guardò Ethan ancora incosciente "Meglio fare quelle sei gocce. Voglio che sia beatamente insensibile finché Lilly non potrà decidere cos'altro deve essere fatto. Oh, Mari ..."

"Sì?"

"Ho bisogno della mia tuta. Quella che la regina Sedna mi ha commissionato in modo che io possa visitare il suo regno sottomarino. Non vorrei addormentarmi mentre mi occupo di lui."

"Certo. Posso suggerire a Edgar di aiutare a far entrare il giovane nella vasca mentre ti cambi?"

"Grazie, Mari." Si voltò e vide Edgar in piedi sulla soglia in attesa di essere notato. Mi chiedo perché non l'avevo visto lì prima. Non era difficile non vederlo. Poi di nuovo, si è mimetizzato bene come un muro. Guardandolo ora curvo, continuava a occupare l'intera porta e avrebbe potuto scambiare per una porta se fosse vestito con qualcosa di diverso dalla sua uniforme. "Edgar, puoi per favore aiutare Ethan a entrare nella vasca? Mi occuperò dei suoi vestiti una volta che ci sarà dentro."

"Certo, Vostra Grazia." La sua voce profonda e morbida riempì la stanza mentre faceva un passo dentro. In piedi alla sua piena altezza, la sua voce profonda si riempì del massimo rispetto quando chiese: "La sedia, non proverà a mangiarmi se aiuto il ragazzo?"

Guardandosi alle spalle, Nisha si strinse nelle spalle. "Ari non mangerà nessuno che è legato a me se desidera tornare alla forma che dovrebbe essere." Non aspettando alcuna domanda che potesse essere posta, si affrettò nell'anticamera per cambiarsi e concedere alla sua guardia di fiducia il tempo di sistemare Ethan nella vasca.

Capitolo 23:
Ethan

Si era perso in quello che pensava fosse un sogno. E un bel sogno.

Una donna, sua madre, seduta vicino a un ruscello che canta. Poteva quasi sentire la morbida melodia scivolare dalle sue labbra. I fiori spuntarono dal terreno mentre le sue parole svanivano nel vento. Un uomo Feyen che atterra leggermente a qualche metro di distanza. Un'uniforme blu scuro di qualche tipo. Legato alla sua vita era una grande spada d'oro e guanti bianchi puri che coprivano le sue mani. Le ali dorate dell'uomo erano tenute sciolte dietro la sua schiena. Sua madre si alzò lentamente sorridendo. Il sole dorato trasforma i suoi capelli rosso fucco in un fiume d'oro rosso che le scorre lungo la schiena coprendo le sue ali rosse traslucide.

Si voltò di nuovo verso di lui e iniziò a parlare appena prima che un'onda lo trascinasse giù e dentro il fiume.

Qualcosa di caldo e umido gli avvolse le gambe tirandolo verso il basso. Freneticamente cercò di allontanarsi con gli artigli da qualunque cosa lo trattenesse ... Per favore ... Non acqua ... Altro che acqua ...

"Ethan?"

In preda al panico, aprì gli occhi alla voce. Anche dopo aver riconosciuto la voce, i suoi occhi impiegarono un po 'di più per vedere veramente chi stava parlando. Un respiro in più per capire chi era seduto con lui vestito con una specie di tuta di gomma nera. Ethan rimase a bocca aperta mentre cercava di formare parole. "Pri- Nisha?"

Lentamente gli prese la mano tra le sue, i suoi occhi si addolcirono mentre fissava i suoi. "Sei al sicuro, Ethan. Giuro che lo sei."

Non ne era sicuro. Era in una pozza d'acqua fino al collo. Il pensiero di non parlare non dominava più i suoi sensi migliori mentre cercava di calmarsi, "Io-io ..." Prese il respiro più profondo che poteva prima che le sue costole facessero male, "Dove siamo?" Una pozza di pietra di qualche tipo. Pareti nere lisce. Niente che potesse riconoscere oltre a quello.

Tirandosi indietro i lunghi capelli e facendo un nodo in cima alla sua testa, Nisha sorrise: "Beh, se dovessi indovinare, direi che siamo in una stanza per gli ospiti che sarebbe data a un cittadino acquatico. Ma è stato il stanza più vicina con una vasca e un letto adeguati. Almeno per la notte. "

Stanza degli ospiti? Vasca? Letto? Sapeva che avrebbe dovuto porre fine a questa farsa, ma potrebbe non avere mai un altro giorno ... un'altra notte per ... No ... Aspettare fino al mattino o anche per un'altra ora gli avrebbe solo fatto guadagnare un destino peggiore. "C'è qualcosa che devo dirti."

Scivolando viticci oscuri di nebbia nera sotto la camicia a brandelli Nisha si fermò per un respiro. "Ho bisogno che tu stia molto immobile. L'ho fatto solo una volta e non desidero fare più danni di quanto mi aspetto sia già lì."

"Io-" Annuì aspettandosi dolore. Invece, ha guardato come una nebbia nera che era traslucida tagliare il tessuto dei suoi pantaloni, indumenti intimi e camicia. Vidi mentre il panno strappato si staccava dalla sua pelle e galleggiava nell'acqua. Una nebbia più scura gli coprì la vita mentre gli venivano portati via gli indumenti.

"Ecco, ora posso guardare bene-"

Era seduta dietro di lui ma lui poteva sentire la rabbia sollevarsi da lei. "Posso spiegare."

Capitolo 24: Karnack

Nel profondo del castello di ossa. Lato profondamente nascosto del suo studio privato Karnack strinse saldamente la pietra del Veggente con le sue deboli mani. Negli anni trascorsi dalla nascita del bambino, di tanto in tanto lo aveva assistito. Aveva tenuto con cura i suoi appunti sulla vita e sull'educazione del ragazzo. Ogni volta che aveva espresso le sue preoccupazioni ai consiglieri quando potevano essere disturbati ad ascoltarlo.

Ognuna di quelle volte li aveva avvertiti degli abusi che il ragazzo stava subendo. E adesso....

Nonostante non fosse nello stesso regno con la Regina del Regno Inferiore, nonostante non avesse un vero legame emotivo con lei ... poteva sentire la sua furia oscura turbinare ... spiraleggiare nelle profondità della pietra che ora teneva tra le sue mani. Poteva sentire la sua rabbia nel vedere un simile abuso a qualcuno che le apparteneva. Poteva vedere la sua rabbia prendere forma nelle ali del drago che ora erano premute saldamente ai suoi fianchi.

Spingendosi indietro dalla scrivania si concesse un momento per lasciarsi riconoscere il tremito di paura che stava provando in quel momento.

Si è concesso solo un momento per decidere come gestire al meglio questo prevedibile problema.

E alla luce, Magmas se ne sarebbe occupata. O per lo meno usare qualunque potere avesse sugli altri per convincere Magnar che si era sbagliato. E questo è stato dopo che l'ex re di Feyen ha spiegato questo ad Appollo. E poi …

E solo allora …

Poteva la grande Fey della guerra dimenticata iniziare a prepararsi per la rabbia della loro regina una volta scoperto che non solo avevano tutti saputo di questo abuso, ma non avevano fatto nulla per porvi fine.

Infilando la pietra nelle sue vesti lacere, lasciò che i suoi pesanti stivali tuonassero fuori dallo studio.

Non ha usato molto il suo carattere. Ma non se ne assumeva la responsabilità da solo. E NON aveva a che fare con la regina quando le sue abilità erano già abbastanza terrificanti senza essere provocato.

Era passato un secolo o più da quando si era aggrappato a quella furia abbastanza da costringere i cittadini del Regno Inferiore a scappare via. Più a lungo da quando le ossa dei morti avevano tremato al suo passaggio. Ma non era la vera rabbia a farlo muovere.

Oh no, era la paura. Freddo e mortale. Era la rabbia che poteva ancora sentire pulsare dalla pietra che teneva in tasca. Era il modo in cui coloro che erano completamente legati alla regina affilavano le loro lame e si preparavano per la battaglia.

Lo hanno sentito. Capivano la sua rabbia e sarebbero stati loro a scatenarsi non appena la loro regina avesse comandato.

Affrettandosi per l'ampia strada di Dabria,Karnack fece irruzione nella villa a cupola che Nisha aveva creato solo pochi anni fa. Spalancò le doppie porte della grande sala riunioni dove il consiglio si riunì al suo comando.

Fissando gli occhi sul Gran Re di Feyen, sibilò: "Ti avevo avvertito. Ora lo aggiusterai dannatamente bene. "

Capitolo 25:

Nisha

Staccando gli strati di stoffa dalla carne di Ethan, sapeva che sarebbe andata male. Sapeva che c'erano stati strati di ferite in vari stadi di guarigione ... ma quello era stato questa mattina ...

Niente di quello che aveva provato allora in confronto a questo. Macchie nere che erano lividi profondi. Tagli che stavano arrivando quasi all'osso. Oltre quelle profonde ustioni, foruncoli infetti e decine di altre ferite che già odoravano di marciume nonostante fossero state appena fatte.

Non sentì Ethan balbettare cercando di spiegare ... Qualunque cosa stesse cercando di dire. Solo la sua rabbia contava in quel momento ... solo la rabbia fredda e mortale che scorreva nel suo corpo ... Solo ...

Facendo un respiro profondo, lo lasciò uscire lentamente. Lilly sarebbe stata qui la mattina ... cosa più importante, David sarebbe stato qui ... avrebbe potuto trovare i pezzi di sporcizia e trovare qualcosa di così creativo da fare con coloro che avevano osato farlo a un membro della loro famiglia che i Draken la gente scriveva una canzone al riguardo. Ma quello sarebbe domani ... proprio ora ...

Nisha girò la testa verso la porta della camera da letto e chiamò "Mari".

Arrivando fino alla porta iniziò a dire "Nis-" poi Marigold rimase senza fiato vedendo le condizioni della schiena di Ethan. "Alla luce ..." Si precipitò verso il lato della vasca. "Cosa posso fare per aiutare?"

"Lilly ha mandato qualcuno di quel sapone che usa?"

Un piccolo piatto galleggiava sull'acqua non un attimo dopo. Gel liquido contenuto nella sua ciotola di cristallo. Un pezzetto di panno morbido e pulito fu premuto nella mano di Nisha. "Qualunque altra cosa?"

"Per favore, guarda che ci sono un sacco di bende asciutte stese. E avrò bisogno di qualsiasi unguento che è stato fatto prima di lasciare Lite."

"Li avrò pronti per te per quando ne avrai bisogno." Marigold fece una pausa. "Devo chiedere alla mamma di preparare del tè? Scommetto che ne ha uno per calmare i nervi?" Quello non per Ethan ma per Nisha ... Aveva già deciso che Ethan aveva bisogno di un tè curativo e qualcosa che lo aiutasse a rilassarsi mentre veniva guarito.

"Sì grazie." Nisha aspettò finché non fu di nuovo sola con la sua promessa sposa. "Ethan?"

"Principessa?"

Alzò gli occhi al cielo: "Cercherò di essere gentile, ma anche con quello che è stato messo nell'acqua per pulire queste ferite potrebbero far male".

"Capisco."

"No, non credo che tu lo faccia, ma più che altro ha a che fare con il culo che ti ha cresciuto. Ma questa è una discussione per un altro giorno." Prima di toccarlo, lasciò che i morbidi viticci neri lo avvolgessero cullandolo liberando entrambe le mani mentre lavorava.

L'acqua era calda e quasi gli fece dimenticare il dolore alle costole ... quasi intorpidì la sua pelle abbastanza da non pensare all'acqua o al fatto di esserci dentro. Qualcosa di freddo toccò la sua pelle tenera ... Nisha disse che poteva ferire ... dolore non era la parola che avrebbe scelto per descrivere il dolore bruciante e vescicante e qualunque cosa lei stesse facendo lo stava causando. Anche così, questo non era niente che non avesse passato prima. Portando le ginocchia al petto, avvolse le braccia intorno alle ginocchia e decise di parlare per tenere la mente lontana da qualunque cosa lei avesse deciso di fare ... e sperando che parlando non peggiorasse le cose. "Non sai molto del modo in cui viene gestito Darke ... vorresti che te ne dicessi un po '?"

Si guardò intorno alle spalle per vedere la sua faccia irrigidita dal dolore. "Se parlare ti aiuterà a tenere la mente lontana da quello che sto facendo ... allora per favore illuminami."

Sembrava pazza, quasi incazzata eppure lui non pensava che fosse arrabbiata con lui ... il che era più che confuso ... "Sai come sono divisi i cittadini?"

La sua mano si fermò sopra la sua spalla mentre parlava: "Intendi dire perché alcuni sono nati alti e altri nati bassi?"

"S-sì ..." sibilò quando lei gli toccò il fianco.

"Mi dispiace. Non sono bravo con questo come lo è mia cugina Lilly. È molto più abile in questo genere di cose."

Ethan annuì per capire, indipendentemente dal fatto che lo facesse o no. "In Darke, ci sono quattro tipi di ... ehm ... cittadini."

Adesso si fermò. "Per favore, spiegami. So di nati alti e nati bassi ma non di altri."

"High-Born sono i datori di lavoro. Low-Born lavora per High-Born." Fece una pausa, voleva che lei capisse ... forse se le avesse detto in questo modo invece di scoprirlo da qualcun altro lei lo avrebbe perdonato per tutto il leggi che ha infranto dal suo arrivo ...

... probabilmente no. Ma ne è valsa la pena.

"Gli schiavi sono più numerosi dei nati bassi due a uno."

"Schiavi?" Sembra che stesse testando la parola.

"Hmm. Hanno una stanza dal loro proprietario. Uniforme e cibo a sufficienza per sostenerli. La maggior parte ha poche o nessuna capacità naturale o non ha mai avuto il diritto di svilupparle. Non c'è modo di sapere con certezza cosa possano fare quelle abilità. essere. O almeno, non so come dirlo. "

"Capisco. Poi scoprirò di più una volta che mia cugina arriverà. Tende a leggere le leggi prima di visitare qualsiasi paese. Può essere fastidioso ma lei è molto informata sulle leggi."

Merda. Forse dovrò trattare con lei invece che con la principessa. Capirebbe che ho provato a seguire le leggi? Le importerebbe?

"Allora, qual è il quarto gruppo?"

Non lo stava più toccando. Il fatto che lei fosse ancora dietro di lui ... non era confortante. La prospettiva di avere a che fare con qualcun altro su tutto era molto più terrificante, "Cani".

"Cani? Cosa devono fare i cani ..." fece una pausa, "Ohhh ... mi chiedevo cosa significassero i segni?"

"I cani sono una forma di schiavo. La maggior parte lavora in lavori troppo pericolosi come nelle parti più profonde delle miniere o nelle caverne dei troll. La maggior parte ma non tutte."

"Vai avanti."

Quelle parole gli fecero pensare che dirle ora fosse stato un errore di valutazione, così disse in fretta: "Qualunque dei tre gruppi superiori può possedere un cane. Gli schiavi li usano come moneta per le cose che vogliono o di cui hanno bisogno".

"Commerciano ..." La rabbia risuonava in quelle due parole.

"Una pinta di sangue può comprare razioni per un giorno. Sottili frammenti di carne ... una nuova uniforme."

"Vedo."

La sentì alzarsi. Poi non ho sentito niente dopo. Né sentire il dolore che pensava di meritare.

Capitolo 26:

Magmi

Le doppie porte della camera di consiglio della Regina si spalancarono e per un fugace momento pensò che Nisha avesse portato tutta la sua furia oscura nel Regno Inferiore. Di un solo battito cardiaco si preoccupò di non essere abbastanza forte per affrontare quel carattere. Poi entrò Karnack e la rabbia e la paura che sgorgavano da lui erano più un avvertimento che altro.

Non ebbe la possibilità di chiedere nulla prima che Karnack sibilasse: "Ti avevo avvertito Ora lo aggiusterai dannatamente bene. "

Quello non ha spiegato niente. "Risolvere cosa?"

Mettendosi la mano in tasca, Karnack gli lanciò la pietra preziosa. "Cosa senti Magmas? Dimmi?"

Chiudendo le dita intorno alla pietra, avrebbe voluto lasciarla cadere. Allontanarsi dall'oggetto che gridava minaccia. Ma non era la pietra a causare la sensazione ... era ... "Nisha?"

Adesso capiva. Karnack lo aveva avvertito ... aveva avvertito tutti loro di trattarla con cura. E ora ... "Cosa è successo?"

Con cautela Karnack si avvicinò alla tavola rotonda e si sporse in avanti. "La nostra regina ha trovato Ethan. È stata testimone degli abusi di cui ti ho avvertito. Questa è la reazione che temevo. " Allontanandosi dal tavolo, puntò un solo dito sottile verso Magmas: "Ti occupi di lei. Oppure chiedi a Magnar di spiegare perché questo abuso è accettabile. Ma te lo dico adesso. Non ho a che fare con la sua rabbia. E non lo sto appianando con i morti. "

Nessun Karnack avrebbe mai affrontato una regina infuriata. Magnar d'altra parte di solito lo trovava divertente. «Ti dirò cosa ha deciso il consiglio quando li informerò. Nel frattempo. Ti ricorderò che è stata Vasilissa a decidere dove sarebbe cresciuto il ragazzo. Ed è sempre stato Magnar che si è schierato dalla parte di Vasilissa su questo argomento nonostante i restanti membri del consiglio ripetessero obiezioni. Tuttavia, questa potrebbe essere la reazione per convincere Magnar ad ammettere che potrebbe essersi sbagliato in merito. "

"Questo abuso è stato a lungo bandito all'interno delle Star Cities governate da Magnar o dagli altri membri del consiglio."

Magmas annuì una volta. "Ha ..." Fece una pausa e si alzò in piedi. Ancora un respiro e ondeggiò davanti a lui crollato torna sulla sua sedia "Per gli dei questo è il motivo per cui avevano bisogno del ragazzo ..."

Karnack si voltò molto lentamente per affrontarlo. Non apprezzando ciò che vide sul volto del Gran Re, parlò con troppa attenzione, "Magmi?"

"Lei non capirebbe l'abuso che è condonato da Pallade a meno che qualcuno che le appartiene ..." Crollò sulla sedia non sicuro se dovesse essere terrorizzato o ridere come uno stupido. "Li ucciderà quando lo scoprirà. Non ho dubbi su questo. Ma entrambi capiranno perché deve essere lei a difendere coloro che sono maggiormente colpiti dal dominio di Pallade ".

Il consiglio si riunì ancora una volta, solo che questa volta la regina prescelta non li aveva convocati. Questa volta era stato il primo re di Feyen. Il suo pettorale con cresta di drago brillava sotto la sua lunga veste blu reale.

"Signori, signore." Fece un cenno sia a Vasilissa che ad Alista mentre prendevano posto al grande tavolo. "Abbiamo una situazione e dobbiamo tutti raggiungere un accordo su ciò che sarà o non sarà fatto secondo le leggi stabilite da Primitiva".

Mummers sommessi e accenno di paura. Nessuno aveva pronunciato il suo nome da quando si era nascosta. Nessuno osava dirlo per quello che sarebbe potuto accadere se l'avesse sentito. Nessuno fino ad ora.

Magnar si appoggiò allo schienale della sedia con gli stivali che gocciolavano nel fango appoggiati sul tavolo. Sputando un pezzo di osso sorrise. "E su cosa dobbiamo essere d'accordo, ragazzo?"

"La regina ha visto gli abusi subiti dalla sua promessa sposa." Si sporse in avanti, i suoi occhi non lasciarono mai il viso di Magnar. "E la Signora non è per favore."

"Certo che non è contenta," scattò Vasilissa. "Questo era il punto."

Lanciando la pietra a Vasilissa, Magmas sorrise. "Sono così felice che tu lo pensi. Allora, dimmi, come ci comportiamo con un Fey quando sta filtrando con quella rabbia gelida? Perché per quanto mi riguarda, non ho mai provato niente del genere. Nemmeno durante la Grande Guerra ".

Strappando la pietra a Vasilissa, Magnar lo fissò. "Questo è impossibile."

Era soddisfacente vedere Magnar liberarsi del suo passo. "Eppure … tieni la prova nelle tue mani."

Capitolo 27:
Ethan

Ethan si muoveva leggermente. Non ricordava di essersi addormentato ... né di aver trovato qualcosa di morbido su cui sdraiarsi ... ma si ricordava di essere stato nella pozza d'acqua con la principessa. Ricordava di averla sentita in p edi e l'acqua che gocciolava via da lei e tornava nella piscina. Allora niente. Non un suono né un lampo di dolore e in quel momento non sapeva se essere grato o terrorizzato. Qualcosa gli sfiorò il piede. Non la pelle. No, si sarebbe aspettato la pelle, ma quel qualcosa che lo stava toccando stava muovendo anche un tessuto setoso che era avvolto intorno al suo piede. Il semplice tocco non era stato ciò che lo aveva svegliato ... no, quello era venuto dopo ...

E allora...

Stando perfettamente immobile, cercò di identificare dove si trovava, chi era nella stanza e qualsiasi altra cosa che potesse usare per decidere in quanti guai si sarebbe trovato una volta svegliato. Scoppiettio occasionale di un incendio. Nessun fumo che potesse sentire, quindi il fuoco doveva essere in un focolare vicino ma non troppo vicino. Fu allora che sentì ... udì cosa c'era che non andava in qualunque cosa fosse appoggiata alla sua testa ... si muoveva leggermente e aveva un battito cardiaco. Qualcosa gli accarezzò la testa. Non minaccioso, ma un tocco che si calmò in un modo che non aveva mai provato. Un tocco che gli ha fatto desiderare di fluttuare in questo momento per sempre. Ma sapeva che non poteva ... Cercando di mettersi a sedere, lo trovò quasi impossibile con le sue ossa che pulsavano, per non parlare del bruciore al petto. "Dovresti dormire."

Nisha? Difficile da dire con quanto fosse pesante la sua voce. "IO-"

"Mari arriverà a breve con un buon tè. Ti toglierà un po 'di congestione dal petto. Aiutaci a respirare un po' più facilmente." Tenendo ancora gli occhi chiusi, si strofinò di nuovo nella morbidezza che lo circondava. "Sono in un letto?"

Lentamente si mosse, aiutandolo con attenzione a posizionarsi fuori dal suo petto che aveva usato come cuscino sostituendolo con cotone morbido come una nuvola sotto la testa.

Per un lungo momento rimase seduta accanto a lui, le sue dita che tracciavano le curve del suo orecchio e la ruvida barba che aveva come capelli. Alla fine, si lasciò sfuggire un sospiro: "Se ti dessi un ordine, lo obbediresti?"

Conosceva una trappola quando ne sentiva una, ma c'era solo una risposta per questo tipo di domanda, no? "Sì."

"Così ho pensato."

Non sembrava molto contenta della sua risposta, quindi si costrinse ad aprire gli occhi sulla stanza illuminata. Lentamente assorbì ciò che stava vedendo. Il letto era abbastanza grande da essere la sua stanza. Il focolare dove il fuoco ardeva lentamente era abbastanza alto da poterci stare o dormire. E la stanza stessa. Pareti grigie, non poteva essere sicuro se fossero state dipinte o se fosse una specie di pietra levigata ... almeno non con la luce che illuminava appena la stanza. Così lentamente si mosse quel tanto che bastava per vederla seduta vicino a lui ... guardarlo senza commenti. Incerto su cosa avrebbe potuto dire o cosa avrebbe dovuto, decise di chiedere: "C'è una ragione per cui non dovrei?"

"Diversi in realtà, ma penso che sarebbe meglio se permettessi a David di discuterne con te. Ha una comprensione molto migliore di me su cosa fare con le persone. Tanto più quando la persona non ha ancora trovato il suo appoggio intorno a me."

David? Piede? "Non capisco." E non l'ha fatto. Era un servo, uno schiavo. No, meno di uno schiavo; era un cane senza valore. Se gli avesse detto di fare qualcosa, lui l'avrebbe fatto senza domande per paura della punizione. Eppure più le era vicino e meno cominciava a pensare che lei gli avrebbe fatto del male. Parte inferiore del modulo "Mentre dormivi, ho scoperto tutto di tutti i cittadini di Darke. Dopo l'arrivo di mia zia, mi occuperò di quello che posso prima dell'incoronazione e poi di tutto il resto qualche tempo dopo."

Ancora una volta, ha continuato: "Posso ... posso spiegare".

Il suo dito premette sulle sue labbra, qualcosa che lui stava per capire significava che non avrebbe parlato per un momento, "Ti darò un ordine, ho bisogno che questo sia obbedito."

Ethan annuì una volta.

"Lilly è una guaritrice migliore di me, quindi una volta che avrà esaminato bene le tue ferite ho bisogno che tu ascolti le sue istruzioni. Fino ad allora ho bisogno che tu rimanga in questo letto. Indipendentemente da ciò che senti da questa stanza, tu non devono lasciare questo letto. "

Era così? "Allora, tutto quello che devo fare è restare in questo letto finché Lilly non dice il contrario?" Doveva essere un trucco.

"Sì. Le mie guardie hanno confermato che il castello non è sicuro come dovrebbe essere. Né sono stato in grado di localizzare il signor Edrich, il che, considerando chi lo sta cercando, è molto angosciante."

Edrich? Lord Edrich? "Hai cercato sotto casa sua?"

Nisha si fermò prima di iniziare a scendere dal letto. "La tua casa, Ethan, non la sua. E sì, è stata perquisita."

"La mia casa?" Ethan strillò.

Si è infilata la vestaglia nera sopra il pigiama blu notte prima di rispondere: "Avrei aspettato fino al mattino per spiegarti tutto, ma posso iniziare ora se preferisci?"

La porta della camera da letto si aprì quando la donna che ricordava vagamente di aver visto prima entrò nella stanza. Una lunga camicia da notte che la copriva fino ai piedi e un berretto a calza . .

"Oh schifo, non mi ero reso conto che qualcuno indossasse ancora cappelli da notte."

La donna fece una pausa, chiaramente sbalordita dal fatto che la principessa avesse parlato di qualcosa di così banale. "Se voglio ricci abbondanti al mattino, stasera indosserò benissimo il berretto. E se fai un altro commento te ne allego uno per la prima notte di nozze."

"Se lo fai, invertirò l'incantesimo."

"Mia cara potresti essere in grado di manipolare molte delle mie abilità, ma i miei incantesimi che ho creato sono ancora molto al di là della tua portata."

Guardò Nisha che fissava la donna. "Oh bene. Sarò gentile per il mio bene."

Scivolando per il resto dal letto, Nisha si avvicinò al focolare. "Zia Celeste non stava scherzando quando ha detto che le notti qui diventano fredde."

La donna alta si limitò a fissarla, poi sbottò: "Se tocchi un tronco, mi rifiuterò di togliere la fuliggine da qualsiasi cosa tocchi".

"Oh bene." Nisha si fermò e si voltò verso la finestra. "Lilly è appena fuori le mura della città. Ti prego di vedere che Ethan sta bene e non chiedergli troppo. Non ha ancora trovato il suo equilibrio."

"Bene, mi comporterò bene. Dato che non sta bene." Aspettando che Nisha fosse fuori dalla stanza, Ethan chiese: "Ti è permesso parlarle in quel modo?"

"Certo che lo sono." La donna pose la sua mano sottile e ossuta sul cuore. "Nisha è la mia cara amica e abbiamo un accordo."

"Oh?"

"Sono un Fey. Pertanto, non devo essere gentile solo perché qualcuno viene da una casa alta. Devono guadagnarsi il mio rispetto proprio come tutti gli altri. Inoltre, vorresti che ti parlassi di quando ho incontrato Nisha per la prima volta ? "

"Per favore?"

Prendendo posto sul bordo del letto, tese la mano. "Non siamo stati adeguatamente presentati; io sono Marigold, a proposito, l'elfa domestica personale di Nisha."

Prendendole la mano, cercò di sorridere: "Piacere di conoscerti?"

"Ne dubito, ma vedremo." Il suo sorriso era tutt'altro che amichevole. "Comunque, all'epoca avevo circa vent'anni. Nish giura che ero più giovane, ma chi sono io per discutere. Ho sentito mia madre, che era una cuoca al Castle Sun Tear - è il castello più vicino al confine di Feyen- - che la povera piccola principessa orfana era stata così scontrosa ultimamente, e come non avrebbe mai avuto un solo amico. Naturalmente, essendo io, beh io, dovevo vedere chi era il piccolo orfano. "

"Le hai urlato contro la prima volta che ti sei incontrata." Come lo so il nome di Darke?

Marigold fece una smorfia "Sì?" Poi si rianimò, "Oh Nish si è connesso con te. Deve aver stabilito una connessione permanente così che possiate condividere le cose tra di voi."

"Io-io non capisco."

"Davvero, nemmeno io, ma quello che so è che se avesse stabilito una connessione permanente saresti in grado di sapere cose su di lei ... come un ricordo e lei con te. Quindi, dovrei continuare con la storia ? "

"Io ... ehm ... sì?" Quindi, questo significa che sa tutto della mia vita? Era così che aveva scoperto gli schiavi? La possibilità era sufficiente per forzare un brivido.

"Beh, l'ho trovata alta fino al ginocchio in abiti e coperte e altre forme di tessuto e ho urlato. Non commettere errori, avevo tutto il diritto di sgridarla. Aveva combinato un tale casino che mi ci è voluta un'ora intera per capire cosa a che fare con tutto questo. E questo con l'utilizzo delle mie capacità ".

Ethan sorrise, ma si guardò in grembo.

"Comunque, le ho detto senza mezzi termini solo perché era una principessa non le dava il diritto di fare un pasticcio e rendere tutti infelici intorno a lei. C'è di più, ma questo è stato detto in confidenza e mi rifiuto di infrangere quella fiducia. Comunque, ha promesso di guadagnarsi la mia fiducia. Quando è la Principessa o la Regina o qualunque altra cosa io sono il suo elfo domestico silenzioso che vede tutto e non sa nulla. Sono anche responsabile dell'intero personale delle pulizie. "

"E quando è ... sola nel suo appartamento?"

Ethan annuì una volta.

"Allora lei è Nisha, la mia cara amica che sgrido perché nessun altro oserebbe farlo. Le dico quello che ho sentito e che altrimenti non avrebbe mai saputo. E siamo sempre onesti l'uno con l'altro. Niente zucchero che ricopre i fatti solo per il punto di conversazione. È meglio così ".

Guardò il vassoio che ora galleggiava al centro della stanza. "Oh bene, il tuo tè è arrivato. Dovrebbe aiutarti a rilassarti finché Lilly non potrà darti un'occhiata."

"Lilly? Nisha mi ha detto che sarebbe arrivata sua cugina, ma non ha detto molto di lei."

"Ah, sì. Fammi vedere ... la principessa Lilly Aileen Kairavi, la principessa ereditaria di Lite. E una cugina della nostra Nisha. Promessa sposa a un figlio di Draken. E dovresti anche sapere che Lilly ha un talento per mettersi nei guai e trascinando il suo animale domestico Draken nel fuoco con lei. "

Pet Draken? Come poteva ... era così potente da rendere schiavo un Draken? "Viene qui ?! Per vedermi ?!"

"Beh, non direi solo di vederti, ma non c'è persona migliore Fey o altro che sia un guaritore dotato. Inoltre, sospetto che ti piacerebbe trovare i tuoi piedi prima che Nisha emerga qualsiasi schema di cervello che farà la maggior parte del i cittadini di Darke o si siedono e piangono o si ubriacano in uno stato di torpore. A patto che non si nascondano per evitare di sentire l'idea, tanto per cominciare ".

"Lo farebbe davvero? Fare qualcosa per spaventare tutti i cittadini di Darke?"

"Tesoro, non ne hai idea. Hai visto la sua giacca allo Spire?"

"S-Sì. Era fatto di piume."

"Sì. Ha preso le piume da una dozzina di merli, poi ha fatto a ciascuno di loro maglioni finché le loro piume non sono ricresciute. Naturalmente, giura ancora oggi che gli uccelli hanno avuto l'idea e hanno spiegato come rimuovere in sicurezza le loro piume. Poi hai quel vestito nero che indossava nella vasca. "

Merda. Non vi aveva prestato attenzione se non che si adattava alla sua forma. "Non ricordo."

"Uh huh. È stato creato per lei dalla Regina Sedna e vive nel Mare Infinito. Pensaci un attimo. Nisha avrebbe dovuto incontrarla e la Regina non lascia mai il suo palazzo ... mai."

"È impossibile ... nessuno ha mai ... visto ..."
No aspetta, c'erano storie di persone che andavano
in mare ... la domanda è sempre stata se fossero mai
tornate. D'altra parte, quando avevano parlato, era
sembrata interessata ai cittadini che abitavano
sull'acqua.

"Esatto. Allora, ti piacerebbe conoscere il tuo
lavoro come parte della casa di Nisha?"

Ethan gemette: "No. Ma penso che dovrei
comunque".

"Puoi impedirle di fare qualcosa prima che ci
pensi."

Capitolo 28:

Lilly

Lilly sbirciò fuori dal finestrino della carrozza e il cuore le fece male. Era mezzanotte passata da un pezzo, ma mancavano ancora molte ore all'alba, eppure c'era gente che correva nell'ombra. Non sapeva se fossero maschi o femmine o no, ma poteva vedere che erano vestiti a malapena con poco più che stracci. Inoltre, poteva sentire la netta sensazione del sangue di Fey. Il potere contenuto in quel sangue rendeva l'aria pesante di preoccupazione e paura. "David?"

Stava sfogliando uno dei libri di leggi che lei aveva letto, ma anche lui stava cercando di trovare la fonte di ciò che stava provando. "Lo senti anche tu." Il libro gli si richiuse tra le mani mentre cercava di individuare la causa dell'odore. O il motivo della paura.

Concentrando gli occhi sulla strada, ansimò: "Fey. Un sacco di Fey ... ma ..."

"Secondo tutto ciò che il consiglio ha fornito, non c'è nessun Fey o addirittura Fey parte da nessuna parte in Darke." David fece una pausa. "Pensi che Nisha lo sappia?"

A quel punto Lilly sbuffò. "Se non lo fa adesso, lo farà per l'alba."

Troppo velocemente, le afferrò il braccio. "Potrebbe esserci un altro problema."

"David."

Le sue narici si dilatarono mentre annusava l'aria. "Sento odore di sangue. Sangue Fey fresco e caldo. Non solo i resti di esso."

Adesso sembrava preoccupata. "Sei sicuro?"

"Sono Darken. Conosco la differenza nell'odore. Contatterò mio padre una volta arrivati."

"M-ma." Si sarebbe presentato pronto per la battaglia con dozzine dei suoi migliori combattenti. Nisha non sarebbe stata felice.

"Lilly ascoltami. I Fey, indipendentemente da dove vivono, sono protetti da Feyen. Se uno di loro viene danneggiato qui, potrebbe significare la guerra. Se decine di loro sono privi di documenti e vengono danneggiati, l'intero continente verrà distrutto o peggio . "

Guardando indietro dalla finestra, Lilly impallidì. "Tuo padre potrebbe ..." Uccidere tutto ciò che sta danneggiando un Fey? Era una buona possibilità. Impedire che scoppi la guerra? Questa era una buona domanda. Negli ultimi mille anni erano stati la forza di polizia indiscussa di tutte le terre. Erano stati incaricati di impedire che scoppiasse la guerra tra il

Fey e il Serpent Marsh. Ora che la minaccia era molto più vicina ...

"Tra mio padre e tua madre, penso che possiamo convincere Nisha ad avviare un'indagine formale. Non che dubiti che non abbia già iniziato a capire cosa deve essere fatto. Una volta che si sarà abituata a essere qui, lo saprebbe qualcosa era terribilmente sbagliato. O per lo meno Freya o la sua ombra avrebbero capito per lei. "

Con molta calma, Lilly fece un respiro profondo prima di dire: "Va bene. Quindi, costringiamo nostro cugino a fare qualcosa di ragionevole invece di qualcosa di avventato?"

"No, ci leviamo in piedi se ha già deciso qualcosa di avventato e speriamo di poterla convincere a fare qualcosa di ragionevole."

Lilly fece un respiro profondo e guardò il castello entrare in vista. "Va bene, penso che possiamo farlo. Tuttavia, non credo che dovremmo lasciare che i cittadini di Darke vedano chi o più fino al punto cosa sei in questo momento."

David roteò gli occhi. "Così è la principessa che viaggia con il suo feroce cane da guardia o il suo gattino fidato."

"Penso ... una principessa coccolata dovrebbe avere un gattino altrettanto coccolato."

Ovviamente."Quindi, vuoi qualcosa di soffice e che sembri pigro." E niente che sembri una minaccia.

Fece un sorriso giocoso. "Pensa solo che se hai una lunga pelliccia dorata sarebbe più facile accarezzarti."

"Bene. Mi trasformerò in un dannato gatto grasso."

"Oh, sai che ami essere coccolato." Sorrise mentre lui le balzava in grembo, già contenta di recitare la sua parte.

Uscendo dal pullman non era mai stata più nervosa. Non poteva vedere la cima del castello ma poteva sentire occhi - occhi ferini - che la guardavano. Non c'era un solo lampione acceso, né luce proveniente da alcuna finestra. Non tanto quanto un lampo di fuoco da qualsiasi stanza che potesse vedere. "Lo staff non arriverà fino al mattino. La mamma ne porterà diversi da Lite." Si disse mentre accarezzava David che era accoccolato tra le sue braccia. Un respiro profondo. Era al sicuro. David era con lei. Non avrebbe permesso a niente di danneggiarla.

Del resto, nemmeno Nisha o le sue legioni di persone ombra.

Lentamente si fece strada su per i gradini di pietra scura e aspettò che la porta si aprisse. Quando non lo fece, sollevò il battente d'oro e lo lasciò cadere. Il clangore del metallo echeggiò sia nel castello che nell'aria intorno a lei.

La porta si aprì di scatto. "Che cosa vuoi in nome di Darke?" Un omone in uniforme da guardia ringhiò. Avvolto dall'oscurità non si vedeva altro che le sue dimensioni e gli occhi color tizzone.

Lilly sobbalzò al crepitio nella voce della guardia aspettandosi che il fuoco seguisse le sue parole. "Sono la principessa Lilly di Lite. Sono qui su richiesta della principessa ereditaria Nisha."

La guardia le lanciò un'occhiataccia per un lungo momento con i suoi occhi ardenti che lampeggiavano avvertendo: "Nessuno entra senza approvazione. E no ... gatti ... ammessi. Mai."

Nish, ho bisogno di te.

"Cosa vuoi dire che il mio gattino non può entrare?" Lilly ha battuto il piede davanti a la guardia. Suo nonno aveva adorato trasformarsi in un gatto ... Sapeva che dopo tutto sua nonna le aveva raccontato le storie più volte.

"Non sono ammessi gatti nel palazzo. Nessuna eccezione."

Chiaramente, non aveva sentito le storie della famiglia reale. "Mi è stato detto di venire il più velocemente possibile e tu stai ritardando la mia udienza con mio cugino. Adesso fatti da parte." Ha battuto il piede con frustrazione. O per far sembrare che si stesse sentendo frustrata ora che aveva visto suo cugino apparire.

"Torna la mattina e lascia la ... cosa a casa."

Capitolo 29:

Nisha

Nisha si fermò assicurandosi di avere l'attenzione di Lilly. Dopo aver elencato ancora per un momento al dribbling che la guardia stava vomitando, ringhiò: "È notte fonda. Qual è il problema qui?"

La guardia si voltò e vide Nisha in piedi a pochi passi da lui. Viticci neri fluiscono liberamente da tutto intorno a lei. Nebbia vorticosa nera e grigia che crea un paio di ali mozzafiato ma mortali. Deglutì a fatica vedendo qualcosa che non poteva nominare tremolare nel profondo dei suoi occhi. "Piantagrane, maestà."

"Sì, vedo che lo sei. Ora lascia passare mio cugino prima che ti dia da mangiare a un Draken."

La guardia indietreggiò di qualche passo. "M-ma ..."

Gli occhi di Nisha si strinsero per l'irritazione. "Ho balbettato? E non pensare neanche per un minuto che non avrei contattato mio zio per dirgli che ho un scuotipaglia con cui cenare."

La guardia fece un altro passo indietro. "No signora, ma il gatto ..."

"È il benvenuto a casa mia. Andiamo Lilly, la sala principale è troppo fredda per tenere il povero gattino sulla soglia."

Fu solo quando furono fuori dalla vista della guardia che David saltò giù e si trasformò nella sua forma completa. "Allora, posso cenare adesso o dovrei essere un ospite gentile? A patto che tu non voglia davvero quel culo per mio padre."

Nisha gli lanciò uno sguardo infastidito. "Stasera sei un ospite d'onore. Domani potrei avere diverse cose tra cui scegliere per la tua cena."

David la prese per il braccio e la fece oscillare nel primo angolo che riuscì a trovare. "Quello che è successo?"

"Non ora. Questa sala ha orecchie che non mi appartengono."

"Ho una risposta per questo."

Tenendosi a terra Nisha sibilò bruscamente: "Non ora, principe Davkren".

Dopo aver svoltato diversi angoli, Nisha prese un profondo respiro e sorrise. "Possiamo parlare ora."

"Sei sicuro?"

"Lil, onestamente pensi che potremmo dire che potremmo se ci fosse anche un topo che non era legato a me in quest'area."

"Beh, no ... ma ..."

"Gwydion ha persone in quest'ala su tutti i piani. Né lui né Freya sono stati in grado di attraversare l'intero castello per vedere di chi ci si può fidare e chi no. Immagino che zia Celeste possa aiutarmi quando arriverà."

*Chi è Gwydion? Non è meglio non chiederlo.*Pensò Lilly. Invece, ha chiesto: "Hai già letto le leggi? David e io abbiamo iniziato e ..."

Nisha sbuffò. "Se intendi le leggi che il Consiglio ha fatto, ne ho sentito parlare e dcpo domani la maggior parte verrà ribaltata."

"E il Fey?"

Ora Nisha si bloccò. "Pensavo di essermi sbagliato," sussurrò a se stessa. "Dannazione. Dai voglio la tua opinione, poi ho bisogno che tu sia il guaritore dotato che sei e per favore non dirmi che ho combinato un pasticcio di cose."

Unendo il suo braccio alla Lilly di Nisha cercò di sorridere. "Be ', tesoro, fai sempre un pasticcio di cose se cerchi di guarirlo. Tuttavia, sei molto abile nel riportare in vita quelli che dovrebbero essere morti." E questo era qualcosa che al di fuori di loro tre non sarebbe mai stato detto a un'altra persona ... inclusa sua madre. Bene, tranne Edgar, che era stato quello che Nisha aveva riportato in vita dopo un incontro con un troll.

Aprendo la lucida porta nera Nisha si bloccò, vedendo Ethan da solo e cercando di avvicinarsi a una sedia. Indossava ancora la camicia da notte di seta e gli slip abbinati che lei lo aveva aiutato a indossare mentre dormiva ... Indossava ancora i suoi chilometri di bende che erano sotto la camicia da notte ... e sembrava ancora dolorante. Quale era. Uno sguardo al suo viso glielo disse. "Pensavo di aver detto di restare a letto."

La guardò e sospirò: "La cameriera ... Marigold ... ha detto che non mi avrebbe dato il tè finché non fossi stato su una sedia".

Più tardi avrebbe parlato con Mari. E senza dubbio, avrebbero avuto uno dei loro argomenti molto limitati che avrebbe uno di loro ricordando chi era la regina e chi doveva cedere agli ordini diretti. "Bene. Mi occuperò di lei domani." Fece un passo completo nella stanza. "Ethan, questa è mia cugina Lilly. Lilly se non ti dispiace ..." Non finì la frase quando sua cugina la spinse oltre.

Lilly scivolò fino a fermarsi appena prima di andare a letto. I suoi occhi erano già fissi su ciò che era nascosto sotto gli strati di tessuto. Con un sussulto chiese: "Per gli dei ... cosa è successo?"

"Io-" iniziò Ethan nello stesso momento in cui Nisha sbuffò, "Il mio delegato ha deciso di prendersi delle libertà."

David chiuse la porta dietro di sé. A un certo punto tra Nisha che apriva la porta e Lilly che oltrepassava la soglia, aveva nascosto le sue corna arricciate e le orecchie appuntite. In quel momento, negli occhi sembrava più un serpente di Draken o Feyen. "Nish, forse mentre Lilly lavora possiamo andare in un'altra stanza e tu puoi spiegare alcune cose."

"Lilly?"

"Mi ci vorrà del tempo per dare una buona occhiata a tutto. Sarebbe d'aiuto se tu fossi ..." Fece una pausa guardando la punta dell'orecchio di Ethan. "... non qui mentre guardo bene tutto."

Appoggiandosi alla porta che dava in soggiorno, David ringhiò: "Ora, vuoi dirmi cosa sta succedendo e chi è quel ragazzo?"

I suoi occhi si strinsero. Per chiunque fosse ragionevole, sarebbe stato un avvertimento di non spingere. Oscuranti sono stati esclusi. Tuttavia, David avrebbe capito il suo profondo ringhio e avrebbe fatto attenzione a non provocarla. "Il ragazzo è Ethan, è il mio promesso sposo. Gli è permesso essere nella mia stanza a meno che tu non voglia discutere del fatto che sei nel letto di Lilly negli ultimi anni. E questo prima che zia Celeste sapesse che eri anche nel castello."

David notò le sfumature oscure nella voce di Nisha. Notò il restringimento dei suoi occhi e sapeva che suo cugino era a un soffio dal terrorizzarli tutti. Con un sorriso che sperava sarebbe stato amichevole, ha ammesso: "Va bene, non lo mangerò".

Naturalmente non lo farai. Arruffandosi i capelli, Nisha si allontanò da David e si avvicinò a uno dei lunghi divani. "Ora so per certo che qualche tempo dopo l'incendio un grande gruppo di persone ... Le persone che presumo fossero legate al sangue a mia madre ed erano molto confuse per essersi improvvisamente liberate ... erano in qualche modo radunate e rinchiusi fino a quando non si sottomisero alla schiavitù. Quelli che erano bambini, come Ethan; fu detto molto presto che erano cani. La loro carne è moneta per chiunque li possieda e il loro sangue è per coloro che fanno affidamento su di essa. Speravo di esserlo sbagliato che fossero i Fey scomparsi. "

Mancante? Che cosa voleva dire che era scomparsa e perché non era stato detto al popolo di Draken? La risposta era che Celeste o Alista non pensavano di mancare tanto quanto vivere altrove. E uno o entrambi li stavano cercando silenz osamente. "Merda."

"Ho un piano per affrontarlo una volta che zia Celeste sarà arrivata. Anche se ad essere onesti non credo che ne sarà affatto contenta. Ecco perché non ho intenzione di dirle tutto se non dopo il fatto."

David alzò gli occhi ora dorati e scosse la testa. "Sarebbe meno contenta se il regno di Feyen dichiarasse guerra per questo."

Avvicinandosi all'altro lungo divano che aveva le braccia troppo imbottite, Nisha si appoggiò al braccio e incrociò le braccia. "Verissimo. Ecco perché ho mandato Freya a Feyen per parlare non con Larna ma sua nonna Alista. È meglio se sa che è già stato gestito da quando sono stato appena informato della situazione. Con un po 'di fortuna, dovrebbe darmi una settimana o più per occuparsi di tutto prima che lei chieda punizione. "

"Sembra ragionevole." David spinse via la porta e si fermò a torreggiare su di lei. "Allora, cosa non mi stai dicendo che senza dubbio mi porterà a desiderare di essere veramente un gatto?"

Portandosi un dito sulle labbra, Nisha si sedette in silenzio per una questione di battito cardiaco prima di sorridere. "Beh, non so se essere un gatto ... ma potrei usare un Draken adesso."

Che David non si aspettava. O forse dopo aver annusato il sangue di Fey che aveva. Ad ogni modo, ha chiesto: "Beh, ne hai uno davanti a te, quindi come posso esserti utile?"

Fermandosi per un altro battito cardiaco, Nisha ha confermato quello che aveva già sentito almeno una volta dalle ombre prima di fare un tentativo di spiegare all'unico Draken che era attualmente in tutta Darke. "Il procuratore che doveva allevare Ethan gli ha causato un grave danno ... ho bisogno di lui ..." lo slug scivoloso troll "... trovato. Finora, è stato in grado di nascondersi da Freya e da una legione di ombre. Non per menziona gli altri che ora gli stanno dando la caccia. "

Indietreggiando di un passo David strillò: "Ombre? Qui?" Come? Perché? Non è meglio non chiederlo o potrebbe effettivamente ottenere una risposta.

Accarezzando la schiena di David in modo rassicurante, Nisha sorrise mentre diceva: "Oh, sono le persone più deliziose che sono anche legate a me. Quindi, non preoccuparti, non possono fare del male a coloro che sono il mio sangue. Credimi, sei al sicuro, tuttavia per favore chiedi a zio Craykren di non guardarmi minaccioso. Dubito che ti perdoneranno quanto l'ombra con te. "

Riprendendo fiato David cercò di sorridere. Quasi riuscito. "Va bene, farò quello che posso per mio padre, ma sai che ama una bella lotta."

"Sì, ma non sarebbe stato un combattimento leale visto che non poteva danneggiare un'ombra ... erano fatti di nebbia e tutto il resto." Nisha lasciò che la sua mano penzolasse liberamente al suo fianco, poi fece un movimento vorticoso con le dita. Una foschia scura le stuzzicava la punta delle dita facendo sembrare che stesse accarezzando qualunque cosa o chiunque fosse.

Forzandosi a sorridere, David non disse nulla della nebbia. "Buon punto. Ora, cosa devo sapere sulla mia preda?"

"È in parte Wendigo e in parte Fey." Poi Nisha incrociò gli occhi con David e con un ringhio basso disse: "Lo voglio vivo".

Capitolo 30:

Lilly

Aiutando Ethan a tornare a letto, Lilly gli fece fluttuare la tazza di tè. "Ecco qua. È un tonico paralizzante mescolato con qualcosa per aiutarti a riposare."

Non ancora bevendo un sorso, Ethan chiese: "Perché la cameriera mi avrebbe detto di trasferirmi se sapesse che farebbe arrabbiare la principessa?"

Seduta ai piedi di Ethan, sembrava che Lilly stesse valutando la risposta a lungo prima di alzare le spalle. "Beh, se dovessi indovinare che voleva che tu le dicessi di no. Ma è Mari, la conoscerai alla fine. Forse. Naturalmente, anche l'unica persona che Mari è carina è Nisha, ma a malapena. Poi di nuovo, la maggior parte Gli elfi domestici raramente sono piacevoli con cui stare. Quindi, è piuttosto possibile che cercasse di essere fastidiosa. "

Ethan bevve un sorso di tè e cambiò argomento. "Questo è veramente buono."

"Certo che lo è, Marta è una cuoca magnifica ed è anche addestrata come assistente guaritrice, quindi sa un paio di cose su come preparare tè curativi adeguati." Poi gli diede una pacca sulla gamba in modo rassicurante. "Non chiedere mai a Nisha di farne uno lei stessa. Lei ci prova, ma fare tè o tonici non è qualcosa in cui è brava. Non dirglielo, ma il suo ultimo lotto ha ucciso le piante alla Spire. Zilla chi è il ... ehm ... il guaritore capo della Guglia ... non era felice. "

"Ok."

Dato che stava cominciando a sembrare assonnato, Lilly chiese: "Stai bene se ti tolgo la maglietta?"

"Io posso..."

"No Ethan, non voglio che ti muovi più di quanto devi."

Si limitò ad annuire.

Lentamente lei sbottonò la parte superiore e lasciò che gli scivolasse dalle spalle fasciate e cadesse sul letto. Con attenzione iniziò a scartare il pallido strato esterno di stoffa per rivelare uno strato di garza che stava iniziando a filtrare con sangue non rosso come ci si aspetterebbe ... o anche verde che alcuni cittadini di bassa nascita avevano ma un sangue blu profondo che era così raro che pochissimi Fey di nobili origini l'avevano ... e nessuno al di fuori di Feyen l'aveva mai visto. Un soffio di fumo argentato e una scatola d'oro con intarsi d'argento erano seduti accanto a lei.

"La principessa ha una scatola così?" Era l'unica domanda accettabile a cui riusciva a pensare. O almeno l'unica domanda che poteva fare che avrebbe potuto ottenere una risposta.

Controllando molte delle bottigliette per trovare quello che stava cercando, Lilly gli rispose con la massima disinvoltura possibile per non preoccuparlo. "Oh, questo? Nisha ne ha uno ma non è ben rifornito come il mio. Inoltre questo è solo per le emergenze. Ho lasciato il mio più grande allo Spire."

"Oh ma ..."

Sbirciando dietro la sua spalla lei sorrise. "Ethan, tesoro, stai sanguinando; la chiamo un'emergenza."

"La maggior parte dell'emorragia si è fermata."

"Be ', va tutto bene, ma la carne sarà guarita. Adesso ..." Allungò la mano nella sua scatola e tirò fuori due tubi entrambi con dei piccoli contagocce attaccati. "Tira fuori la lingua, per favore. Penso che sarai molto più felice se dormissi durante tutto questo. "

"Io-" Vedendo uno sguardo nei suoi occhi che lo sfidò a sostenere, aprì saggiamente la bocca e tese la lingua come richiesto. Tre gocce di ciascuna fiala furono poste sulla sua lingua. Prima che potesse chiudere la bocca, la sua vista vacillò. "Dovrei sentirmi stordito?"

"Dormi e basta, Ethan. Ti sentirai molto meglio domattina."

Lilly sbatté la pesante porta della camera da letto dietro di sé, lasciando che il rombo profondo riecheggiasse nella stanza. Una morbida nebbia bianca le vorticava intorno alle gambe e sulla schiena creando un paio di ali spettacolari che potevano appartenere a una farfalla stravagante. "Dobbiamo parlare. Adesso."

Nisha incrociò le braccia per nulla turbata dal piccolo spettacolo di temperamento. Dopo tutto, questa era Lilly e raramente mostrava carattere, e quando lo faceva si spegneva all'improvviso come era venuto. Tuttavia, la sua cara cugina sembrava più incazzata di quanto non l'avesse mai vista prima. "Non dovresti prenderti cura di Ethan?"

"Lord Ethan è beatamente addormentato e rimarrà così fino a dopo l'alba. A condizione che ci sia un'alba qui. E a condizione che non combatta il sonno di cui il suo corpo ha bisogno."

David si avvicinò alla sua promessa sposa. "C'è un'alba cara, sembra che tu la guardi da un punto sotto un albero da ombra."

"Non iniziare, David. Non osare. Ho tutto il diritto alla mia rabbia. E non ho bisogno che tu mi dica il contrario."

Nisha sorrise mentre cercava di non ridere. Sì, sua cugina era decisamente più incazzata di quanto non fosse mai stata prima. "David, puoi tenere compagnia a Ethan mentre io e Lilly parliamo?"

David annuì una volta. Ogni altra volta avrebbe baciato la guancia di Lilly mentre lasciava la stanza o almeno le sfiorava dolcemente il braccio. In quel momento, non pensava che lei avrebbe gradito nessuno dei due movimenti, quindi si trasformò in un gatto soriano magro con strisce marroni e grigie e sgattaiolò fuori dalla stanza.

"Va bene, cosa devi essere arrabbiato per quello che non ho ancora considerato?"

Guardando sua cugina, non vide una donna che era pazza nemmeno un po 'incazzata ma che la guardava più a fondo negli occhi e vedeva le fiamme tremolare dietro i fiumi di ghiaccio. E peggio ancora, riusciva a distinguere le anime dei morti che urlavano di essere liberate ... oh sì, era meglio che stesse molto attenta. "Ethan è Fey."

"Sì. Lo so. Tuttavia, non è stato fino a quando non l'ho avuto in una pozza d'acqua e ho guardato ogni centimetro della sua pelle che sono stato in grado di dire. In ogni caso, ho già incaricato David di portarmi il sacco di carne in putrefazione che ha deciso che valevano più di un membro della mia casa. E per quanto riguarda gli altri Fey ... ho già un piano per loro ma non te lo dirò perché voglio che la gente sappia perché dovrei essere temuto. "

La nebbia che le scorreva intorno si era depositata troppo velocemente al suolo. Sapeva che sua cugina e Nisha non volevano mai che qualcuno la temesse ... mai ... "Nisha ...?" La preoccupazione riempì la sua voce morbida.

"So cosa sto facendo Lilly." La voce di Nisha sussultò non volendo ancora ammettere quello che aveva bisogno di fare. "Ho sempre prestato molta attenzione nell'assicurarmi che le persone non mi temessero. Non ho fatto sapere a nessuno quanto sono potente e questo era prima di diventare la Regina degli Under Kingdom. Ma ora è fatto. Conosco la leggenda dei Fey molto meglio di chiunque sia vivo. Quindi, so chi e cosa vendicherà coloro che sono di vero sangue Feyen. "

La rabbia di Lilly svanì, così come il colore del suo viso. "Sei sicuro?"

"Tu ed io siamo una famiglia. Amici. Così come sorelle di sangue. Non voglio che tu mi temi ma ... Se questo è il prezzo che devo pagare per mantenere la nostra famiglia al sicuro ... Allora questo è il prezzo che io pagherò volentieri. " Nisha si sedette su un bracciolo di un divano corto e chiuse gli occhi. "Sapevi che mio padre era temuto dalla maggior parte dei nobili ma nessuno dei nati bassi? E mia madre, nonostante fosse un'impresa molto più grande di quanto fosse capace in quel momento, era sospettata di aver ucciso la famiglia reale di Feyen? "

"Oh, Nisha ..." Lilly avvolse le sue armate intorno al cugino dandole tutto il conforto che poteva. "Ora non farlo ..."

Asciugandosi una singola lacrima dal viso, Nisha tirò su col naso. "Fare cosa? Non ho conosciuto i miei genitori perché qualcun altro non li capiva. Li ho persi entrambi perché nessuno dei due si è reso conto che le persone avevano bisogno di temerli per tenere al sicuro ciò che avevano costruito. E dannazione, erano entrambi veggenti ... avrebbero dovuto sapere dell'attacco ... avrebbero dovuto ... "Si asciugò il naso con la manica della vestaglia. "Mi dispiace. Essere qui ... sapere quante hanno sofferto da quando mia madre è stata presa ... fa male. Non mi aspettavo che facesse così male."

"Vorresti che ti tirassi su di morale?"

"Non credo che trasformarsi in farfalle e ascoltare conversazioni che non dovremmo sentire sia una grande idea in questo momento."

"Oh, va bene. Che ne dici se decidere se riparare le ali e le orecchie di Ethan o lasciarle tagliate." Non che le ali fossero state tagliate, ma piuttosto gli erano state strappate dalla schiena ... sia dalla pelle che dal muscolo a cui erano state attaccate.

"Penso ..." Nisha fece una pausa asciugandosi le restanti lacrime dagli occhi, "Ho bisogno che sia in grado di resistere all'incoronazione ... dopo che siamo partiti per la Guglia, allora se ti senti incline puoi restituirgli ciò che era preso da lui. " Si tirò indietro quel tanto che basta per guardare suo cugino, "Mi piacerebbe vedere le sue ali se possibile, ma potrebbe essere bello aspettare finché non si sarà sistemato nella sua nuova stazione un po 'prima di te."

"Concordato." Prendendo un respiro profondo e allontanandosi dalla cugina Lilly, le chiese: "Allora cosa farà David mentre spaventi tutti?"

"Oh beh, Ethan avrà bisogno di qualcosa da indossare. Quindi, ho pensato visto che adora armeggiare con pezzi di stoffa ..."

Accarezzando di nuovo i capelli color corvo di Nisha, Lilly disse dolcemente: "Se non ti dispiace che te lo dica".

"Lil, apprezzo sempre la tua intuizione."

"Penso che dire a un sarto di fare qualcosa per la tua fidanzata invierà un messaggio migliore alla tua gente."

Un sorriso mesto le contrasse le labbra mentre tirava su col naso. "Sì, penso che glielo chiederò. Altrimenti sarà solo supposto."

Alzando gli occhi al cielo, Lilly si costrinse a ridere. "Certo. Tuttavia, penso che aggiungere che Draken avrà la sua pelle se non sei completamente soddisfatto del lavoro, sarebbe un'aggiunta meravigliosa."

"Oh cielo. Devo semplicemente chiedere a David di chiedere se saranno presenti anche i suoi fratelli."

*Era questo il modo in cui Nisha cambiava argomento?*In qualche modo, non la pensava così. Chiudendo gli occhi, Lilly quasi odiava chiedere: "C-perché?"

"Bene, a questo punto sia David che suo padre avranno più potenziali selezioni per la cena di quanto avrebbero bisogno per due anni."

Chiudendo gli occhi Lilly mormorò: "Perché mai glielo ho chiesto?"

Capitolo 31:
Ethan

Ethan cercò di non gemere per il dolore sordo alle articolazioni ... ci provò e fallì. Almeno, era solo ... almeno ...

Qualcosa si mosse sul bordo del letto ... qualcosa ... "Tranquilla ora, Lilly avrà la mia pelle se ti lascio muoverti troppo."

Merda. Troppo velocemente aprì gli occhi per vedere un ragazzo Feyen incredibilmente bello ... uomo ... seduto vicino ai suoi piedi e lo guardava con troppo interesse. "Non mi rendevo conto di non essere solo."

"Va bene." L'uomo si avvicinò al comodino e versò un bicchiere di liquido rosso in un bicchiere trasparente. "Qui questo aiuterà con la rigidità."

"Th-grazie?" Il liquido era dolce. Fruttato ... E meglio di qualsiasi cosa avesse mai assaggiato. "Chi sei, se non ti dispiace che te lo chieda?" L'ultimo è stato detto un po 'troppo in fretta dopo aver pensato di aver offeso questo sconosciuto.

"Puoi chiamarmi David. La maggior parte della famiglia reale di Lite lo fa. E anche Nisha, suppongo."

David? Non era un nome Feyen. O almeno, non pensava che lo fosse. "È un ... ehm ... nome insolito."

Versandosi un po 'della bevanda, David disse casualmente: "Sì, beh, il mio vero nome è troppo lungo per una conversazione casuale, quindi Lilly ha deciso per David. Dopo dieci anni è cresciuto con me".

Per molto tempo, Ethan fissò il suo bicchiere facendo roteare il liquido rosso prima di chiedere molto dolcemente: "Va bene che parliamo?"

David inclinò la testa in questione prima di rispondere: "Perché non dovrebbe essere? Questa volta domani sarai sposato con il mio caro cugino".

"M-sposato? Domani?" No, non poteva essere giusto. L'incoronazione sarebbe avvenuta tra due settimane, non domani. E lui non era il corteggiatore prescelto ... nemmeno vicino al corteggiatore prescelto. Anzi, non poteva esserlo. Fey o qualche altro tipo di reale.

"Certo. Oh, ma ti è stato detto che avrebbe sposato il principe serpente. È corretto?"

C'era una risposta corretta? Ethan annuì lentamente.

"Sì, beh, era chiaramente una bugia. E Nisha odia quando le persone mentono a lei o ai membri della sua casa. Non crederesti a quanti guai ha causato quella piccola bugia. O a ciò che Nisha sta pianificando per questo. Ma per favore don non chiederglielo. Sono sicuro che sarà meglio che tutti lo scoprano dopo piuttosto che prima. "

"Oh?" Era una bugia? Ma perché suo zio avrebbe dovuto mentire? E poi di nuovo perché gli avrebbe mai detto la verità?

"Oh sì. Vorresti che ti dicessi quello che so per certo o ti piacerebbe ascoltare la Leggenda del Fey?"

Prendendo un altro sorso del liquido Ethan disse con uno sbadiglio: "Quale mai preferisci dire".

"Ah, molto bene. Cominciamo con la tua storia familiare. Inizieremo con il lato della famiglia di tua madre. Il suo nome era Lady Faerydae, perdonami ma non conosco il suo nome, signore. Tuttavia, so che era in qualche modo imparentata alla casa reale di Feyen, tu quei legami sono un segreto custodito con cura. Da quello che ho potuto scoprire che era imparentata con l'ultima regina da linee di sangue, ma non era abbastanza strettamente imparentata per essere considerata reale. In ogni caso, era ancora una signora della corte.

Quando il padre e la madre di Nisha si sono trasferiti a Darke, lei è venuta con loro. In cambio furono dati diversi negozi e negozi di dolci per creare il reddito a cui era abituata. Tuttavia, dopo l'incendio, tutti i negozi di Darke dovevano essere dati a te, a causa della tua età nel momento in cui tuo zio ne prese il controllo. Da quello che posso dire ha impiegato chiunque, ha ritenuto opportuno e ha tenuto tutto il reddito per sé ". David si è seduto un po 'indietro e si è assicurato di avere la totale attenzione di Ethan prima di aggiungere: "Nisha non è soddisfatta di niente di tutto ciò, comunque. E dubito che una volta che la regina Celeste scoprirà che sarà meno che soddisfatta di come sei stata allevata ".

"No, quello ... non può ..." Un altro frammento di memoria. Era in un negozio. La musica suonava dolcemente nella parte posteriore. Non riusciva a distinguere nient'altro. Sua madre lo aveva portato con sé nei suoi negozi? Se quello che David gli stava dicendo sarebbe stato possibile.

"Oh, ma lo è. Vedi tuo zio è stato cacciato da Feyen per qualcosa. Non sono a conoscenza di quei dischi. Dopo essere uscito, si è fatto strada nella casa di tua madre. Nel giro di una settimana, si è verificata una rivolta che è stata schiacciata in pochi istanti. Quella notte è avvenuto l'incendio. Ora non ho prove ma sospetto che tuo zio abbia qualcosa a che fare con questo. In caso contrario, sa chi è stato e perché. In ogni caso, Nisha ha deciso di supervisionare personalmente la sua esecuzione. "

Sì, ora aveva senso. Una specie di."Il principe Ciron. Penso che potrebbe saperlo. Negli ultimi anni si è nutrito ..." Ethan si massaggiò il collo dove di solito il principe mordeva.

"Eri legato al sangue a Nisha poco dopo la sua nascita. Sperava che se si fosse nutrito del tuo sangue avrebbe potuto ingannarla abbastanza a lungo da sposarla e convincerla a ucciderti eliminando ogni traccia del legame. Non contava sul Il fatto che anche se tu fossi dissanguato, Nisha saprebbe che sei suo. C'è qualcosa nel sangue reale che sembra legarsi alle cellule stesse di un corpo, quindi il legame non può essere sciolto nemmeno nella morte. Lo apprezzerei se non lo facessi. Non parlarne a Nisha ... o beh ... a chiunque per quella materia. Non vorrei pensare a cosa farebbero lei o Lilly con le informazioni. No, so cosa farebbero. Una delle donne legherebbe il serpente a se stessa poi l'altro avrebbe cercato di ucciderlo per vecere se potevano rompere la legatura ".

Non lo farebbero ... se non potessero rompere il legame perché lo hanno fatto... "Ha cercato di uccidermi più volte ... pensi ..."

Accarezzando la gamba di Ethan, David sorrise. "Lo sistemeremo dopo l'incoronazione. Ora vorresti sapere di tuo padre?"

Sedendosi appena un po 'Ethan chiese: "Per favore?"

"Non so molto di lui, a parte il fatto che una volta era una guardia alla corte di Feyen, poi è diventato Capitano della guardia qui. Inoltre, ha servito come primo presidente del consiglio qui a Darke. Penso di no. troppo sicuro, ma il suo nome era qualcosa come Gale ... Galton o qualcosa di simile a quello. Tutti i record precedenti al suo arrivo a Darke sono tenuti sotto attenta serratura e chiave. Il Fey può essere molto spinoso quando si tratta di condividere informazioni con chiunque. record che erano stati qui sono stati distrutti nel fuoco ".

"Ma tu sei Fey."

"Vero. Ma non mi fidano di tali documenti. Almeno non adesso. Un giorno Forse ... ma adesso?" David scrollò le spalle. "Tutto a Feyen accade quando accade. Gli estranei raramente sono vivi abbastanza a lungo da trovare risposte a domande a lungo poste. Tanto più se quelle domande potessero produrre una risposta effettiva".

Aveva ascoltato attentamente David. Ascoltando ogni parola. E sapeva prima due cose che David non era solo un Fey. Non poteva essere: le sue abilità linguistiche erano più vicine a Draken oa un cittadino di Darke di basso livello che a un Fey che aveva vissuto parlando correttamente. Di più ... Fey non ti ha mai detto qualcosa senza ottenere qualcosa in cambio. E in secondo luogo, poteva appena vedere il contorno di due corna ricurve. Basta distinguere le squame intorno ai suoi occhi. Sfortunatamente, non riuscì a chiedere nulla perché la porta dell'altra stanza si aprì e sia Lilly che Nisha erano sulla soglia.

"Dannazione David, ti avevo detto di non svegliarlo." Be ', non esattamente, ma l'aveva sottinteso.

Tale linguaggio dalla principessa di Lite. Ma non ne avrebbe parlato. Oh, no, non lo era. "David non mi ha svegliato."

"Uh ha. Ne sono sicuro. Ma dal momento che non ho prove in questo momento, gli risparmierò la lezione sul perché volevo che tu dormissi ancora."

Non sembrava una grande minaccia. Non quando Nisha si stava sforzando di non ridere o quando David non sembrava affatto turbato."Hai ancora della roba liquida rossa?"

"Liquido rosso ... Rosso ..." Lilly si rivolse a David che stava cercando di sgattaiolare fuori dalla porta per essere notato, "Dannazione al diavolo. David, non dovresti dargli liquori nelle sue condizioni. Giuro che sei un assistente di guaritore peggiore allora Nisha. " Afferrando un cuscino che era stato disteso sul letto, ha usato una folata di vento per lanciarlo a David colpendolo alla schiena. "Sono così arrabbiata con te in questo momento che dovrei farti balzare dai tuoi fratelli nel momento stesso in cui arrivano. " Fece un respiro profondo. "Nish, potresti per favore trovargli qualcosa da fare prima che si metta ancora più nei guai?"

"Naturalmente, dopotutto, vorrei vedere gli appartamenti reali prima dell'arrivo di zia Celeste." Nisha sorrise così dolcemente prima di fare una richiesta che sarebbe stata un avvertimento per chiunque sapesse già come i Fey stabilirono questa terra. "Lilly, prima che Ethan si addormenti di tanto in tanto, per favore, parlagli della Leggenda del Fey. È una favola meravigliosa."

"Suppongo di avere tempo per recitare la Leggenda del primo Fey."

Lilly aspettò finché Nisha e David non furono fuori dalla porta prima di sospirare: "David non aveva il diritto di darti liquori in questo momento. Non con i tonici e i tè che ti ho già dato. Ma hai un po 'di colore, quindi immagino che ci fosse niente male questa volta. "

"Ha detto che mi avrebbe aiutato con la rigidità delle articolazioni."

"Certo che l'ha fatto. I Drakens vedono raramente i guaritori; invece si ubriacano in uno stato di torpore o, almeno, bevono fino a quando qualsiasi livido o dolore che hanno è beatamente insensibile."

"Ah." Ora aveva senso.

"Non sembri troppo sorpreso."

Ethan chiuse gli occhi. "Ho visto le corna. Ha senso che sia Draken."

"Hai visto ... no, non dire più. Darò la colpa a Nisha dato che sei legato a lei. Ora, che ne dici se ti racconto la leggenda?"

Quella era la seconda persona che aveva detto di essere legato a Nisha. Si sperava che qualcuno gli dicesse cosa significava. "Perché è importante?"

"Be ', perché a ogni bambino viene raccontata una versione della leggenda. Dipende dall'interpretazione, ma addormentarsi è una storia deliziosa." E dirti potrebbe permettermi di trovare una risposta per evitare la guerra. Non che lei potesse dirglielo.

"Tutto a posto." Lentamente si tirò la calda coperta sopra la spalla e si rassegnò ad ascoltare la storia.

Capitolo 32: Nisha

David aprì lentamente la porta di legno scuro bruciato. La sua lunga coda guizzava per avvertire il dente avvelenato che normalmente nascondeva nel ciuffo della sua coda appena sporgeva. "Attenta Nish. Odora come se il fuoco non si fosse spento da così tanto tempo. "

Lo sapeva, perché sentiva l'odore del legno appena bruciato con la stessa intensità di David.

Per un momento rimase semplicemente sulla soglia. Per quel momento tutto era nuovo e immacolato. Poi…

Nisha strinse gli occhi. Solo un'altra illusione.

Quando fece il suo primo passo completo in quella che era stata la sala da pranzo di sua madre, l'incantesimo o l'incantesimo si spezzarono. E per la prima volta vide completamente ciò che era stato nascosto.

Piatti ancora posati sulla tavola. I resti dell'ultimo pasto che sua madre aveva mangiato coprivano ancora i piatti. Molto tempo prima gli insetti avevano divorato ciò che era rimasto in mezzo al cibo. Poi i ragni avevano mangiato con loro. Le ragnatele ora sono vuote di vita. Alcuni ora strappati e soffiano dolcemente con le correnti d'aria fresca.

A terra sono posati quattro calici di cristallo.

"Nish?"

"Questa stanza non è mai stata toccata dal fuoco. Fumo? Sembra che lo sia stato. E la fuliggine? Troppo fresco per essere di quella notte. "

Usando la sua coda, David ha afferrato il calice dal pavimento. "Puzza di veleno ma non di quello che conosco da vicino."

Non le importava di cosa si sedeva o su cui sedeva, Nisha si mise a suo agio sul bordo del lungo tavolo. "Quindi, presumo che i miei genitori siano stati avvelenati con qualcosa a cui nessuno dei due era immune. Ma questo è stato dopo che è stato appiccato il fuoco per attirarli qui ".

"Cosa stai pensando? Che Edrich si è fatto strada al servizio di tua madre. Ha iniziato la rivolta e poi ha sottomesso la regina di Darke e tutti coloro che erano legati a lei? "

"No. Ovviamente no."

"Buona"

"Edrich è troppo stupido per farcela. Tuttavia ... "Si abbassò dal suo trespolo e entrò nella stanza. «Di recente è stato qui un Firewalker. E questo solleva più di alcune domande ".

Spingendo un'altra porta aperta David sibilò: "Bastardi".

"David?" La preoccupazione accese la sua voce prima che la rabbia fredda le penetrasse nel midollo, "Che cosa ha fatto ... oh ..."

Là a pochi metri da lei sedeva la culla in cui avrebbe dovuto essere sollevata. Schiacciata e poi bruciata in modo che rimase solo la cornice. Lo scheletro di una donna giaceva sul pavimento. Il suo braccio tese. Aveva cercato di scappare o aveva cercato di raggiungere la culla?

In un lieve sussurro Nisha gridò: "Gwydion?"

"Mia regina?"

David si voltò verso la voce e si fermò dal lanciare una sfida. Si è fermato dal fare qualsiasi cosa affinché quest'uomo potesse decidere che lui un Draken sarebbe stato uno spuntino delizioso.

"Sai chi potrebbe essere?"

Per un attimo si dissipò, poi si riformò vicino al corpo della donna. "Una dama. Non una delle tue madri. Le sue ossa sono troppo fresche per essere state lasciate da quella notte. "

Proprio come aveva pensato. Allora perché lasciarla qui?

"Vedo." Tirandosi in tutta la sua altezza, Nisha annuì una volta. "Per favore, porta quello che c'è in uno di cui ci si può fidare. Voglio sapere tutto ciò che le ossa ricordano. "

David non ha capito. Gwydion l'ha fatto.

"Come desideri, mia regina. Sarà fatto subito. " Si fermò e fissò David. "Spero che tuo cugino rimarrà con te fino al mio ritorno."

Ciò che restava della porta della stanza dei bambini si trasformò in cenere. "Non sarebbe saggio che qualcuno rimanesse con me fino all'arrivo della regina Celeste."

Lasciare Nisha da sola non era la migliore idea che avesse mai avuto, ma non c'era niente che potesse fare che lei non potesse fare di meglio. Ancora…

I suoi pensieri svanirono quando una mano gelida gli afferrò la manica della giacca. Voltando la testa per vedere chi aveva osato, capì qualcos'altro ... Gwydion non era solo un'Ombra. Era la morte e in quel momento la morte lo stava fissando.

"Lord Gwydion?" David non era sicuro che quello fosse il titolo corretto, ma era il meglio a cui potesse pensare in quel momento.
"Ti offro un avvertimento. La mia regina ha preso alcune decisioni su alcune cose, sarebbe

meglio se tu non fossi in giro per assistere a quelle scelte ".

"Io-" Guardò da vicino gli occhi dell'uomo. Nebbia che fossero ancora ... era spaventato. A Shade aveva paura di ciò che Nisha ha già deciso. Per gli dei... "-Grazie. Penso che resterò con Lord Ethan finché non avrò bisogno di un altro posto ".

Capitolo 33:
La leggenda di Fey

Lilly chiuse gli occhi e iniziò a recitare la leggenda nel miglior modo possibile. Con la voce di un narratore, ha iniziato, Legend of the Fey:

Molto tempo fa, i Fey vivevano su una stella lontana. Poi un giorno, uno ha trovato la sua strada per il nostro mondo, anche se allora era governato da quelli che allora venivano chiamati umani. Creature che assomigliavano molto ai Fey in quanto camminavano eretti e condividevano uno stile del corpo comune. Ma a loro mancava altro potere oltre alle parole e quello che facevano con le proprie mani, incuriosito, uno dei Fey prese un umano come sua anima gemella. Come parte della loro unione, i Fey diedero all'umano alcune gocce del suo sangue e giurarono che avrebbero condiviso ciò che ciascuno aveva.

Poiché questo non era stato fatto prima, non poteva sapere che le sue parole avrebbero dato i suoi poteri alla sua sposa. Una volta che è diventato chiaro che quello che era successo, quelli che erano stati la famiglia della donna si sono allontanati da lei chiamandola strega. Diventando così la prima strega nella storia di Fey.

Tornati alla stella, i Fey osservavano attentamente mentre questa unione si evolveva creando nuova vita e portando alla creazione il primo figlio di dignità mista. Questo ha dato agli altri idee proprie.

Alcuni vedevano gli umani come versioni più deboli di se stessi e cercavano ciò che ritenevano fossero vasi più forti. Anche se non parlavano parole, le altre creature avevano la loro lingua. E le loro idee su cosa sarebbe un compagno accettabile. Vedendo questo come nient'altro che un gioco per diventare più forte nel suo insieme, il Fey iniziò a prendere le forme delle altre creature. I lupi diventerebbero lupi mannari dopo l'accoppiamento. I pesci e altre creature acquatiche sarebbero diventati gli antenati di Bunyip, Kelpie, Kraken, Morgawr, Ogopogo e molti altri.

Mentre altri si accoppiarono con rettili e altre creature più piccole per iniziare le razze di Amphisbaena, Cerastes, Lernaean Hydra. Anche quelli un giorno si sarebbero evoluti nelle gare che abbiamo oggi.

Tuttavia, c'è sempre stato solo puro Fey. Coloro che scelgono di non accoppiarsi con altri che non siano i loro simili. Li conosciamo come fate, elfi e folletti solo per citarne alcuni. Da loro, abbiamo alcuni che si sono accoppiati tra loro. Sono più potenti di qualsiasi altro perché le loro linee di sangue non sono mai state diluite. Sono sempre stati i nobili. Quelli che governano. Quelli che anche se non sono scelti sono leggi a se stessi perché nessuno, tranne il loro re o la regina, può gestirli. Anche allora, non tutti scelgono di essere trattati, ma vivono semplicemente sotto il governo del re o della regina.

Venendo al più recente diciamo quattro o cinque millenni fa, il mondo ora invaso da quelli di discendenza Fey ha iniziato a rompere nei propri luoghi. Quelli di discendenza da serpente o rettile viaggiarono a sud verso il clima caldo. Coloro che preferivano il luogo oscuro o ombroso hanno creato quello che ora si chiama Darke. I primi abitanti di Darke hanno creato un velo sulla terra. Nessuno ha mai provato a capirlo solo riconoscendo che è lì per il motivo del conforto dei cittadini.

Altri si sono interrotti, creando ciò che ora è Draken, Manicoria e Lite. Ovviamente Lite è più luminoso di qualsiasi altro paese. Si è sempre pensato che, poiché il velo è finito Darke, la luce è stata costretta ad andare da qualche altra parte. La scelta più ragionevole era Lite.

Finendo quello che sapeva, Lilly guardò Ethan che era stato troppo silenzioso e lo vide finalmente in un sonno profondo.

Capitolo 34:
Ethan

Ethan si svegliò con una calda luce iridescente che lo circondava. Nient'altro che un sogno familiare; ne aveva avuta più volte nel corso degli anni, ma fino a quel momento la luce non era stata così brillante ... così quasi accecante. No, ogni altra volta era stato come camminare in un tunnel fatto di ombra e di luce ... quella luce era lì fuori portata. Verso la fine del lungo tunnel.

Oggi non è stato così. No, oggi riusciva a malapena a distinguere la forma del suo amico dei sogni. A malapena vedo il modo in cui i suoi capelli neri come la notte le scendevano sulla schiena. Riusciva quasi a vedere le sue ali di una sottile nebbia blu. Ma non poteva vedere se era irritata o contenta di lui. Non conosceva il suo nome allora di nuovo, non l'aveva mai chiesto. Timidamente cercò di sorridere quando chiese: "Non ricordo che fosse così brillante prima".

La donna sorrise mentre svolazzava vicino a lui. La luce si attenuò mentre lei. "Sei più forte oggi. È ora che impari i miei segreti."

Inclinando la testa Ethan aggrottò la fronte che non aveva mai parlato prima, anche se aveva una voce adorabile. Cadde tra il vento che soffiava dolcemente tra gli alberi e un uccello che cantava per salutare il mattino. Poi si ricordò di quello che aveva detto. "Segreti?" Era l'unica domanda sicura ... no?

Gli voltò le spalle velocemente. "Vieni. Sei abbastanza forte per camminare in mezzo alla mia gente."

Dispari. Normalmente lo teneva mentre parlava della sua giornata. Lo tenne fermo mentre piangeva per il dolore causato da suo zio. E l'avrebbe trattenuto finché non fosse stato il momento di svegliarsi. Alzandosi in piedi notò un'altra stranezza, il vestito blu finemente confezionato e una camicia bianca sotto che ora indossava. Non seta ma qualcosa di così morbido da poter essere realizzato solo in sogno. "Non mi hai mai detto il tuo nome."

La donna si fermò e lo guardò accigliata prima di sorridere di nuovo ... anche se questa volta sembrava forzato. "Estare. La mia casa è Lunaista. È una delle tante di quelle che chiamate stelle."

Stelle? La storia che gli veniva raccontata mentre si addormentava. Sì, era così. Doveva essere. Forse avrebbe dovuto prestare più attenzione alla storia. Poi di nuovo, la sua mente stava già facendo un sogno meraviglioso, quindi era davvero importante?

Dopo aver camminato per quello che sembrava un'eternità, riprese a parlare. Non per il tunnel infinito. O le creature che ora poteva vedere apparire in vista ma di cose banali sulla sua vita come aveva sempre fatto prima. "Non appartengo più alla casa di mio zio."

Estare si fermò e lo guardò davvero, poi il suo sorriso si addolcì. "Questo è un bene. È una creatura irascibile." Facendo un solo passo, chiese: "Non sei abbastanza grande per avere una casa tua?"

"Oh, la principessa Nisha mi ha portato a casa sua." Di nuovo, Ethan si acciglò. "Dice che siamo fidanzati."

Estare rimase a bocca aperta. "Nisha? Nisha Trovos?"

Qualcosa non andava, poteva sentirlo, ma non sapeva cosa. "Credo che fosse il cognome di sua madre. Penso che la principessa sia Devros; il che è fonte di confusione poiché a un bambino viene dato il cognome del genitore che ha maggiori capacità." Ethan si fermò prima di continuare a divagare. Un respiro dopo chiese: "La conosci?" Non probabile ma era un sogno quindi tutto era possibile.

"Penso ..." Estare annuì a se stessa, "Penso che ti porterò a casa mia e poi parleremo." Quasi fece un passo, poi sibilò: "Non dire altro finché non siamo a casa mia. Questi sono tempi pericolosi. Pericolosi davvero."

La sua casa non era solo una casa, ma un palazzo fatto di cristalli e polvere scintillante. I colori che aveva solo sognato erano catturati dalla luce che si rifletteva su ogni cosa. Sfumature di blu che stavano memorizzando, rossi che parlavano al suo cuore, verde il colore degli occhi di sua madre. In qualche modo conosceva il colore, anche se non gli era mai stato detto. "È spettacolare qui."

"È il palazzo del Lunaista. Tutti coloro che hanno vissuto qui hanno accresciuto la sua grandezza. Non l'ho ... non ancora. Devo decidere cosa aggiungere a un posto del genere."

Il posto di Lunaista? Forse a Nisha piacerebbe sapere del suo sogno. Avrebbe avuto il coraggio di dirglielo? No, glielo avrebbe detto. Doveva dirglielo. Questo sogno sembrava troppo importante per non farlo. "È sicuro parlare qui?"

"Queste mura nascondono molti segreti. Uno te lo mostrerò. Vieni, la mappa dei Fey è da questa parte."

Diverse sale di pareti traslucide. Sca e di luce che risuonavano dai suoi passi. E la sensazione gelida di tutto ciò che ha toccato. "I muri sono di ghiaccio?"

"Ghiaccio? Non conosco la parola. I muri sono muri fatti di terra sotto i nostri piedi." Si fermò davanti a una porta solida. L'unica porta solida che avevano superato. "Le tue mura non vengono dalla terra?"

Hanno? "Suppongo, ma non sono traslucidi."

"Allora sono davvero fortunato a non vivere nel tuo mondo. Senza vedere tutto si potrebbero nascondere molti segreti. E quei segreti potrebbero portare a una guerra terribile."

Va bene? Cosa avrebbe dovuto significare?

Spingendo leggermente sulla solida porta sussurrò: "Ecco la stanza delle mappe. Cercherò di spiegarti quello che hai bisogno di sapere".

Ethan annuì. Il suo sogno stava diventando molto più strano di quanto avesse mai pensato potesse essere un sogno. Devono essere i tonici che scherzano con la sua mente. Sì, era una buona scommessa, ecco perché la sua mente lo faceva stanotte di tutte le sere.

La porta si aprì lentamente e la mappa ... non era solo un pezzo di pergamena su un tavolo, ma era la stanza stessa. Pioli luminosi in ogni paese. Giallo in Lite. Viola intenso in Darke. Verde nel Serpent Marshland. Grigio in Draken. E blu in quello che era conosciuto come il Bosco Mistico. Poi dei pioli bianchi luminosi si raggrupparono densamente a Feyen. Poi alcuni sparsi sia in Lite che in Draken. Ma ancora di più in Darke. "Cos'è questo?"

"Il bianco è quello che chiami Feyen. Il vero Fey."

Ethan guardò di nuovo. "Le luci sono fioche a Darke." Quasi completamente bruciato.

"I Fey stanno morendo. Quando le luci saranno quasi spente anche Darke."

C'era Feyen a Darke? No ... la sua mano gli toccò l'orecchio. L'orecchio che una volta aveva avuto la punta delicata simile a quella del suo amico. "Mio zio ha fatto questo."

Estare scosse la testa. "Non da soli. Ci sono forze oscure al lavoro qui. Vengono dai Boschi Mistici. Troverai risposte lì. A meno che le luci non si spengano. Allora non ci saranno risposte."

No Darke? Senza vita? La paura lo attraversò ... doveva fare qualcosa. Ma cosa? "Posso dire alla principessa quello che mi hai mostrato?"

"Puoi dirlo a Nisha. Assicurati che tenga la scatola chiusa e non la apra mai. Quello che contiene è più pericoloso di me."

Scatola? Quale scatola?

Il fuoco stava appena iniziando a spegnersi quando i suoi occhi si spalancarono. Amava i suoi sogni ma desiderava davvero non essere così stanco dopo di loro. Un movimento di un piccolo animale ai suoi piedi lo fece uscire dalla sua palude. Sbattendo le palpebre guardò la ... creatura ... gatto? ... trasformato nell'uomo che aveva incontrato la scorsa notte.

"David?"

"Oh bene, ti sei ricordato il mio nome."

Loquace per un Draken. Diavolo, era loquace per un Fey. "Nisha è in giro?"

David trasalì. "Si sta incontrando con la regina Celeste e con il consiglio. Personalmente, non la disturberei adesso ... ma se hai davvero bisogno di lei ..." Lasciò che il resto si interrompesse.

"Penso ..." Ethan cercò di mettersi a sedere solo un po 'ed era molto contento che nulla sembrasse ferire in quel momento. "... posso aspettare. Sai cosa devo fare ... almeno per oggi." Eh?

David sembrava sollevato. "Nisha ha un sarto che ti aspetta non lontano da qui. A quanto pare, è il migliore del regno."

I migliori del regno? "Lord Taliare?"

"Penso che questo sia il nome. Nish non è rimasto molto colpito dal suo abbigliamento, quindi dubito che sia molto bravo nella sua professione." O che doveva vivere l'incontro.

"Se viene pagato generosamente ha molto talento. Tuttavia, se paghi la sua tariffa standard, gli indumenti durano raramente un giorno intero".

"Ethan, tesoro, la principessa gli ha detto che se il tuo guardaroba dell'incoronazione non soddisfa le sue aspettative posso mangiarlo. Credi davvero che sceglierebbe di morire di una morte molto lenta?"

Oh beh, metterla così? "Penso che sarà meno contento di essere minacciato ma non si lamenterà a voce troppo alta".

Sedendosi solo un capello David strinse gli occhi. "Non sembri sorpreso che mangerei qualcuno."

"Sei Draken. O almeno, in parte Draken. Presumo che mangiare un nemico sia normale."

David fece un caldo sorriso e fece l'occhiolino. "Vero. Molto vero. Anche se di solito ci vuole più tempo per capirlo."

"Ovviamente, non sono cresciuti a Darke."

David lanciò a Ethan uno sguardo strano, poi sorrise. "No, suppongo di no."

Capitolo 23:
Nisha

Un minuto dopo l'alba Nisha era nell'atrio principale in attesa dell'arrivo di sua zia. L'appartamento reale era perfettamente intatto per un luogo che avrebbe dovuto essere rovinato dall'incendio. Oh, a prima vista lo era stato. Un altro dannato incantesimo, così finalmente le ci volle più di un minuto intero per romperlo, e questo fu dopo aver capito che era lì, tanto per cominciare. David era stato altrettanto sorpreso della scoperta. Ben prima che iniziasse a mettere insieme alcune cose. Nessuno di loro va bene. E nessuno di loro ha aggiunto alla morte dei suoi genitori diciotto anni fa.

Perché qualcuno dovrebbe affrontare tutta la fatica di bruciare la maggior parte della città e ...?

No, non avrebbe mai trovato le risposte in questo modo. Forse dovrebbe andare a far visita al principe Ciron. O forse torna di sopra ed esplora ogni centimetro dell'appartamento da sola, ma in quel momento nessuno dei due le piaceva. No, in questo momento voleva fare qualcosa. Qualcosa che sarebbe degno della sua rabbia e frustrazione. Qualcosa che spaventerebbe la merda preverbale di ogni essere vivente in tutta Darke e forse l'intero regno.

No, avrebbe aspettato per spaventare il regno, ma oggi aveva bisogno di spaventare i cittadini di

Darke. Aveva bisogno che tutti loro capissero che non era solo l'erede ... era qualcosa di più. Qualcosa che i morti chiamavano un creatore.

Quindi, si fermò in fondo alla grande scalinata e attese fino a quando le doppie porte di pietra nera si aprirono e sua zia fece il suo primo passo completo nel suo palazzo. "Zio Blake è venuto con te?"

La regina Celeste fece un passo indietro come se fosse stata schiaffeggiata. Riacquistando la calma, disse con molta calma: "Lo sai che l'ha fatto. Attualmente sta parlando alle guardie davanti per vedere perché gli scheletri stanno sorvegliando l'ingresso invece dei cittadini del tuo regno."

Nisha lo sventolò. "Dato che sono cittadini del mio regno, chi sono io per discutere dove scelgono di fare la guardia?"

Chiudendo gli occhi Celeste sorrise. "Allora, sarà uno di quei giorni," sussurrò a se stessa. "Pensavo che avresti dormito ancora a quest'ora." Dopotutto, in diciotto anni non aveva mai saputo che sua nipote fosse sveglia prima di mezzogiorno.

Incrociando le braccia Nisha si batté il piede con impazienza. "Questo è più importante del sonno."

Non poteva essere buono. Non quando Nisha non si svegliava mai prima di mezzogiorno. E di certo non quando era già incazzata e agitata prima del pasto mattutino. "Oh?" Celeste fece un piccolo passo verso Nisha. "Forse dovremmo parlare in un ambiente più privato?"

Scuotendo la testa Nisha parlò con molta calma: "Lord Edrich non è più il mio procuratore, lo sei. E poiché sei il mio procuratore, dobbiamo parlare al consiglio. C'è qualcosa che devo dire e tu devi sentire. Allora devi contattare coloro che hanno bisogno di assistere alla mia incoronazione in modo che possa essere fatto stasera ".

Aveva cresciuto questo bambino sin dalla nascita. Le aveva dato tutto l'amore che poteva. E aveva avuto più discussioni con Nisha di quante ne avesse mai avute con sua figlia. Ma non aveva mai sentito quella miscela di rabbia, rabbia e qualcosa che poteva essere chiamata morte solo in una voce ... nella voce di Nisha. "Poiché sei abbastanza grande per governare, cedo alla tua richiesta a condizione che tu non faccia del male a coloro con cui desideri parlare."

"Prometto di non uccidere nessuno che non lo meriti. David ha già confermato chi ha bisogno di essere mangiato o triturato e chi si adatterebbe per essere gettato nel Mare Infinito per i cittadini lì."

Oh mio. Una cosa era per Nisha pensare di uccidere qualcuno, un'altra era per David, che è un Draken, suggerire chi avrebbe preparato un pasto soddisfacente e per chi. "In tal caso, riprenderò tuo zio in modo che possa essere presente alla conferenza."

"Zia, davvero, zio non sarebbe piuttosto adatto a contattare le altre case reali? Dopotutto, dubito che troverà interessante questo incontro."

"Vero, ma se verrà versato del sangue, preferirei che fosse testimone." Per non parlare del fatto che avrebbe avuto un'idea migliore del motivo per cui veniva versato sangue e di come fermarlo. Forse sai come fermarlo.

Prendendo il braccio di sua zia, Nisha sorrise. "Molto bene, cedo alla tua richiesta." Fermandosi finché non ebbe un'idea precisa del temperamento di sua zia, aggiunse: "Questo è il motivo per cui stai scegliendo di lasciare che Lilly regni su Lite ora invece di aspettare".

"Sì, cara. Trattare con te come mio pari non è qualcosa in cui sarei molto efficace. Tuttavia, tuo cugino è più che disponibile. E per questo sono veramente grato."

Nisha si diresse verso il luogo in cui si sarebbe riunito il consiglio. Anche se non era mai stata qui ... in questa stanza ... sapeva che aspetto avrebbe avuto. Una grande stanza ottagonale con due lati più lunghi del resto. La stanza stessa non avrebbe finestre tranne quella della cupola di vetro che fungeva da soffitto. L'unico mobile sarebbe il lungo tavolo al centro della stanza, quattro sedie con schienale alto su due lati. Una volta per ogni membro del consiglio meno i due che erano stati banditi la notte scorsa. Poi due posti ... troni d'oro .. posti alle due estremità del tavolo per far sedere quelli della casa reale. Nessun altro sarebbe stato il benvenuto in quella stanza ...

... Beh, tranne Blake. In qualità di marito della regina Celeste e primo presidente della sua corte, aveva l'autorità di andare praticamente ovunque gli piacesse. E questo includeva stare dietro di lei in questo incontro.

In piedi davanti alla doppia porta, Nisha aspettò che si aprissero. Un cuore batté poi due e si aprirono quando Blake annunciò il suo arrivo. "Signori, date il benvenuto alla principessa ereditaria Nisha Devros." Le offrì il braccio per accompagnarla al suo posto all'estremità del tavolo... l'opposto di sua zia. "Ora che tutti si sono riuniti, procediamo."

Sedendosi cautamente al suo posto, la regina Celeste sorrise. "Signori, per favore sedetevi." Sorrise a ciascuno finché non ebbero fatto ciò che era stato richiesto. "Dato che nessuno di voi ha prestato servizio sotto la mia cara sorella, considera questo un tuo avviso se desideri rimanere una parte del consiglio di mia nipote, allora dovresti iniziare a comportarti come se fosse. Sono qui da meno di un quarto di giorno e non mi piace quello che è diventato di una volta un grande paese. Un paese di cui mia madre era straordinariamente orgogliosa. E un paese che una volta aiutai mia madre a governare prima di governare il mio paese di Lite. Quindi, lascia che ti assicuri che sono perfettamente consapevole di quali fossero le leggi prima e durante il regno della mia cara sorella. E so cosa sono diventati da allora. "

Volti arrabbiati dei sei uomini al tavolo, ma nessuno pronunciò le parole che li avrebbero sicuramente uccisi.

"Ora mia nipote ha chiesto un'udienza con te per discutere di ciò che posso presumere sia una questione della massima importanza. Ho concesso a quel pubblico di salvarmi dall'affrontare qualunque sia la questione che ha già incontrato." Celeste si fermò e sorrise a Nisha. "Mia cara, saresti così gentile da illuminarci?"

Annuendo a sua zia, Nisha si alzò dal suo posto e poi sbatté i palmi delle mani sul tavolo lasciando che un leggero tuono riempisse la stanza mentre nuvole temporalesche riempivano tutto tranne il tavolo e lo spazio appena un accenno sopra. "Non commettete errori signori, questa non è un'illusione. Le nuvole sono molto reali come lo è il fulmine in esse contenuto."

"Bb-ma è impossibile." Uno degli uomini balbettò.

"Non aveva quell'abilità ... non può ..." Un altro soffocò.

Ignorò i suoi prigionieri per il momento, ma notò la preoccupazione negli occhi di sua zia e l'espressione guardinga di suo zio. "Dato che mi piace essere onesto, darò a ciascuno di voi la possibilità di vivere. Quando l'ultima campana suona per l'ora di mezzogiorno, ogni schiavo o quelli che chiamate cane devono essere nella radura a ovest del mura del palazzo ".

"Tutti?" Un sussulto collettivo riempì la stanza.

Non era sicura di chi l'avesse detto, ma non aveva importanza ... non ancora. "Non ho balbettato. Entro mezzogiorno, avrò il mio pubblico di mia scelta o al calar della notte, non ci sarà posto per te per correre che non troverò. Non a Darke né in qualsiasi altro paese." dal tavolo scomparve tra le nuvole grigie.

Uno scroscio di tuono o forse era quello le porte che si chiudevano sbattendo dietro di lei. Poi le nuvole si dissolvevano negli uomini al tavolo che li contrassegnavano.

Una piattaforma era stata fatta frettolosamente dopo il piccolo annuncio di chi la principessa aveva voluto vedere. Erano stati portati barili su barili d'acqua. Uno per ogni fila di ospiti attesi. Un unico mestolo per ogni barile.

Eppure nessuno sapeva cosa sarebbe successo. Nessuno si preoccupava del fatto che la principessa di Darke avesse il potere di fare qualcosa, ma tutti si chiedevano come avesse convinto il consiglio a consentire l'inizio di questo incontro.

E tutti erano preoccupati di cosa sarebbe successo a Darke una volta incoronata.

Nisha si sedette a malapena sulla piattaforma prima che un uomo piuttosto robusto si trovasse alla base dei gradini che aveva appena salito un attimo prima. Le sue vesti, sebbene vecchie, lo contrassegnavano come un nobile. Le sue orecchie appuntite erano di qualche tipo Fey, ma fu l'espressione di sollievo a farla notare. "Puoi avvicinarti."

"Hai l'aspetto di tua madre, ma la deposizione di tuo padre."

"Oh?" Ha stretto gli occhi in minuscole fessure guardando questa sconosciuta Fey ma tenendosi anche consapevole di ciò che stava accadendo prima del suo palco. Consapevole degli schiavi costretti a sedersi in fila davanti a lei. Consapevole di chi aveva il titolo di cane era più che costretto a mettersi in fila ... in piedi ... non seduto come chi era schiavo. Tra un momento, avrebbe affrontato con loro proprio ora che aveva a che fare con l'uomo sconosciuto.

L'uomo salì lentamente una manciata di gradini, poi si inginocchiò davanti a lei. "Mi chiamo Garwig. Un tempo ero la seconda sedia di tua madre e il capitano delle sue guardie."

*Improbabile.*Ma avrebbe dovuto chiedere a sua zia della sua affermazione. "Si diceva che tutti i consiglieri di mia madre fossero morti quella notte."

Garwig sibilò molto piano: "Non tutto ciò che è stato detto è la verità". Guardando Nisha alzare un sopracciglio in questione, ha detto molto rispettosamente: "Stavo visitando ... ehm ... amici a Draken con la benedizione di tua madre. Quando mi è arrivata la notizia dell'incendio, sono stato esortato a restare". Prendendo una decisione, ha aggiunto: "Tua zia e tuo zio sono molto saggi e mantengono il loro consiglio".

"Sì, mi esortano a fare lo stesso. E o faccio." Nisha sorrise, poi si alzò dal suo posto. "Vorrei parlarti più a lungo, ma ora non è il momento. Per favore, unisciti a me dopo l'incoronazione, quando potremo trovare un posto più adatto per una conversazione più privata."

"Sarei onorato, principessa."

Quando l'ultima campana suonò, Nisha si alzò e usò il vento per migliorare la sua voce. "Per favore, dia a ciascuno di quelli qui un sorso dell'acqua fornita. Per il momento sarà sufficiente un mestolo pieno." Voltò la testa per vedere l'allarme sul viso di Garwig. Sapendo che era preoccupato che stesse per avvelenare tutti quelli che bevevano l'acqua. Facendogli un occhiolino e un sorriso amichevole, si voltò di nuovo verso la folla e si permise di sentire. Se fosse stato veramente una parte della corte di sua madre, avrebbe saputo cosa significava quell'occhiolino ... tuttavia, se stava mentendo ... beh, anche lei aveva una risposta per questo.

Chiudendo gli occhi, non aveva bisogno di guardare cosa stava succedendo davanti a lei. Sapeva quando un'altra persona beveva l'acqua. Acqua intrisa del suo sangue. Sentiva il loro potere, il loro desiderio di essere qualcosa di più di quello che potevano essere. Ho sentito il dolore per le ferite fresche. Ho sentito i dolori della fame e della fame. In pochi minuti ho capito chi avrebbe dovuto avere ali gloriose e chi avrebbe dovuto avere orecchie a punta. Qualche minuto ancora e ci fu uno strattone ... quasi familiare a lei. Ethan? No, non Ethan. Si stava preparando per l'incoronazione. Ah ... ma il potere di quel rimorchiatore era inebriante.

Saltando giù dal palco ha usato la nebbia per creare le sue ali. Ali che di solito non venivano mostrate troppe. Correndo sopra le teste di coloro che ora erano legati a lei, volò sempre più veloce fino quasi all'ultima fila, poi smise di svolazzare a pochi centimetri dalla sua testa.

Non Ethan, ma chiaramente una famiglia. Lei poteva vederlo sul suo viso ... nel modo in cui soffriva e moriva di fame ... si trattenne. Fiducioso e pronto per i guai.

"Come ti chiami?"

L'uomo la guardò. Per un breve, secondo, sembrò confuso poi sorrise chiudendo gli occhi. "Puoi essere solo la figlia della mia regina."

"Chiaramente o la rilegatura non avrebbe funzionato, quindi dimmi il tuo nome."

Lentamente si mise su un ginocchio capendo che nessuno avrebbe osato toccarlo adesso. "Galeron. Primo presidente dei QueenIl consiglio di Adrianna. E un amico di tuo padre. "

Ah ... quindi non è morto come le era stato detto. Quindi, se lui era qui ... dov'erano i suoi genitori? No, ora non era il momento di chiedere. Senza staccare gli occhi da Galeron, alzò di nuovo la voce. "Tutti quelli qui sono ora legati a me. Qualsiasi danno viene a chi è mio, lo saprò. Tutti quelli qui devono essere scortati alla Guglia e trattati adeguatamente come i Nati Superiori come sono. Tutti, tranne questo. " Ha incrociato gli occhi con Galeron. "Deve essere portato al Castello della Notte." Voltò la testa permettendosi di vedere gli scheletri in attesa in lontananza. «Sentinelle leali, per favore, aiutatelo al castello. La principessa Lilly si prenderà cura di lui personalmente ".

La folla che si era radunata l'aveva fatto pensando che la principessa li avrebbe liberati dalla rovina del loro paese. Gli schiavi ei cani che hanno preso così tante delle loro risorse ... il loro cibo e così tanto spazio che hanno usato per le loro zone notte piene di sporcizia. Adesso stavano a bocca aperta per la paura. La principessa che era venuta da loro vantando solo abilità minori, non avrebbe dovuto essere in grado di legare uno di questi orribili schiavi ...

... eppure li aveva legati tutti a lei.

Aveva legato adulti che erano stati i preferiti di sua madre. Quelli che non potevano essere uccisi nemmeno adesso. Bambini legati che valevano più come cibo dei sacchi di carne che erano stati tenuti in vita. No, non avrebbe dovuto essere in grado di farlo. La paura attraversò la folla quando si rese conto della verità che ora era davanti a loro. La verità che nessuno aveva voluto riconoscere ...

La principessa non era solo più potente di entrambi i suoi genitori messi insieme, ma aveva il favore di coloro che vivevano nel Regno Inferiore. Ciò fu evidente quando gli scheletri uscirono da sotto gli arbusti dove si erano nascosti e stavano ora scortando gli schiavi alla Guglia. Quattro portano nel castello l'ultimo membro dell'ex Consiglio della Regina.

No, non si sono mossi fino a quando la piccola principessa non è scomparsa, ma sono stati tutti d'accordo che doveva essere fermata a tutti i costi.

Capitolo 36:
Ethan

Si sentiva ridicolo. I suoi piedi erano infilati in morbide scarpe da casa eccessivamente imbottite; scarpe che Lilly aveva insistito che indossasse poiché i suoi piedi non erano neanche lontanamente guariti come lei riteneva appropriate per camminare. Scarpe che gli facevano sentire i piedi come se stesse cercando di guadare il fango dello stagno profondo fino alle ginocchia mentre indossava blocchi di cemento legati ai suoi piedi. Ovviamente, neanche la spessa coperta che copriva la sua nuova vestaglia di peluche e il vestito da notte appena confezionato non aiutavano molto le cose. "Almeno, nessuno mi vedrà così", disse Ethan mentre emetteva un sospiro.

David si fermò a metà passo e sorrise. "Ethan, davvero preferiresti indossare quello che sei attualmente o farti vedere dal sarto in camera da letto?"

"Preferirei non dover indossare meglio le coperte che si adattano al letto." Era un brontolio e dopo essersi svegliato dal suo ultimo sogno decise di brontolare rumorosamente finché qualcuno non iniziò a dare un senso. Naturalmente, il suo piano poteva anche esplodere in faccia, ma a giudicare dal sorriso di David non la pensava così.

Appoggiando il dito lungo e stretto sul petto di Ethan, David sorrise. "Sei disposto a dirlo a Lilly?"

"Beh no." Ethan si fermò e prese un profondo respiro. "Guarda sono stanco. Il mio mondo ... la mia vita ... è stata capovolta e lacerata nell'arco di un solo giorno. Quello e io mi sposo e ho appena diciannove anni. Ho appena incontrato la mia sposa chi deve essere la regina di Darke. La regina. E i tonici o cosa, non che Lilly continua a darmi, stanno iniziando a farmi formicolare la pelle. Per non parlare del fatto che Nisha non ha nulla di buono poiché sia   tu che Lilly siete cercando di tenermi lontano da lei. "

"Sì, beh. Nisha promette di non farti balzare addosso per almeno un decennio. Quindi, se mantiene la sua parola, per oggi sei al sicuro."

"Chiedo scusa?" Quando un decennio si è trasformato in un giorno?

David si strinse nelle spalle, poi iniziò a tornare al suo ritmo lento lungo il corridoio. "Oh beh, quella è Nisha. Proverà davvero a mantenere la sua parola ma devi ricordare che è una regina. E come regina, non può controllare ogni piccola cosa che accade. Nish può provare, fare minacce e spaventare a morte. quelli che si sarebbero opposti a lei. Ma lei non può controllarli. " David si fermò mentre allungava la mano verso una porta dipinta di rosso. "Be ', potrebbe, ma solo se fossero legati al sangue a lei. E non penso davvero che legherebbe a lei ogni persona vivente se non ne avesse bisogno." Si fermò davvero pensando a ciò che aveva appena detto e riconsiderò. "Poi di nuovo, con Nisha che fa tutto ciò che ha causato sia la regina di Lite che il capitano delle sue guardie a essere trattenuta da qualche parte, non con Nisha ... potrei quasi scommettere che sta facendo qualcosa per spaventare i cittadini di Darke. " Un'amichevole pacca sulla spalla di Ethan, poi Davis sospirò. «Meglio non chiederglielo. Dubito fortemente che qualunque cosa sia le permetterebbe di mantenere la promessa che ha fatto. "

Ethan non si mosse cercando di cogliere la maggior parte delle divagazioni di David. Era straordinariamente loquace per un Draken, ma David ha fatto alcuni buoni punti. Decidendo di chiudere gli occhi solo per un breve secondo e setacciare tutto ciò che aveva appena appreso, Ethan sentì un'altra voce profonda provenire dalla stanza in cui David lo aveva condotto. "È quasi ora che ti presenti. Ho un'attività da gestire ".

Con un brivido, Ethan aprì gli occhi non volendo fare un altro passo. Non voleva davvero entrare in quella stanza. Non voleva che Lord Taliare lo toccasse. Davvero non volevo vederlo. Tutto ciò non aveva importanza che Nisha avesse ... pagato ... per un vestito e quel vestito doveva soddisfare i suoi standard. Qualunque cosa fossero. Lentamente entrò nella stanza guardando David spiegare qualcosa in modo così sommesso che solo il sarto avrebbe sentito. "Lord Taliare."

"È una specie di scherzo? Sono il miglior sarto di Darke ... non realizzo i miei abiti migliori per i CANI."

Inarcando la schiena, David si voltò verso Ethan. "Cugino, potresti voler aspettare fuori. Ci sarò solo un minuto."

Cugino? No, meglio non dirlo. Non quando poteva vedere le onde che si infrangevano negli occhi ora grigioverdi di David. Occhi che erano stati rossi ma pochi istanti prima. No, meglio non dire niente adesso. Invece, sorrise e poi uscì dalla stanza chiudendo la semplice porta rossa come faceva.

Ethan non sapeva da quanto tempo era rimasto lì a guardare la porta, ma la cosa successiva che sapeva era una voce sommessa proveniente da dietro di lui.

"Ethan?"

Lilly? Perché era qui? "Mi è stato chiesto di aspettare qui." I suoi occhi non hanno mai lasciato la porta rossa. O la stanza da cui aveva appena sentito un terribile urlo gargarizzato provenire da un attimo prima.

"Sì, lo so. Adesso ti riporto a letto e il tuo vestito sarà pronto prima che ti svegli."

Si voltò leggermente. "Qualcuno non ha bisogno di prendere le mie misure?"

"Oh. Beh, David li ha già. Meglio non entrare in quella stanza finché ha pezzi di stoffa con cui giocare."

Che cosa?!? "Non capisco. Che ne è del Signore ...?"

Prendendo il braccio di Ethan, Lilly sorrise. "Tesoro, David è un Draken. Ora non fraintendermi perché questo non è qualcosa che David farebbe normalmente ... ma l'idiota ha insultato David insultandoti. La sua vita è perduta."

Barcollando all'indietro Ethan si guardò alle spalle scioccato dalle azioni di David. "A causa delle parole?!?!"

"Non solo parole." Lilly fece un respiro profondo. "Guarda. So che è difficile da capire in questo momento. Tra un anno o due, credimi, non ricorderai mai di non essere imparentato con un Draken ma, nel caso di David, è anche lui in parte Fey. Come Fey, a volte è in grado di per raccogliere pensieri. Per fortuna non spesso, ma quando lo fa ... "

"Il pensiero che raccolse combinato con le parole ..." Oh sì, ora poteva vederlo. Ma quali pensieri aveva raccolto David?

"Sì, beh. Penso che abbia raccolto due pensieri ... il culo e il tuo. Devi imparare a non temere tutto ... specialmente quando David è proprio accanto a te. Non risponde bene alla paura. Tanto più quando quella paura è quello di qualcuno che considera una famiglia. Non si rivolgerebbe mai a te a causa di quella paura, ma eliminerà qualsiasi cosa o chiunque sia la causa. Del resto, anche Nisha. Anche se non tiene nascosta la sua rabbia così come la mia David. "

Quello era il miglior avvertimento che qualcuno gli avesse mai dato, era solo un peccato che Lilly non glielo avesse detto prima. "Farò del mio meglio per ricordarmelo."

"Oh, oh, Ethan non pensare di aver fatto qualcosa di sbagliato. Devi cercare di capire adesso ... proprio qui ... la tua paura segnala problemi. Significa che David può trovare un pasto in qualunque cosa stia causando quella paura. Tu ... beh, sei al sicuro. Nish lo ucciderebbe se ti facesse del male. E non desidero pensare a cosa farebbe lei se lui facesse di più. "

"Grazie, Pri-Lilly."

"Bene. Adesso lascia che ti mettiamo a letto e Nisha ti parlerà a breve."

Cazzo, si era quasi dimenticato di aver chiesto di vederla. "Grazie."

Capitolo 37:
Lilly

Lilly aveva a malapena nascosto Ethan in quello che veniva vagamente chiamato il suo letto quando sentì il castello rabbrividire. Non più di un battito di cuore dopo, qualcosa urlò ... stridette ... forte. Sembrava che provenisse da fuori, ma poi di nuovo poteva essere il castello stesso che gridava aiuto. Guardando oltre i muri di pietra e verso la porta principale, poteva quasi sentire le pietre grigie levigate gemere di terrore. Sì, era con aria di sfida il castello che strideva. O almeno sperava che fosse il castello e non qualcos'altro che era legato a questo castello a emettere quei suoni orribili.

Chiudendo gli occhi Lilly fece un respiro profondo. Qualcosa ha spinto Nisha oltre il suo normale controllo ... O forse questa era la sua idea di spaventare tutto e tutti in obbedienza ...

... Era una possibilità. Inoltre non era probabile. No, Nisha non farebbe mai qualcosa che possa terrorizzare Ethan. Almeno non finché non fosse stato sicuro che lei non gli avrebbe fatto del male.

Muovendosi con la rapidità che riteneva sicura, navigò nel labirinto di corridoi finché non si trovò troppo rapidamente faccia a faccia con la regina Nisha ... chiamare la regina Feyen che le stava davanti qualsiasi altra cosa le sembrava poco saggio. "Tua grazia." Ha guardato Nisha fare diversi respiri molto controllati ... ha aspettato fino a quando sua cugina ha ripreso un po 'il controllo della sua rabbia. Aspettava che le anime perdute dei morti non fossero più visibili nella nebbia grigia che erano i suoi occhi.

"Lilly, ti prego di assicurarti che il mio nuovo amico sia adeguatamente curato. Sarà necessario per l'incoronazione. Anche se penso sia meglio se non è troppo vicino alla famiglia. Almeno non ancora."

*Va bene? Quale nuovo amico?*Non è meglio non chiederlo ... almeno fino a quando Nisha non era ancora piena di rabbia. "La stanza di fronte alla tua è disponibile? Sarebbe utile se non dovessi allontanarmi troppo da Lord Ethan ... almeno non fino all'incoronazione." Non era del tutto vero, ma sarebbe stato più conveniente non precipitarsi da un lato all'altro del castello per le prossime ore. Non che avrebbe osato dirlo adesso. Non quando non era del tutto sicura se Nisha avrebbe risposto come sua cugina o come una Fey incazzata.

"Va bene." Nisha si voltò verso la direzione da cui era venuta e sibilò: "Gli scheletri sono orribili medici, ma faranno qualsiasi cosa gli venga chiesto".

"Scheletri? Hai ..." Lilly fece una pausa, poi scosse la testa. "Non importa. Non desidero saperne di più sui tuoi medici. Tuttavia, c'è qualcosa di utile che devo sapere sul tuo amico?"

Gli occhi di Nisha si chiusero per diversi istanti mentre una nebbia scura come viticci le scorreva intorno. Dopo diversi respiri profondi, guardò di nuovo sua cugina mentre confermava ciò che aveva già saputo. "È un portatore leggero e molto difficile. L'ho messo fuori combattimento prima che arrivassero i miei aiutanti." Voltandosi per fare una ritirata frettolosa o per terrorizzare qualcun altro, Nisha aggiunse rapidamente: "Oh, una volta che si sente a suo agio, ho bisogno di parlargli. Ho delle domande ed è molto probabile che abbia le risposte."

"Ovviamente." Lilly fece una pausa prima di chiamarla: "Ethan ha bisogno di parlarti. Dice che è molto importante. "

Lilly contò fino a dieci due volte. Aveva chiesto che il portatore di luce molto ferito fosse messo nella vasca ... non aveva detto di buttarlo, inzupparlo o altro ... aveva detto di metterlo. Va bene ... va bene ... forse avrebbe dovuto dirlo con dolcezza. Naturalmente, questo poteva essere il modo in cui lo scheletro mostrava disprezzo ... o ... forse non capivano cosa non si diceva? Aggiungilo al fatto che non aveva mai visto uno scheletro di nessuna razza vivente che avesse punte per spine, rasoi per dita accoppiati a zanne. Forse potrebbe chiedere a Nisha ...

...Ripensandoci...

Prendendo un respiro profondo, iniziò lentamente a rimuovere i pezzi di stoffa che coprivano a malapena qualsiasi cosa tranne ciò che era tra le sue gambe. Ignorando tutto ciò che non era una ferita, lavò accuratamente il tetro ... sporco ... fango e sangue secco dalla sua spalla, poi imprecò con sincera sincerità mentre ispezionava ciò che era stato nascosto sotto. "Cosa ..." Un solo battito cardiaco dopo e lei gridò, David!

Le è tornata subito la preoccupazione, Lilly?

Ho bisogno di te. Adesso.

Un attimo dopo e David si precipitò attraverso la porta ancora bagnato dal suo bagno. "Cosa ..." Si fermò vedendo uno sconosciuto uomo Feyen completamente nudo nella pozza di acqua torbida. "Chi è quello?"

Ignorando il suo profondo ringhio, sbottò, "Un amico di Nish che ha bisogno dei miei talenti."

Dal momento che non poteva discuterne, né poteva uccidere l'uomo per non essersi identificato, David sorrise. "In tal caso, per cosa hai bisogno del mio aiuto? Visto che hai chiamato."

Lei socchiuse gli occhi su di lui. Sembrava calmo, ma questo non significava che lo fosse o che non avrebbe cucinato un pasto con quest'uomo se avesse ritenuto opportuno. "Ho bisogno di sapere che tipo di ferita sto guardando. Ho pensato che fosse un morso di qualche tipo, ma più lo guardo ... penso che sia un'ustione? Un morso, forse. Ma non un'infezione."

Scivolando verso di lei, David si sedette sul bordo della vasca per esaminare meglio la ferita in questione. Appoggiandosi alla spalla dell'uomo annusò, poi con molta attenzione lasciò che l'unghia artigliata accarezzasse il bordo della piaga per sentire ciò che i suoi occhi non potevano vedere. Dopo diversi momenti di tensione, si rilassò, la sua espressione cupa. "È una specie di bruciatura. Contiene una specie di veleno."

"Oh bene, ho degli unguenti che potrebbero aiutare allora."

Si guardò di nuovo il dito contento di non aver toccato nient'altro con il suo artiglio. "Lil, dubito che tutto quello che hai con te lo aiuterà."

"David?"

David chiuse gli occhi. Era più facile avere questa conversazione se non vedeva le sue espressioni. "Questa è un'ustione da un ibrido di troll. Non uno dei tipi comuni che conosco, ma penso che mio padre lo saprebbe meglio. Dovrebbe essere qui a breve." Lentamente aprì gli occhi e sembrò nervoso. "Lilly se questa è una razza che è ... ehm ..."

"Dillo e basta. Ci occuperemo del resto più tardi."

David annuì: "Non credo che questa sia una razza conosciuta di troll. In ogni caso, potremmo aver trovato un degno avversario da far cacciare a mio padre". Voltò la mano per mostrarle l'unghia, ora fragile e diventata grigia.

Mentre le ultime coperte venivano avvolte intorno alla sua nuova paziente, Lilly vide i suoi stanchi occhi blu mare che la osservavano con lieve curiosità. "Oh, non pensavo che saresti stato sveglio per un po 'di tempo."

L'uomo sbatté le palpebre una volta, poi cercò di parlare: "Sei ...?"

Sorridendo vivacemente rispose Lilly sperando di poterlo mettere a suo agio. Eppure ancora cauto poiché i Portatori di Luce raramente si sentivano a proprio agio. "Lilly. Ebbene, principessa Lilly di Lite. Ma al momento, sono il guaritore incaricato di provvedere al tuo comfort ".

Con gli occhi leggermente chiusi ancora una volta mormorò: "Meraviglioso".

Non sembrava entusiasta del fatto che lei lo stesse aiutando, quindi continuò a sorridere mentre diceva: "Sì, beh, sono pienamente qualificato. In effetti, sorpasso le capacità di quasi tutti i Feyen Healer".

Tenendo gli occhi chiusi, fece un respiro profondo mentre borbottava sottovoce sperando che lei se ne andasse. Sperando che lui la infastidisse quel tanto che bastava per trovare un adulto che si prendesse cura di lui. "Parli troppo per essere imparentato con Addy."

"Addy?" Aveva già sentito quel nome. Oh, sì ... le era venuto in mente "Oh, zia Adrianna? Dato che non l'ho mai incontrata, non lo saprei". Fermandosi prese un tono più autorevole: "Adesso vorresti mangiare o parlarmi della creatura che ti ha morso?"

"Troll."

Lo so molto. "Capisco. Troll mescolato con cosa? Da quando conosco diverse specie e non ho mai incontrato un morso come questo." Né veleno che potrebbe danneggiare economicamente un Draken. Poi di nuovo potrebbe aver danneggiato David perché era solo in parte Draken. In ogni caso, suo padre avrebbe dovuto essere l'unico per trovare questa creatura.

"Troll allevati con il serpente. Controllano le miniere inferiori. O dovrei dire che possiedono le miniere inferiori e tendono a mangiare tutto ciò che entra."

Accarezzandogli la mano in modo rassicurante, Lilly sussurrò: "Ora vedi, non è stato difficile. Ma le miniere non sono di proprietà dei troll. Le miniere sono sempre state di proprietà della casa reale. In ogni caso, se ne occuperà a breve. "

Aprendo gli occhi ancora una volta la guardò cercando di farla incontrare il suo sguardo. "Sai chi sono?"

"No, ma Nisha non era dell'umore giusto per farle molte domande o spiegare molto di qualsiasi altra cosa oltre a quello che dovevi essere ..." Nel momento in cui guardò davvero il suo viso si sedette. La stessa faccia delicatamente cesellata. Poi proprio intorno agli occhi "... Oh, sei il padre di Ethan. Questo spiega così tanto ..." Pausa Lilly, pensierosa, aggiunse: "Oh, non credo sia saggio parlare a Nish dei troll. Lo dirò invece ai Drakens. Saranno molto più ragionevoli di Nisha. "

Lottando per mettersi a sedere, Galeron sussultò: "Ethan? Conosci mio figlio?"

"Oh, certo. Ci siamo incontrati questa mattina ... o ... piuttosto tardi la scorsa notte. Lui e Nisha si sposeranno stasera. Quindi, è piuttosto fortunato che tu sia stato trovato oggi."

Allora non tutto è perduto."Vorrei dormire adesso." Era l'unica cosa accettabile che poteva dire per convincere il piccolo tesoro ad andarsene.

"Certo. Se hai bisogno di qualcosa chiedi pure che non sarò lontano."

Capitolo 38:
Ethan

Non era il tocco morbido del suo viso a svegliarlo, ma la sensazione pesante e selvaggia nella stanza. Era la sensazione dell'aria che gli turbinava intorno. Con attenzione lasciò che i suoi occhi si aprissero per vedere Nisha che lo osservava. Quella mattina aveva trovato conforto nel suo sguardo ... ma in quel momento non c'era niente di confortante ... niente di umano in quegli occhi scuri e ferini. Deglutendo forte cercò di parlare. "Principessa?"

"Che ne è del chiamarmi Nisha?"

La sua voce era, almeno, due sfumature più scura di quando aveva parlato alla festa la sera prima ... e ancora piena di fastidio. "Non ero sicuro che sarebbe stato il benvenuto adesso?"

Voltò la testa da lui e prese un profondo respiro. "Sono incazzato, ma non con te. Ho bisogno della mia rabbia ancora per un po ', ma hai la mia parola che sei al sicuro."

Quella era la seconda persona in poche ore a dirlo e nemmeno lui ci aveva creduto. Tuttavia, ha chiesto: "C'è qualcosa in cui posso aiutare?"

"Finché fai ciò che Lilly suggerisce, fai tutto ciò di cui hai bisogno." Fece una pausa: "Lilly ha detto che dovevi parlare con me. Qualcosa sul fatto che fosse importante."

"Io-io ..." Ethan chiuse gli occhi, cercando di esprimere a parole ciò di cui aveva bisogno. "Cosa ne pensi dei sogni?"

Nisha strinse le labbra e scrollò le spalle non capendo veramente dove stesse andando questa conversazione. E come poteva lei se lui non conosceva se stesso? "Sogni? Ebbene, stiamo parlando di sogni, visioni o premonizioni? I tre, sebbene correlati, variano molto."

Lentamente disse: "Io-non lo so ..." C'era una differenza? Ovviamente c'era. Non gli aveva ancora mentito, quindi doveva fidarsi di ciò che lei diceva era verità.

"Allora parlami del sogno e cercherò di capire qual è. Non preoccuparti, Lilly e io lo facciamo spesso l'una per l'altra. Non crederesti quante volte uno di noi ha un sogno che ha bisogno di qualcun altro per interpretarlo esso. "

Era sorpreso che i due cugini condividessero così tanto l'uno con l'altro. Poi di nuovo, erano cresciute l'una con l'altra quasi come sorelle, quindi era davvero così strano che si sarebbero appoggiate l'una all'altra così tanto? "Veramente?"

"Ovviamente. Siamo entrambi veggenti, ma è difficile determinare un sogno da una visione o da un

avvertimento. »Strinse le labbra realizzando ciò che gli aveva appena detto.

Non voleva dirmelo. Tuttavia, non disse nulla sulle sue capacità poiché non era pronta a fidarsi di lui con la consapevolezza di quanto fosse veramente dotata. Si alzò leggermente a sedere e si schiarì la gola e cominciò: "Ogni notte, da diversi anni, ho fatto lo stesso sogno. Una donna adorabile. Fata credo. Siamo in un tunnel grigio senza fine. Oscurità a un'estremità e luce intensa dall'altra. "Ethan fece una pausa, poi aggiunse rapidamente:" Non l'ho mai vista mentre ero sveglio. "

"Non preoccuparti Ethan. Non ti biasimo per i sogni né per nient'altro. Inoltre potrebbe essere solo la tua mente che cerca di trovare qualcuno con cui parlare senza paura. O se è per questo qualcuno con cui parlare."

Per molto tempo rimase in silenzio prima di sussurrare: "Non ci avevo mai pensato".

Accarezzandogli la mano in modo rassicurante, Nisha sorrise. "Certo che no. La tua educazione è stata tutt'altro che ideale. Ora continua per favore."

Ha annuito una volta. "La scorsa notte è stato diverso. Mi sono svegliato in un tunnel ma era di una luce accecante. La luce si è attenuata mentre si avvicinava e per la prima volta ho potuto vedere che cosa indossava ... non ho un nome per il tessuto." Fermandosi lasciò che gli occhi si chiudessero in modo da poter ricordare tutti i dettagli. "Abbiamo camminato tra la sua gente anche se mi è stato detto di non parlare. Dopo aver camminato per quello che sembrava un'eternità, abbiamo raggiunto quello che lei chiamava il suo castello."

"Il castello di dove?" Il suo tono non era neanche lontanamente quello di chiedere, ma piuttosto confinava con una domanda eppure si avvicinava a un tono che diceva che era preoccupata per qualcosa.

"Loon ... Luna ... No, era Lunaista. Sì, era Lunaista una città delle stelle."

"Lunaista." Gli prese il braccio, questa volta sul serio. "Cos'altro non tralascia nulla."

Sì, c'erano dei problemi che ora poteva sentirlo nella sua voce. "Il castello era fatto di pareti traslucide tranne che per una stanza. Lo chiamava la stanza delle mappe. C'erano luci colorate in ogni paese. Sapevo dove fossero i paesi solo guardandolo ma non avevo mai visto una mappa prima. " Adesso aprì gli occhi per vedere se lei capiva. I suoi occhi gli dicevano che lo aveva fatto. "Comunque ha detto che i Fey a Darke stanno morendo. E che le risposte sono a Mystic Woods. Devi andare lì per trovarle prima che si spenga l'ultima luce o non ci saranno risposte."

Nisha si sedette e si lasciò sfuggire un leggero sibilo d'aria, "Oh va bene. Sì, penso che sia un bene allora."

Come potrebbe essere buono? "Buona?"

Rimase seduta per un lungo momento lasciando che il suo cuore si calmasse nel suo petto prima di rispondere: "Ho le tue parole, non ripeterai quello che sto per dirti?"

Non poteva essere buono. Non con la preoccupazione nella sua voce o qualcosa di più che preoccupazione nei suoi occhi. No, questo non andava affatto bene. "Hai la mia parola."

"I Fey, tutti i Fey di Darke sono stati costretti alla schiavitù o chiamati cani. Le loro orecchie si sono tagliate proprio come le tue e le loro ali sono state rimosse. La scorsa notte quando mi hai detto che ha iniziato ad avere senso, ma ho aspettato fino all'arrivo di Lilly per confermare quello che sospettavo. Oggi ... a mezzogiorno, tutti gli schiavi oi cani sono stati portati fuori dalle mura occidentali. Li ho legati tutti a me. Tutti tranne uno, sono attualmente in viaggio verso la Guglia per un trattamento adeguato. Avrei avuto li hanno portati dentro ma non mi fido di chi abita qui. Né ho il personale che può occuparsi di tanti Fey feriti contemporaneamente ".

Non gli importava che lei mandasse il Fey alla Guglia. Non importava che uno di loro fosse lasciato qui per essere visto da Lilly. Gli importava che lei li legasse tutti a lei. No ... No, non avrebbe potuto. La maggior parte dei reali poteva legare con l sangue solo poche dozzine di cittadini, non parecchie decine ... E certamente non migliaia. Eppure ... "Siete legati al sangue ... tutti loro?" Ethan squittì.

"Molti erano stati precedentemente legati a mia madre. Altri come te erano bambini piccoli quando è scoppiato l'incendio. Aveva perfettamente senso legarli in modo che potessero crescere nelle loro capacità invece di essere precipitati in loro. Inoltre, è meglio avere un forte Fey legare alla regina piuttosto che rischiare di cercare di sopraffare la famiglia reale ".

È quello che è successo diciotto anni fa? Qualcuno che avrebbe dovuto essere legato a tua madre non lo era e si è ribellato per questo. O si ribellarono perché non pensavano che lei pensasse che fossero degni di essere legati a lei? Non che potesse chiederlo, ma potrebbe chiedere: "E quello che è qui".

"Hanno bisogno di un guaritore dotato ora piuttosto che dopo. A Lilly è stato chiesto di visitarlo finché non arriveremo alla Spire stasera."

A feriti per muoversi. Questo era quello che gli stava dicendo. Tuttavia, aveva bisogno di chiarire un altro sospetto. "Allora ... non era un sogno? Era qualcos'altro?"

Ha annuito una volta. "Domani sarà abbastanza presto per spiegartelo. Per oggi sappi che le paure del tuo amico erano giuste e sono state curate almeno per la giornata. Mi ci vorrà un po 'per rimettere tutto a posto ma ho trovato alcune che potrebbe essere disposto ad aiutarmi. Altri potrebbero essere contenti di tornare a Feyen. In ogni caso, saranno al sicuro. "

La guardò alzarsi dal letto ora contento di andarsene. "Pensi che la rivedrò?" Va bene se lo faccio?

Gli diede uno sguardo strano prima di rispondere: "Ethan, non so come o perché quell'amico sia venuto da te, ma è una preoccupazione per un altro giorno. Tuttavia, sono disposto a contare su di lei come amica fidata e so che lei ti contatterà ogni volta che vuole. " Nisha si fermò e sorrise prima di baciargli la guancia. "Ora riposati. Abbiamo ancora poche ore prima dell'incoronazione e non voglio che tu sembri al massimo quando incontri gli altri reali della famiglia."

Ethan si infilò la giacca blu reale che gli era stata lasciata. Non era sicuro di quale fosse il materiale, ma era più morbido di qualsiasi cosa avesse mai sentito prima, non solo perché il peso leggero gli rendeva facile dimenticare le piaghe sulla schiena che erano ancora troppo dolorose da toccare. Mentre si abbottonava la manica, accarezzò di nuovo il tessuto. Non raso ma una specie di pelliccia ... e fatta apposta per lui.

David si appoggiò allo stipite della porta un frammento di qualcosa di bianco che veniva tenuto con i denti mentre sorrideva. "Oh bene, pensavo che il colore potesse essere quello giusto per far risaltare il colore dei tuoi occhi. Anche se avrei potuto aggiungere un po 'più di oro al risvolto."

Sorridendo a David e scegliendo di ignorare il frammento che ora poteva vedere potrebbe benissimo essere un pezzo di osso, ribollì. "Non riesco a credere che questo sia per me. Non avevo mai sentito nulla di così morbido prima, né avevo mai provato nulla che fosse stato vicino a questa qualità. "

Spingendosi via dall'intelaiatura della porta, David gli si avvicinò molto lentamente per esaminare il suo lavoro. "Sì, beh, ho trovato il materiale nelle borse del sarto. Ho chiesto a Nisha se pensava che il materiale andasse bene dopo averlo colorato. Prima era un orribile colore marrone melma. Non adatto per un matrimonio. Non adatto a niente davvero ... Ma ci è voluto bene per mantenere colori diversi. Dopo la sua approvazione di questo colore, ha chiesto a qualcuno quale potesse essere il materiale. Dato che nessuno sa per certo, lei pensa che debba essere una razza rara di animale ". Ha alzato le spalle. "Mi sono offerto di trovarne uno per lei se mai dovessi andare a caccia durante la mia visita."

Animale? "In quel caso, ci sono alcune razze di piccole dimensioni che vivono vicino ai confini sia dei boschi mistici che della palude. Non tendono a viaggiare così a nord né a ovest. E molte altre creature possono essere trovate solo vicino alle terre desolate proibite . Non in loro, naturalmente, ma vicino al confine. "

"Ah. Allora dovrei trovare un motivo per andare così a sud. Di solito trovo il tempo troppo umido per i miei gusti, ma posso fare un'eccezione." Gettando la scheggia d'osso nel focolare, David continuò: "Sei pronto per andare al tuo matrimonio o hai bisogno di un po 'di tempo per abituarti all'idea di sposarti?"

"Un momento per favore?" Con il cenno del capo di David, Ethan sussurrò: "Lilly mi ha parlato del sarto".

Per un momento, David rimase lì, incerto su come leggere il suo prossimo cugino, poi alla fine decise di intraprendere un percorso diretto. "Oh? Non preoccuparti Ethan, avevi tutte le ragioni per temere quell'atrocità. Non voglio pensare a cosa sarebbe potuto succedere se ti avessi lasciato andare da solo ... Non che saresti stato davvero solo. Nish ha confermato che dopo che si è calmata dal suo incontro ... Ma ... non importa, non può più disturbare nessuno. Davvero, non può nemmeno disturbarla nel Regno Inferiore. Il cibo non ce la fa mai. "

Inutile chiedere qualcosa sul Regno Inferiore ... non serve chiedere cosa David considerava il cibo. Non serviva a niente chiedere nulla poiché era sicuro di non volere una risposta a tutto ciò che avrebbe potuto chiedere. Chiudendo gli occhi, sorrise. "Grazie."

David scrollò le spalle più rilassato. "Niente di grave. Nish ha detto che avrei potuto preparare un pasto con qualsiasi cittadino vivente. Sfortunatamente, non ho riconosciuto la sua razza in modo da poterlo evitare in futuro."

Mettersi a proprio agio con Ari ... Una furia secondo la domestica. Qualunque fosse una furia ... Ethan chiese: "Oh?"

Prendendo l'altra sedia di farro, una che per fortuna non era stata un'altra creatura contemporaneamente, David disse scherzosamente:

"Troppe ossa per i miei gusti e troppo grasso. Non una buona miscela. E non crederesti a quello che dovevo fallo per far uscire la sporcizia da sotto i miei artigli. "

"E qui ero preoccupato per il gusto."

Appoggiandosi allo schienale della sedia, David rise. "Vedi, ti troverai bene tra i draghi della famiglia." Lasciando sollevare la sedia dal pavimento, continuò: "Vieni e ti presenterò la mia famiglia". Una breve pausa poi: "Oh, ancora una cosa ... non incoraggiare mio padre. È dell'opinione che si dovrebbe combattere prima di sposarsi. Non è contento che non ti sia permesso di prendere parte a quel po 'di divertimento ... ancora di più da quando ti ha portato un troll da uccidere. "

*Un troll ... da uccidere?*Come avrebbe mai potuto uccidere un troll? La risposta ... non poteva. "Non credo che starebbe bene né con Lilly né con Nisha se ci provassi."

"Ethan, non andrebbe bene con mia madre se lo menzionasse così tanto. Credimi, né Lilly né Nisha avrebbero mai avuto una parola con mia madre così vicina." David si avvicinò per sussurrare: "Non diremo a mia madre del troll. Pensa che sia per il suo spuntino prima di cena. "

Per diversi minuti nessuno dei due parlò mentre Ethan osservava gli arazzi che raffiguravano il primo Fey che arrivò in questa terra. Quelli della vita in una città stellare stessa. Altri di cui non sapeva di cosa avrebbero dovuto essere, ma erano mozzafiato a guardarli. Alla fine, ha chiesto: "Sai chi sarà presente? O dove stiamo andando?"

"Sì, e sì. Innanzitutto, dovresti sapere che tutti quelli che partecipano sono familiari o parenti in qualche modo. Come mio padre e mia madre. Mia madre è la zia di Nisha dalla parte di suo padre. Poi hai mia sorella maggiore e un fratello maggiore chi è il principe ereditario, ma solo perché la mia cara sorella si rifiuta di governare altro che il suo guardaroba ".

"Immagino che abbia un sacco di ... ehm ... cose?"

"Tre guardaroba e non riesce ancora a trovare niente da indossare. Vivendo con Lilly, penso che debba essere qualcosa di completamente femminile dato che aveva un'intera stanza piena di cose e non ha mai quel qualcosa di speciale da indossare."

"Quello è…"

"Impossibile? Lei è una donna. Nisha fa la stessa cosa ed è per questo che non può toccare gli armadi. La sua cameriera si arruffa. Ora per quanto riguarda chi altro ci sarà ..." David iniziò a contare sulle sue dita artigliate. "... La regina Celeste di Lite procederà all'incoronazione poiché attualmente non c'è un consiglio ".

Nessun consiglio? No, non poteva essere vero. Beh, almeno non del tutto vero. Ma era possibile che si fossero dimessi dopo che Nisha aveva rimosso i due da Darke la scorsa notte. "Non per interrompere, ma cosa è successo a quello che ha governato dopo l'incendio?"

"Ethan, non fare quella domanda ... mai ... la regina Celeste è già fuori di sé a causa di quello che è già successo oggi. E non sto chiedendo a Nisha nulla a cui sono sicuro di non volere una risposta."

"Nisha?" Avrebbe dovuto dire che Lilly aveva pensato che avrebbe spaventato tutti i cittadini di Darke? Guardando David decise di non farlo.

Lentamente David annuì. Riportando l'argomento all'originale si schiarì la gola. "Blake, che è il padre di Lilly, ci sarà. Penso che sia così, ma con Nisha, è difficile da dire. Dopotutto, per quanto ne sappiamo, potrebbe aver invitato l'intero Under Kingdom. Non che io sappia che ha degli amici lì ".

Perché ... o come ... avrebbe potuto invitare coloro che sono morti. Un'altra domanda che non avrebbe posto dal momento che la risposta ... la possibile risposta era terrificante. "Lo farebbe?"

"Nish? Dipende se Freya è riuscita a convincerla o no."

"Oh." Freya? Un altro nome che avrebbe dovuto imparare dal momento che sembrava qualcuno che potesse aiutarlo a curvare il giudizio di Nisha su alcune cose. "Una volta mi è stato detto che ci sarebbero state parate e balli. Un grande affare per secoli."

"Oh, non fraintendermi. Ci saranno balli e una parata ... così come molte persone che vanno e vengono poi vedrai mai in un posto ... ma sarà una volta che raggiungeremo la Guglia. Freya, è personale di Nisha guardia Sono sicuro che l'hai già incontrata ma non hai idea di chi sia veramente. Beh, non pensa che questo castello possa essere adeguatamente custodito per tali festività. Nisha è d'accordo. Quindi, stanno avendo tutti, che desiderano congratularsi la nuova regina a farlo alla Guglia. "

"Freya? Il Fey che si aggira per i corridoi?"

"È lei."

Una pausa pensierosa. "Quindi la cerimonia avrà ..."

"Meno di venti minuti compreso il matrimonio." David si fermò quando le sedie atterrarono dolcemente fuori da un paio di porte grigio fumo. "Non pensarci molto o ti lavorerai con i piedi freddi." Ascoltando le chiacchiere oltre le porte aggrottò la fronte "Cosa ci fa qui la regina Alista?"

"Regina Alista?" Era questo un altro nome che avrebbe dovuto imparare?

"La ... ehm ... Regina di Feyen. Non viaggia mai fuori dal suo paese ... mai. Non pensavo che sarebbe venuta qui per il matrimonio. Ma preferisco che Nisha venga da lei a Feyen in un secondo momento."

Capitolo 39:
Celeste

Celeste legò pignolosamente poi riattaccò i fiocchi di pizzo nero che erano stati aggiunti allo schienale di ciascuna delle manciate di sedie. Dopo aver avuto solo ore per pianificare questo evento che avrebbe dovuto avere migliaia di partecipanti, era solo una manciata di persone e nessuna di loro proveniva da Darke. Lasciando un urlo frustrato scosse la testa e cercò di non piangere.

Era troppo pericoloso fare i festeggiamenti qui, ma Nisha voleva che l'incoronazione fosse fatta sul balcone. Nisha e Freya si fidavano di coloro che lavoravano qui al castello, eppure lei stava invitando estranei che nella stanza avevano poca o nessuna utilità per essere qui a vederla diventare regina.

... Non aveva senso. Nessuna. Poi di nuovo Nisha non ha mai avuto molto senso. Era molto simile a come era stata sua nonna. Tanto è stato decisamente spaventoso.

Sentendo una porta aprirsi lentamente cigolando, si voltò bruscamente al suono che si stava già preparando per un attacco. Poi vide la donna che conosceva da diciotto anni. "Freya, mi hai spaventato."

Senza dire nulla, scivolò verso il punto in cui si trovava Celeste. Fermandosi più vicino al centro della stanza si accigliò. "Non hai ancora apparecchiato il tavolo per le corone."

Lanciò un'occhiataccia al folletto che avrebbe dovuto parlarle con più rispetto ... eppure non le aveva mai parlato con tono più che civile. "Non mi toglierò la corona finché non sarà quasi ora."

Freya fece un solo passo più vicino a lei e alzò la voce. "Sembri un bambino. Devo ricordarti che non si tratta di te, ma della cerimonia. In effetti, questo giorno è più importante di qualsiasi incoronazione."

Per non essere fuori, alzò la voce più forte di quella che aveva usato Freya ... "E devo ricordarti che sono l'unica che può presiedere a questa cerimonia."

Fu allora che Blake diede un colpetto simbolico alla porta aperta prima di entrare completamente, "Mia cara, c'è un ospite con cui devi parlare."

Lo guardò far scorrere nervosamente la mano tra i suoi capelli biondi. Guardato come suo marito, che raramente mostrava segni di nervosismo, sembrava più preoccupato di quanto non li avesse mai visti da quando si erano sposati. "Qualcosa non va?"

"Dipende da chi chiedi."

Rispondi ma non una risposta. "Freya, rimani?"

"Dato che sono già qui, non vedo motivo di partire solo per tornare".

Come ha affrontato Nisha ogni giorno? La risposta a Freya piaceva Nisha, era la sua regina per scelta non semplicemente vivendo in un paese su cui Nisha governava. Non che nulla di tutto ciò abbia mai avuto importanza per Freya. Oh no, avrebbe parlato con chiunque avesse ritenuto opportuno e questo aveva incluso la regina Feyen. "Grazie. Blake, per favore mostra ..."

"Non ho tempo per questo." La nebbia nera inondò il corridoio che conduceva nella stanza finché una donna anziana con i capelli color corvo si trovò davanti a lei. Gli stessi occhi viola in cui ricordava di essere cresciuta. La stessa finzione di comando che aveva sempre offuscato la sua.

"Madre."

"Figlia." La regina Vasilissa guardò oltre la spalla della figlia verso l'altra Fey, "Freya".

"Tua grazia." Fray fece un piccolo cenno di rispetto ... senza mostrare ancora il dovuto rispetto per una regina.

"Tsk. Non sono qui come regina, né lo sono stata per più di duecento anni, né ho intenzione di lasciare questo dannato posto abbandonato."

"Mamma! Sii gentile, questo è un giorno gioioso." O almeno dovrebbe essere una giornata gioiosa. In ogni caso, non avrebbe lasciato che nulla smorzasse il giorno speciale di sua nipote. Nemmeno sua madre.

Vasilissa lanciò un'occhiataccia alla rabbia della figlia, illuminandole gli occhi in una tonalità quasi fluorescente. "Felice? Lo chiami felice? Alcuni membri di una sola famiglia rannicchiati in una stanza segreta per guardare una regina che dovrebbe essere la più potente prendere il suo legittimo posto tra le più dotate da quando il primo Fey è venuto in questo mondo. E tu chiami felice questa farsa?!?! "

"Regina Vasilissa, dimentichi il tuo posto."

Vasilissa sibilò irritata. "Non ora, Freya-"

Le ombre fluttuavano lungo le pareti dove nessuna vera ombra avrebbe potuto esserci. "Non costringermi a rimuoverti da questo regno. Non smorzerai la gioia di Nisha in questo giorno."

"Non lo faresti ..." Scuotendo la testa e regnò nel suo temperamento. "Certo che lo faresti. Non sono la tua regina né una tua amica. Non esiterai a rimuovermi."

Sua madre ha fatto marcia indietro? Impossibile eppure l'aveva appena vista fare proprio questo. "Sei venuto dal Regno Inferiore. Perché?"

"Per vedere le mie nipoti essere incoronate. Perché altrimenti?"

Celeste distolse lo sguardo mentre sussurrava: "È possibile che solo uno sarà".

Prendendo il viso di Celeste tra le mani rugose, Vasilissa sorrise. "Se ci credi, sei una sciccca. Nisha può governare sia Lite che Darke? Senza dubbio. Dopotutto, è mia nipote. Ma desidera governare più del necessario? Ragazza mia, guardati intorno Nisha ha più a cui prendersi cura qui di quanto chiunque possa immaginare. In effetti, se avessi pensato che fosse così brutto, avrei deciso come suo delegato di aggiustare un po 'di questo molto prima di permetterle di mettere piede in questo regno. "

"Facevi già parte del Regno Inferiore."

"Per mia scelta non perché ero o sono un cittadino lì. Stavo cercando tua sorella o qualcuno dei Fey."

"E hai trovato delle risposte?"

Fu allora che Lilly si precipitò nella stanza, "Oh Grand'Mere non sapevo che fossi arrivata?"

"Ho solo appena. Ora correre in giro con indosso un grembiule pieno di sudiciume ron è il modo di vestirsi per una principessa."

Lilly abbassò lo sguardo sul grembiule e sul vestito sottostante e sorrise: "Ed è per questo che sono qui. Madre, potrei usare il tuo aiuto per preparare uno degli amici di Nisha. È molto difficile da accudire e in poca condizione anche per essere presente. . "

Lasciando un sospiro, Celeste chiese: "E suppongo che dire a tuo cugino che non può unirsi a noi sia fuori questione?"

Lilly si portò un dito al labbro e picchiettò sembrando considerare l'idea di dire a sua cugina: "Beh, potremmo dirglielo ma dubito che influenzerebbe la sua opinione. Era molto irremovibile sul fatto che questo ospite fosse qui".

"Molto bene. Madre, puoi occuparti del resto dei preparativi?"

"Va '. Farò quello che avrei dovuto già fatto. E lascia la tua corona. Si tratta della cerimonia, non del tuo stupido orgoglio, figlia mia."

Quasi nel corridoio che poi avrebbe portato alle suite degli ospiti, Lilly si lasciò sfuggire una risata dolorosa: "Grand'Mere è di uno stato d'animo raro oggi."

"Sapevi che stava arrivando?"

"Madre, non chiedo cose a Nisha. Ha solo detto che molti dei suoi cittadini hanno espresso interesse nel vedere la sua regina incoronata. Non oso chiedere chi. Non che Grand'Mere sia davvero una cittadina del Regno Inferiore, ma comunque."

Se la sua amata figlia sapeva che sua nonna non era morta, cos'altro stava scegliendo di non dirle? Il pensiero la gelò. "Allora, il balcone è per ..."

"Le decine di cittadini che non sono più completamente vivi. Nisha ha proclamato che nessuno entrerà nel castello indossando un incantesimo glamour. Beh, non poteva averli a Darke senza indossarne uno e non li sacrificherà a un destino peggiore della morte perché volevano vederla incoronata ... "Lilly fece un respiro profondo. "... Era l'unica soluzione che tutti sarebbero stati felici. Inoltre niente entrerà in quel castello senza che i morti lo sappiano. Pensaci ... è una precauzione in più nel caso Freya abbia ragione sul fatto che il castello non sia al sicuro. "

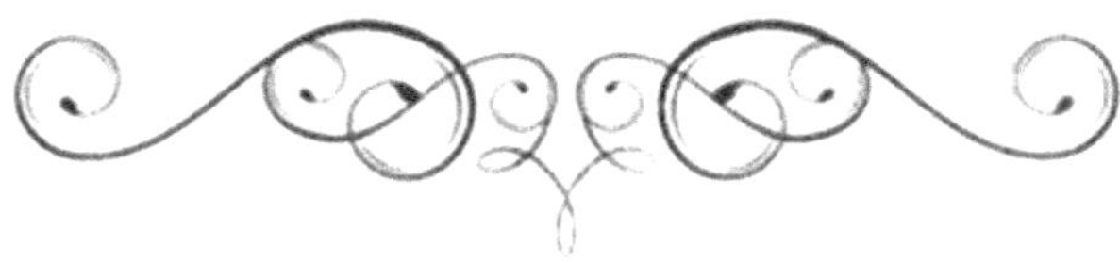

Decine di ... non è meglio non chiedere ... cercando di distogliere la mente dall'ultima scappatella di Nisha, Celeste spalancò la semplice porta nera che conteneva la persona per cu sua figlia aveva bisogno di aiuto. Facendo un solo passo nella stanza si bloccò vedendo un uomo adulto che dormiva leggermente con nient'altro che un lenzuolo sottile che lo copriva.

Prendendo un respiro lento e profondo, scivolò verso di lui e sussultò anche con la sua pelle che pendeva liberamente dal suo corpo, lo avrebbe riconosciuto ovunque. "Burrasca?"

I suoi occhi non si aprirono ma si lasciò sfuggire un sussurro di dolore: "Addy?" Quando lei non rispose, lui aprì gli occhi vedendo il suo errore. Stessa voce ma sorella sbagliata. "Dopo tutto questo tempo, non riesco ancora a distinguerti dalla sola voce."

Sapendo abbastanza che non si sarebbe mai scusato a meno che non fosse assolutamente necessario, Celeste non disse nulla. Non che avesse bisogno di scusarsi, almeno non di confondere la sua voce con quella del suo gemello. Seduta cautamente vicino a lui, decise di dare una risposta brusca piuttosto che rassicurante. "Hai un aspetto orribile."

Chiudendo gli occhi ancora una volta, Galeron lasciò che un sorriso agitasse le sue labbra screpolate. "Mi sento peggio, ne sono sicuro."

Baciando la fronte di un uomo che una volta considerava un fratello, sorrise. "Bene, facciamoti sentire un po 'meglio prima del matrimonio di tuo figlio."

Cercando di mettersi a sedere e sapendo meglio discutere con il suo Galeron chiese: "Perché Nisha ha fatto quello che ha fatto oggi? Anche sua madre non è stata così sbadata".

"Vuoi dire? Declassificare quelli che non erano considerati cittadini?"

La paura gli attraversò il viso. "Non hai sentito." Distendendosi e desiderando davvero che non fosse lui ad avere questa conversazione, aggiunse. "Celeste, sei mia amica quindi per favore non prenderla nel modo sbagliato, ma capisco perché l'ha fatto. In effetti, sono grata. Ma quello a cui mi riferivo era perché ha legato con il sangue ogni Fey o parte di Fey che è attualmente a Darke? Non che non ci siamo preparati per questo giorno. "

"Ha fatto cosa!?!?! Questo ... è pazzo. No, più che folle, è ..."

La comprensione gli illuminò gli occhi. "Non te ne ha parlato?"

"No, non me ne ha parlato." Guardando verso la porta e verso la figlia che era stata troppo silenziosa per troppo tempo Celeste scattò: "Lo sapevi?"

Entrando nella stanza Lilly cercò di sembrare pudica. "Beh, non esattamente. Ma preferirei mangiare la pietra e poi chiedere a Nisha qualcosa che non fosse davvero affar mio. Voglio dire, davvero, perché dovrei volere una risposta a tutto ciò che potrei semplicemente fingere di non sapere ... Inoltre, quando Nish mi ha parlato di ... beh, di Lord Galeron e delle sue condizioni ... era assolutamente incazzata. Hai sentito il lamento del castello, vero? "

"Pensavo fosse il vento." fu detto nello stesso momento in cui "Il castello gemeva? Quando Myrddin era incazzato i gargoyle urlavano".

Quando entrambe le donne impallidirono, Galeron si distese e si lasciò sfuggire una risata dolorosa. "Siete entrambi topi. Non c'è modo che possa essere peggio di entrambi i suoi genitori messi insieme."

Celeste gli lanciò un'occhiataccia. "Vorresti scommettere su quello?"

Capitolo 40: David

Con aria preoccupata, David iniziò ad alzarsi dalla sedia. Notando che Ethan faceva lo stesso, scosse la testa. "No Ethan, resta seduto."

"Ma…"

Stringendosi il ponte del naso e desiderando sinceramente che non fosse lui a spiegarlo a Ethan, sospirò mentre iniziava a dire: "Adesso fai parte della casa di Nisha. Questo ti dà certi diritti".

Ethan strinse gli occhi in questione, "Diritti?"

"Hmm. Stai solo quando Nisha entra in una stanza. Fallo per gli altri solo se ti senti incline a farlo. Nisha è molto difficile e non segue le normali cortesie. Sospetto che troverai il suo modo di fare le cose molto più facile piuttosto che farli correttamente. Per oggi, resta seduto finché le porte non rivelano Nisha. Nessuno ci penserà due volte. Se lo fanno, glielo diranno. O si lamenteranno l'un l'altro quando lei non è nei paraggi per discuterne. "

Mettendosi ancora una volta a proprio agio nell'abbraccio di Ari, chiese: "Pensi che qualcuno lo farà? Dillo a Nisha che voglio dire".

Con uno sbuffo, David sibilò: "Diavolo no. Nessuno in quella stanza discute nulla con Nisha a meno che non sia necessario. E lamentarsi perché stai seguendo il suo esempio non è una conversazione necessaria".

"A causa del suo carattere?"

"No. A causa di quelle che possono essere le risposte possibili. Fidati di me. Parla se ne hai voglia, ma resta seduto. Lilly avrà la mia pelle se ti muovi troppo. E Nisha avrà più della mia pelle se guardi malato per la cerimonia. "

Aspettare? Che cosa? "Allora ... non dovrei camminare ancora stavo camminando stamattina?"

"Confuso, non è vero? Basta andare con esso." Guardando Ari, David si accigliò. "Beh, questo semplicemente non andrà bene per incontrare la regina di Feyen." Puntando il suo lungo dito artigliato verso la furia, il suo colore passò da un grigio sbiadito viola a un verde intenso. "No. Quel colore non si adatta all'occasione." Dopo molti altri tentativi, è stato finalmente soddisfatto di un blu reale con finiture dorate. Un colore che si avvicinava quasi al completo di Ethan. Poi accenni di nero a delineare gli occhi di Ari era una precauzione davvero così tutti avrebbero saputo che non era solo una sedia ma una furia. "Ecco che dovrebbe farlo."

Ethan abbassò lo sguardo. David non aveva cambiato solo il colore ma anche il materiale. Ari era stato ... fatto? ... da una specie di materiale spesso che sembrava liscio ma al tatto sembrava ruvido. Tuttavia ora ... il morbido velluto copriva ogni centimetro della furia. E il contenuto che fa le fusa ... Ah ... anche Ari deve approvare il cambiamento. "Come hai fatto?"

"Oh beh ... mia madre è Feyen ed è molto potente di per sé. Ha insegnato a ciascuno di noi alcuni incantesimi e incantesimi. Solo quelli che si adattano alla nostra personalità. Per me, ha a che fare con i vestiti. Ora sei pronto? quindi voglio scoprire perché la regina è qui prima di Nisha. "

Con un cenno del capo, Ethan chiese: "Pensi che reagirà male?"

Voltando le spalle a Ethan, David abbassò la testa. "Penso che oggi si riempirà di più intrattenimento del necessario".

Aprendo le alte porte dorate, David si fermò vedendo non solo la regina Alista ma anche Larna. Anche se era seduta vicino al fondo della stanza a fissare il vuoto ... era ancora lì ... ed era ancora una minaccia. Non era saggio voltare le spalle a un nemico, ma non c'era niente che Larna potesse fare ... almeno non con le ombre che le svolazzavano vicino. Voltandosi a guardarsi alle spalle, si assicurò che Ethan lo stesse seguendo, poi fece con attenzione i pochi passi necessari fino al punto in cui la regina Alista stava discutendo molto silenziosamente di qualcosa con ... "Regina Vasilissa?"

"Chi?" Ethan alzò lo sguardo adesso, preoccupato da quando David era rimasto senza fiato. E i Drakens non sussultavano mai ... non mostravano paura o preoccupazione ... e di certo non lo avrebbero mai fatto di fronte a una famiglia reale.

David non ha mai distolto lo sguardo dalle due regine. "Oh, questo non può essere buono."

Ora, più che preoccupato, Ethan iniziò ad alzarsi. "David?

"No, resta seduto. Qualcosa non va. La regina Vasilissa è ... ehm ... morta da quasi quindici anni." Anche se guardandola non sembrava affatto morta. No, sembrava molto viva e vegeta. Riprendendo fiato, David assunse una postura più principesca e mise la mano sulla schiena di Ari. "Mantieni la calma e agisci disinteressato." Era il miglior consiglio che potesse dare per il momento. Ora solo se potesse seguirlo lui stesso.

"Intendi non dire nulla e ascoltare tutto. Sì, ho capito."

Fantastico, semplicemente fantastico, è riuscito a insultare l'unica persona che non voleva ...

soprattutto da quando ha parlato con Lilly e ha scoperto di essere un Fey non addestrato i cui poteri e abilità erano ancora sconosciuti. "Regina Alista, regina Vasilissa, è un piacere vederti. Posso presentarti Lord Ethan Leuthar, lo sposo."

Alista si voltò per vedere chi aveva osato avvicinarsi a lei senza che gli fosse stato detto di farlo. I suoi grandi occhi verdi di schiuma marina si socchiusero mentre non guardava David ma il ragazzo che era seduto su una furia. "Leuthar? C'è una famiglia a Feyen con quel nome. Due ora siedono nel mio consiglio degli anziani."

Cercando di sorridere David disse dolcemente: "Sua madre era Lady Faerydae, vostra grazia".

Le sue deboli ali dorate si spalancarono e si richiusero per la frustrazione. "Capisco. Allora tu, principe Davkren, avresti dovuto istruire il ragazzo su come ricevere adeguatamente una regina in visita."

Ethan si sporse leggermente in avanti sulla sedia. "Se c'è un problema con il modo in cui sei stato ricevuto, dovresti parlare con la principessa Nisha." Che diavolo ho appena fatto? So che è meglio che insultare un nobile.

"Sì, vedo che sei della stirpe di Leuthar. Ora lasciami. Vasilissa e io abbiamo molto di cui discutere prima della cerimonia."

Facendo un piccolo inchino David usò il dito per guidare Ari lontano dalle due regine. Mentre se ne andava, sentì Vasilissa che diceva: "Hai dimenticato il tuo posto, Alista."

Avvicinandosi al balcone Ethan sussurrò: "Di cosa si tratta?"

"Non lo so, ma si dice che sia una Fey molto scontrosa. Ora ti piacerebbe vedere le corone o prendere posizione sul balcone?"

"Qualunque sia più sicuro per il momento."

"Poi inizieremo con la classifica che detiene la corona, poi andremo fuori. E speriamo di non trovare sorprese là fuori".

Preoccupazione e sospetto riempirono la voce di Ethan. "Che tipo di sorprese?"

"Oh, non sembrare così preoccupato. È Nisha quindi una sua sorpresa potrebbe essere qualsiasi cosa, da un drago d'argento che vola attraverso i cieli e spaventa quasi tutti ..."

Ethan rimase a bocca aperta. "I draghi non esistono ... vero?" Cavalli alati, certo. Cavalli morti che portavano i vivi nel tunnel dei morti ... non poteva provarlo ma era disposto a scommettere sulla loro esistenza. ma Draghi?

"Beh ... non siamo mai stati in grado di dimostrare che se fosse un'illusione o reale. E Nisha si rifiuta di dirlo in entrambi i casi."

"Non credo di volerlo sapere."

"Vedi, stai già prendendo piede. Ora ..." David si fermò a metà passo e sussultò. "Questo non è giusto."

"Che cosa?" Ethan raggiunse il fiarco di Davide per vedere una tavola d'oro con tre corone e due scettri. Una corona d'oro con una sorta di gemma chiara in ciascuna punta. Lo scettro corrispondente si trovava alla sua sinistra. Poi un cerchietto d'argento senza abbellimenti per dire che era una corona. Infine, una corona in pietra nera levigata. Gemme rosse che brillano vicino alle punte. È lo scettro che poggia a destra un drago avvolto intorno all'elsa un artiglio di corvo che regge una singola gemma nera. "Conosco la corona di Darke, ma gli altri ... perché sono qui?"

David rimase a bocca aperta cercando di trovare le parole per quello che stava vedendo. "Non lo so. Quello d'oro è di Lite. Doveva essere di Lilly ma ... "

"Ma pensi che Nisha ..." Lasciò il resto sospeso in aria quando le doppie porte si aprirono e un uomo alto e robusto con grandi corna bovine si fermò sulla soglia trascinando un Wendigc per i piedi. "Edrich."

David sorrise almeno una cosa è stata curata nel giusto ordine. Gli bastò per ritrovare la calma. "Ah bene, la bestia è stata trovata. Avrei dovuto dirtelo prima, mio   padre è un eccellente cacciatore." Voltandosi dalla corona e dalla preoccupazione per quello che accadrà tra pochi minuti, sorrise. "Dovrei presentarti prima dei festeggiamenti. Tende a diventare irritabile se non gli viene detto in anticipo."

Seguendo Davide fino al punto in cui si trovava suo padre, Ethan prese un profondo respiro. Non perché chi stava per incontrare, ma per ch veniva trascinato nella stanza.

"Padre ..." David abbassò lo sguardo sulla sporcizia che era priva di sensi sul pavimento. "... vedo che hai trovato Lord Edrich."

"Signore? È feccia. Nemmeno per il cibo. Anche i troll non mangeranno questo." Le sue dita artigliate si strinsero attorno alla gamba spezzando in due le ossa. "Bah. Inutile borsa di ossa. Nemmeno i muscoli per uno spuntino. "

"Craykren, comportati bene." Una donna alta e snella con i capelli neri come il carbone e le ali color rubino si avvicinò dietro il Darken e gli schiaffeggiò il braccio abbastanza forte da farlo voltare verso di lei. "Non mangerai quella sporcizia in mia presenza."

"Non lo mangerò affatto. Non è degno di cibo. Anche i troll non lo vogliono." Ha sbattuto la testa di Edrich contro il muro più per la frustrazione che per il tentativo di spaccare il cranio.

David sbatté le palpebre. Mai ... nemmeno una volta ha mai sentito suo padre negare alla sua preda una morte onorevole. Mai. Sua madre doveva essere altrettanto sorpresa dato che i suoi occhi erano quasi il doppio della loro dimensione normale. "Forse una delle guardie può rimuoverlo da questa stanza fino a quando non deciderai cosa fare con lui."

"Sì. Molto bene. La sporcizia non è la benvenuta alla cerimonia. Forse ingrassala. La pelle può essere utile."

Blake, che era rimasto in piedi sul balcone con vista sulla folla, si avvicinò al Re Draken: "Cray?

Forse una delle mie guardie può prenderlo adesso? Non vorremmo turbare le signore."

Craykren spinse il corpo inerte verso il suo amico. "È scivoloso. Taglia la gola se cerca di scappare."

Guardando il pezzo di carne molle, non pensava che l'asino potesse scappare. Almeno non questa volta. Non con le gambe rotte, né con il cranio sanguinante. Ma poi di nuovo, aveva eluso tutti gli altri che lo stavano cercando.

"No." Non una voce nella stanza ma una appena fuori. Celeste volò rapidamente nella stanza. "No, i suoi crimini sono troppi per una semplice morte. Freya, per favore, guarda che rimane nella prigione fino a quando Nisha non potrà prendersi cura di lui."

"Certo. Cospirare per uccidere la famiglia reale è un crimine atroce. Mi chiedo quali altri abbia commesso."

Celeste annuì una volta e guardò il guerriero Feyen prendere possesso della bestia, poi riportò la sua attenzione al suo ospite. "Re Craykren posso presentare Lord Ethan. Nisha è promessa sposa."

Annusando l'aria, annuì una volta. "Sei ferito. Oggi non combatteremo."

"Craykren, giuro che se crei anche solo un disturbo durante il giorno speciale di mia nipote, ti trasformerò in un folletto ... di nuovo."

David si voltò bruscamente per non lasciare che suo padre lo vedesse sorridere alla minaccia. Dopotutto, vedere suo padre trasformarsi in un folletto dai colori vivaci con indosso una gonna e solo circa il sesto di uno dei suoi lunghi artigli ... era già abbastanza difficile non ridere. Era anche un avvertimento poiché suo padre era rimasto così per quasi una settimana l'ultima volta. Non ne era stato affatto felice.

Chapter 41: Myrddin

La testa di Myrddin rotolò di lato mentre iniziava lentamente a prendere coscienza di ciò che lo circondava. Quando la sua pelle iniziò a riconoscere il dolore alla schiena, fece scattare il braccio in risposta ... le catene di ferro che lo legavano al soffitto della caverna sbattevano e sbattevano insieme. Tenendo gli occhi chiusi, lasciò che la sua mente si chiedesse per un breve momento ...

... Per troppi anni era stato legato qui. Secondo i suoi rapitori, era stato privato d tutte le sue capacità e del potere oscuro. Se solo avessero saputo la verità ... Se solo avessero saputo che poteva scappare in qualsiasi momento ... che poteva distruggerli con nient'altro che un pensiero e così facendo non rimarrebbe nulla di loro ... non una goccia di sangue né un frammento d'osso. Se solo avessero saputo che avrebbe potuto impedire tutto questo. Ogni grammo di dolore che si era costretto a sopportare per tutti quegli anni. Ogni attentato alla sua vita. Ogni minaccia che gli avevano detto. Avrebbe potuto distruggerli tutti gli anni fa ... ma c'erano ragioni per cui non aveva ...

... Nisha ...

... Se lo avesse fatto, sua figlia ... la sua unica ragione d'essere non sarebbe mai diventata la sua piena forza. In tutte le abilità che dovrebbe avere ormai. I doni di cui avrebbe avuto bisogno per salvare non solo la sua casa ma anche la sua. Non avrebbe mai imparato tutte le lezioni di cui aveva bisogno. Non avrebbe mai conosciuto l'amore. Non ho mai imparato quando fidarsi delle persone intorno a lei o quando ignorarle completamente. No, per quanto gli facesse pena, aveva bisogno di restare qui.

E vivo.

Vivo. Qualcosa che i suoi rapitori hanno imparato abbastanza rapidamente che non potevano farlo. Non importava se lo avessero fatto morire di fame né gli avessero dato fuoco. Non importava se gli riempivano d'acqua i polmoni né se cercavano di soffocarlo. Non importa. Nemmeno tagliare il suo corpo in piccoli pezzi non lo aveva ucciso. E quella fu una sorpresa anche per lui e non un'esperienza che avrebbe voluto vivere di nuovo. Tuttavia, rimanere in vita e non poter morire era venuto con il prezzo di un dolore esasperante che anche quando non c'erano ferite visibili poteva sentire quelle che erano state guarite da tempo. Poi le allucinazioni che stavano diventando fin troppo frequenti iniziarono a fargli dubitare della sua convinzione di farcela. Gli ha fatto ripensare al suo sacrificio per coloro che amava.

"Dovresti lasciarti morire, Principe Oscuro."

Dark Prince, un nome che il suo rapitore gli aveva dato qualche tempo prima. Molto prima della rivolta. Molto prima che Nisha nascesse. Un tempo in cui il serpente aveva cercato di fingere di essere un amico. Eppure anche allora si rifiutava di dare al bastardo la soddisfazione di conoscere la sua vera identità. Una verità che nemmeno Adrianna, sua moglie, conosceva. Non saprei. "Apep." Sbadigliando, cercò di sembrare disinteressato mentre diceva: "Hai inventato qualcosa di nuovo per tentare di uccidermi o sei venuto ad annoiarmi con i tuoi deboli tentativi?"

Avvicinandosi al suo prigioniero Apep sorrise tanto quanto gli avrebbe permesso la sua pelle tesa simile a una lucertola. "Il mio ssssson sposerà presto la tua preziosa ragazza. Allora la guarderai morire."

"Le tue bugie mi hanno annoiato serpente."

Appoggiando l'artiglio a quattro dita sul cuore, Apep rise. "Io? Mentire? Non ho alcun uso per le bugie."

Chiudendo gli occhi blu notte, Myrddin sorrise mentre sceglieva di vedere gli avvenimenti nel Castello della Notte. "Vedremo chi sta mentendo e chi governerà i Fey." Riaprendo gli occhi, si sporse in avanti per quanto gli permettevano le catene e sussurrò: "E vedremo chi guarda i tuoi figli urlare mentre muoiono". Per un momento le fiamme danzarono proprio dietro i suoi occhi.

Facendo un passo indietro, Apep cadde sulla sua lunga veste verde. "Non hai potere qui. Non puoi."

"Non pensi. Allora come faccio a essere ancora vivo, serpente? Come?" Non fu detto altro finché non fu da solo nella sua cella ... poi rise fino a che il suo cuore non gli fece male per non aver visto la sua adorata figlia diventare la bella donna che era diventata.

Solo avvolto nell'oscurità Myrddin lasciò cadere l'incantesimo dell'invisibilità intorno alla sua fede nuziale. Fino a quel momento era stato l'ultimo incantesimo che aveva lanciato ... sentendo il freddo metallo contro la sua pelle si permise di sentire non solo la band stessa, ma oltre. Dae aveva intessuto bene il suo incantesimo per quella che era stata la sua abilità tutti quegli anni prima. Ma non era per questo che sorrideva ... sorrideva perché la sua amata Addy indossava il suo.

Era viva. Nonostante la sua incapacità di localizzarla ... nonostante il serpente continuasse a parlare della sua scomparsa, lui sapeva che era viva e ora aveva la prova che il suo cuore aveva bisogno. Ancora un attimo e le lacrime caddero dai suoi occhi. Non indossava solo l'anello ... lo stava cercando. I loro cuori battono già a tempo l'uno con l'altro. Avrebbe capito perché si sentiva così debole?

No. Non aveva mai condiviso con lei l'incantesimo che aveva usato. Né le disse cosa aveva fatto la notte in cui Nisha era nata. Quindi, per ora, avrebbe dovuto accontentarsi che lui fosse vivo e prendere conforto nel sapere che l'avrebbe trovata.

Anche se in realtà potrebbe essere stata lei a trovarlo per prima.

Facendo un respiro profondo, lo lasciò uscire lentamente. Era tempo. Così tanti vorrebbero il suo sangue quando tutto questo fosse finito, ma non poteva importare, non ora. Non in questo momento. Si concesse un solo battito cardiaco per riconsiderare la richiesta di aiuto. Un cuore che batteva in più per discutere cosa avrebbe detto e cosa non avrebbe detto. Ancora un respiro e sperava con tutto il cuore ... con tutto il suo essere ... che non stesse sbagliando. Aveva bisogno del suo aiuto per porre fine a tutto questo, ma nemmeno lui sapeva se lei avrebbe posto fine a questo incubo e avrebbe salvato entrambe le loro vite. No, poteva benissimo lasciarlo lì e suggellare il destino delle loro case e delle loro vite.

"Estare." Sapeva che lei stava ascoltando. L'oscurità era tutto ciò di cui aveva bisogno per sentire anche se era veramente lontana, lui sapeva che poteva sentire le parole di ogni vero Fey. Dopo quelle che sembrarono ore, gridò ancora una volta, questa volta non nascondendo la rabbia e la frustrazione nella sua voce: "Dannazione, cara sorella, rispondimi!" Un momento in più e aggiunse un po 'più di morso e autorità al suo ruvido voce ma non ondeggiò nella sua convinzione di chiamarla. "Rispondetemi!"

Alla fine, una brillante luce iridescente lo circondò, sciogliendo i ferri arrugginiti che lo avevano tenuto per troppi anni. Mentre la luce si spingeva verso l'esterno illuminando la stanza, il fuoco nero ardeva, bloccando l'uscita e ogni possibilità che qualcuno accorresse per interrompere il loro incontro. Sapendo che non c'era niente che lui potesse fare finché lei non avesse deciso di farsi conoscere, si sedette sul terreno intriso di sangue e aspettò fino a ...

"Tu ... ingrato ... pugnalato alle spalle ... bastardo. Che diritto hai di osare evocarmi?"

Non la vedeva, il che era davvero terrificante dato che poteva sentire ogni sua parola vibrare dalle sue ossa e risuonare nella sua testa. Sedendosi allo schienale in modo da sembrare impassibile, alzò gli occhi al cielo. "Ciao anche a te, cara sorella. Parliamo apertamente o mi rimproveri per aver lasciato Lunaista?"

Varcando il muro di luce, premette insieme le sue ali scintillanti e il suo viso sottile divampò di rabbia mentre ringhiava: "Non hai semplicemente lasciato Lunaista, hai rubato la nostra sorellina quando sei fuggito."

"Ti ho salvato entrambe le vite. O non l'hai ancora capito?" Non poteva fare a meno di non parlarne mai per secoli ... non tornare mai a confrontarsi né con sua madre né con la sorella minore ... sarebbe stato dannato se le avesse permesso di parlargli così freddamente. "No, posso vedere nei tuoi occhi che non l'hai fatto."

"Accidenti a te. Madre e padre si sono uccisi per la tua disgrazia."

"Si sono uccisi in sacrificio per placare le altre città stellari". Alzandosi in piedi, rimase imponente davanti a lei. "Non hai ricevuto una scatola di gingilli con dentro nient'altro che qualche pezzo di carne?"

"Si ma…"

Lasciando fluire una raffica di pura potenza dalla sua mano, fece esplodere il muro di fondo della caverna, poi si fermò di nuovo davanti a lei. "Dannazione, Estare, apri gli occhi. Erano pezzi degli altri bambini che avrebbero potuto governare. La prole di riserva del Fey reale. Un regalo così gli altri sapessero che non erano una minaccia."

Barcollando all'indietro, si premette contro il muro di pietra. "Non quello…"

Accogliendo la sua paura ... continuò con una voce che nessuno oserebbe mettere in discussione, nemmeno sua moglie, la sua regina: "Pensi davvero che mi permetterei di diventare il re di qualsiasi cosa se ciò significasse ucciderti? Uccidere la nostra sorellina? Quindi essere costretti a tagliarvi entrambi per mandarvi pezzi di voi? No, arrabbiatevi con me se volete. Siate ciechi se dovete, ma non chiederò scusa per aver fatto ciò che era giusto. "

Lo guardò voltarsi e camminare, poi in un lieve sussurro rispose vicino alle lacrime. "Avresti potuto dirmelo prima."

Myrddin scosse la testa. "Era proibito. Come tante altre cose che da allora hai reso pubbliche."

"Sai?!"

"Andiamo, sappiamo entrambi che anche tra le altre star e il reale Fey non c'è nessuno che sia potente la metà di me."

Gli voltò le spalle cercando di nascondere quello che stava provando. Con una voce dolce che usava raramente, disse: "Quindi rivuoi indietro la tua corona". Non tanto una domanda ma una dichiarazione di speranza.

"Diavolo, no, non voglio quella corona. Ma ho bisogno del tuo aiuto."

Estare fece un respiro profondo: "Avanti, caro fratello. Cosa, ti prego, dimmi, hai bisogno del mio aiuto? Dato che sei così potente."

Non cadde per le battute, ma invece cercò di mantenere la sua voce calma: "Tua nipote, l'hai contattata?" Sperava ma dubitava anche che lo avesse fatto. Non quando credeva che lui l'avesse abbandonata nel luogo freddo e morto che lei chiamava casa.

"No, ma per caso ho contattato il suo promesso sposo." Cosa l'aveva lasciata perplessa la prima volta ... ora?

"Ethan? Bene. Faerydae, che è sua madre, è la figlia di Magmas. L'ha mandata qui per salvarla dal sacrificio. Non dubitare di nascondere quelle linee di sangue o la sua abilità."

"Magmi? Ma lui ... è il governatore di tutte le città stellari."

"Sì, lo so. Sembra impossibile che avrebbe un briciolo di compassione in lui. Nondimeno ... È la sua linea di sangue che governa quello che viene chiamato Feyen. Tuttavia, questo non è di conoscenza comune, almeno non qui."

"Oh wow. Sapevo che la nostra gente era i protettori dei Fey qui sulla terra ferma, ma non degli altri."

"Non abbiamo tempo per questo. Dopo che questo sarà finito, parleremo di ciò che deve essere fatto per salvare la nostra casa. In questo momento, devo salvare quella di mia figlia."

"Molto bene. Discuteremo degli altri più tardi. Dimmi cosa è necessario fare."

Strisciando verso il muro di fuoco nero, sbirciò fuori. "Se attraverso il fuoco mia moglie verrà uccisa prima che io la raggiunga. Devi dire a Nisha che è tenuta vicino alla foce del fiume curativo."

"Non è lì che si diceva fosse uno dei pilastri? Il luogo di atterraggio per i folletti che scelgono di venire qui?"

"Sì, un tempo gli Eostre vivevano lì. In effetti, erano i saluti ufficiali per coloro che venivano in questa terra." Si fermò sentendo la sua rabbia crescere ancora una volta. "Ed è per questo che sono stati massacrati. Qualcuno voleva il potere di dissanguare coloro che erano venuti lì. Sospetto che fossero gli stessi bastardi che ora tengono prigioniera mia moglie."

Estare si voltò verso l'imboccatura della grotta. "No, la lucertola pollo è troppo giovane. Forse il responsabile potrebbe essere un lontano parente."

"Possibile." Prese le sue mani fredde nelle sue, "Mi aiuterai?"

"Per potente quanto te. E per sapere cose che gli altri non possono sapere ... come pensi che non aiuterei mia nipote anche se fosse tua prole?"

Dandole un bacio dolce sulla fronte le sussurrò: "Grazie. Ora vai, mia piccola fenice."

Allontanandosi da lui annuì e lentamente iniziò a trasformarsi nella forma che così pochi potevano contenere. E meno sapevano potevano ancora essere formati.

Capitolo 42:
Nisha

Nisha rimase a guardarsi in un alto specchio d'argento a figura intera che fluttuava davanti a lei. Qualche istante prima aveva deciso come portare i suoi capelli e aveva scelto i pochi gioielli che avrebbe indossato ...

... Ma quello era stato prima.

Un momento prima, aveva sentito qualcosa. Quel qualcosa le era bastato per fare attenzione e cercare qualunque cosa fosse stata. Voltandosi per vedere l'intera stanza sapeva cosa stava provando - Qualcosa o qualcuno la stava guardando. Chi o chiunque fosse lontano. Non a Darke ... no ... persino il confine dei boschi mistici sembrava più vicino di quanto si sentisse la persona. Quindi, non erano una minaccia. Per non farlo oggi. Tuttavia, seguendo la sensazione, sapeva che si sentivano sollevati nel vederla. Sembrava che speravano che stesse facendo esattamente quello che era ... preparandosi per il suo matrimonio. Il che non aveva senso - proprio nessuno? Se qualcuno voleva vederla sposata, doveva solo venire al castello e guardare. A meno che qualcosa non gli impedisse di farlo. "Domani sarà abbastanza presto per trovarti."

Sospirando ancora una volta, osservò il suo riflesso e si sforzò di non pensare. Era sempre stata brava a nascondere la maggior parte di ciò che sentiva. La solitudine era mascherata da una sfacciata asprezza. La preoccupazione mascherata da un entusiasmo spumeggiante. Amore? Affetto? Si era sempre presa cura di sua zia e dei cugini, sia David che Lilly, ma temeva che se li avesse amati anche loro le sarebbero stati portati via ... quindi non aveva mai detto la parola. Ma oggi?

Avrebbe avuto il coraggio di lasciarsi innamorare di Ethan? Lui avrebbe mai ricambiato quell'affetto se lo avesse fatto? Lilly ha fatto sembrare tutto così facile con David. Dalla prima volta che si erano visti, non aveva voluto nessun altro ... Ma Ethan? Anche legato l'uno all'altro sembrava più propenso a seguire qualsiasi ordine che a dare affetto. Poi di nuovo, potrebbe semplicemente aver bisogno di tempo per abituarsi a non essere uno schiavo.

Ma anche quella era una preoccupazione per un altro giorno ... Oggi ...

Oggi ha ceduto a qualche momento per desiderare che sua madre fosse qui per dirle cosa poteva fare per rendere l'abito appropriato per un matrimonio. Stava cedendo al momento di rimpianto di non avere il suo genitore che sapeva l'amava con tutto ciò che aveva avuto. Tirando su col naso si voltò a guardare il suo vestito. Non proprio un abito da sposa, ma il più bello che possedesse e tutto ciò che riuscì a inventare per farlo sembrare più appropriato era una sottile nebbia nera che si intrecciava con l'abito grigio ragnatela che sbiadiva in un velo sottile che le copriva le gambe. Sua madre saprebbe come renderlo completamente mozzafiato, dopotutto, se potesse disegnare un vestito per la sua cerimonia di maturità poche ore dopo il parto, sicuramente potrebbe disegnare un abito da sposa.

Avrebbe dovuto essere possibile. Sarebbe dovuto essere.

Eppure ... non lo era.

Tirando su col naso ancora una volta, trattenne le lacrime. Mentre lasciava che suoi capelli color corvo le scendessero lungo la schiena, si tirò un solo filo sopra la spalla, poi mise il suo piccolo orecchino d'osso nel lobo dell'orecchio permettendosi di tracciare il punto delicato. Sua zia non aveva le orecchie a punta, né Lilly, quindi erano ereditate da suo padre? Non lo sapeva. Non c'era una sola immagine, ologramma o dipinto di lui. Almeno, nessuno che avesse trovato in nessun castello in cui fosse mai stata. Compreso questo. D'altra parte, anche sua zia Alyisope non aveva orecch e come le sue. Ma avrebbero potuto semplicemente ignorarla. Toccandosi di nuovo le orecchie tirò su ccl naso, era l'unica cosa che aveva di suo padre.

Non cedendo alle lacrime, batté il piede per la frustrazione. Dovrebbe essere qui per accompagnarla al suo promesso sposo. Forse in un certo senso lo era. Le aveva dato Ethan. Lo aveva sceltc da qualsiasi altro.

Chiudendo gli occhi, mise i suoi genitori in un angolo della sua mente. Che bene potrebbe farle diventare piangente oggi? No, aveva bisogno di essere sicura. Aveva bisogno di essere la regina del regno sotterraneo e la principessa ereditaria di Darke.

Aveva bisogno di essere senza paura e mozzafiato. Doveva apparire feroce.

Aveva bisogno delle sue ali. Le ali che erano anche dei suoi genitori.

Non le sue ali che creava ogni tanto. Quelli fatti di nebbia e sussurri. No, aveva bisogno delle sue ali. Ali che sua zia considerava una finta decorazione. Quelli che hanno terrorizzato Lilly. Lilly l'avrebbe perdonata, dopotutto, oggi si trattava di apparenze e non di placare i suoi parenti. Tenendo gli occhi chiusi ermeticamente, inarcò la schiena mentre le sue ali si formavano sulla sua schiena. Un momento per superare il dolore lacerante che le era sempre venuto quando si toglievano o si formavano le ali, poi fece un ultimo respiro profondo per vederle.

Bellissimo. Mozzafiato. E mortale. Erano perfetti.

Non avevano la forma di ali di fata, ma somigliavano piuttosto a quelle che appartenevano ai grandi draghi. Curvando sopra la sua testa, quasi si unirono tra loro con i loro artigli d'argento. I suoi occhi li guardarono assicurandosi che non fossero stati danneggiati in qualche modo, poi tirarono un sospiro di sollievo quando vide come si fermavano solo un respiro prima del pavimento. Per un momento, le rifletté.

Per caso, non erano fatti di pelle né carne. Non fatto con piume né membrana, nemmeno scaglie. No, non era sicura di cosa fossero fatti, ma sapeva che erano chiari. Salva quello dei ciuffi di colore grigio, blu e nero e il contorno argento. No, erano una stranezza. Più forte della pietra, a differenza delle ali di fata che erano così spaventosamente delicate. Eppure sembravano più delicati anche della più piccola farfalla. Sì, erano perfetti e dopo oggi non avrebbe avuto bisogno di tenerli nascosti.

Le sue labbra rosso sangue si arricciarono in un sorriso. Quindi, pochi avevano visto le sue ali. Anche nella sua famiglia solo sua zia e Lilly li avevano visti, e solo Lilly sapeva che erano reali. Dopo tutto non importava che non li indossasse per i suoi ospiti, indossava l'unica cosa che aveva da entrambi i suoi genitori. L'unico regalo che le avevano fatto e nascosto a tutti finché non fosse stata abbastanza grande da nasconderlo lei stessa.

Un colpo alla porta le impedì di pensare ad altro. "È aperto." Non aveva intenzione di scattare, ma aveva bisogno di farlo per non piangere.

"Nis ..." Lilly si fermò e si guardò intorno nella stanza. Cumuli di vestiti, tuniche, decorazioni per capelli sparsi qua e là. "Oh, sei così tanto nei guai."

Voltandosi verso la cugina, sorrise così dolcemente. "Ne dubito. Dopotutto, è stata Mari a fare la maggior parte del casino da sola."

"Marigold? Ha fatto questo?" Lilly fece un passo indietro incredula, "Sicuramente ... ro." Poi ha notato le ali. "Nisha?"

"So che ti mettono a disagio, ma come regina di Darke ho bisogno di loro. I miei genitori lo hanno capito."

Chiudere la porta in modo che nessuno potesse sentire Lilly abbassò la voce. "Sai che ti fanno sembrare il primo Fey."

Dolcemente sussurrò: "Lo so". Dopotutto, aveva visto gli arazzi sia in The Spire che in Castle Sun-tear. E aveva visto molto di più nei suoi sogni. I sogni di cui ancora non si era portata a raccontare a sua cugina.

Tirarsi in piedi Lilly ha preso un respiro lento e profondo mentre ha detto: "Beh, sono tuoi, quindi chi sono io per giudicare le ali di un altro reale?"

Nisha sorrise, cancellando l'ultimo pezzetto della sua tristezza. "Ecco perché mi piaci, Lil, mi vedi per me e tuttavia non mi temi."

Lilly ricambiò il sorriso. "Temi. Oh, mi terrorizzi regolarmente, ma siamo legati gli uni agli altri quindi so che non puoi farmi del male."

Unendo il suo braccio a suo cugino, chiese: "Non l'hai detto a nessuno, vero?"

"Nisha ... davvero perché dovrei mai dire a una sola anima che quando avevamo cinque anni ci siamo bevuti il   sangue a vicenda e abbiamo giurato di non farci mai del male a vicenda? Mi sembra di voler ascoltare una conferenza sul legame del sangue?" Per non parlare dell'altro legame quando avevano tredici anni, non c'era motivo di parlarne a nessuno.

Entrambe le ragazze risero per un momento prima che Nisha si raddrizzasse. "Dovremmo andare. I morti stanno diventando irrequieti."

Lentamente, camminando lungo il lungo corridoio, Lilly si appoggiò a Nisha. "Il padre di Ethan è seduto nell'ultima fila. Ha una visione chiara di suo figlio."

Fermandosi di colpo Nisha giurò: "Mi dispiace, avrei dovuto dirti chi aveva bisogno di essere guarito. Ero solo ... così ... confuso ... incazzato ... non lo so. Ma avrei dovuto dirtelo."

"Sono contento che tu non l'abbia fatto. Francamente, non sono sicuro che avrei potuto crederti se lo avessi fatto. Voglio dire davvero ... ci è stato detto che se n'era andato ... morto. Quindi, per lui essere qui ora e vivo ? No, non ti avrei creduto fino a quando non l'ho visto con i miei occhi. "

Respirando ancora una volta, Nisha chiese: "Sta bene?"

"Il più possibile. Ha bisogno di mangiare ma presto ci penseremo noi. E dormire ... tanto sonno. Poi ho bisogno di trovare qualcosa che aiuti a guarire alcune delle ferite che ho trovato. Anche la mamma non sa come fare. per trattarli. "

grande. No, non avrebbe smorzato l'umore, invece avrebbe provato gioia che lui fosse lì per assistere a questa occasione. "Andremo alla Guglia per il ricevimento. Freya vuole attraversare l'intero castello senza bisogno di vegliare su di me."

"E qui pensavo che le ombre avrebbero potuto farlo in pochi istanti."

Il colore svanì dal viso di Nisha. "Lilly, non chiederglielo. Troppi hanno sete di sangue. Voglio sapere di chi ci si può fidare e di chi ha bisogno di non essere qui ... prima ... che li lasci cacciare."

Il fatto che Nisha fosse preoccupata per i suoi occhiali da sole ... oh sì, erano più pericolosi di quanto tutti pensassero. "Sì, allora sembra un'ottima idea. Per alcuni minuti, nessuno dei due ha parlato fino a ..." La regina Sedna è arrivata pochi istanti fa. "

"Oh bene, speravo che potesse venire. Non ha bisogno di un globo d'acqua per sedersi, vero?"

Lilly si limitò ad annuire: "Pensavo l'avessi invitata. La mamma non mi credeva". Poi, ricordando la domanda, ha aggiunto: "Oh, sta bene. Apparentemente, le sirene possono camminare su un terreno solido per diverse ore e talvolta giorni. E se ha senso, per favore dimmelo. Perché sono davvero orribile con coloro che abitano nel mare . "

"La mamma di Sedna era una sirena, suo padre, come già sai, viveva in acqua. La sua razza esatta non lo so. So che non poteva lasciare l'acqua ed era molto contento che sua figlia potesse farlo. O almeno così io" mi è stato detto. "

"Quindi essendo in parte sirena lei può camminare per la terra."

"Sì." Nisha si strinse nelle spalle: "Tuttavia, il suo venire a terra per un giorno da esplorare non è la stessa cosa che venire per un'occasione speciale."

"Ah, quindi la corona di corallo e il vestito scintillante fatto di squame di pesce sono per lo spettacolo."

"Tesoro, non ne hai idea. L'ultima volta che sono andata a trovarla, stava discutendo di che colore sarebbe stato il corallo con i suoi capelli ... ed era tutto quello che indossava."

"Per favore, dimmi che il corallo l'ha coperta."

Dando a sua cugina uno sguardo di traverso, scosse la testa e poi sospirò. "Stabiliamo regole per quando visitiamo. Ad esempio, sarà vestita con qualcosa che riconosco come abbigliamento o semplicemente non rimarrò ".

Capitolo 31:
Ethan

Ethan fece un respiro profondo e lo lasciò uscire lentamente. Non sapeva se era il suo istinto o se Nisha gli stava dicendo che era vicina ... ma poteva sentirla. Quasi l'odore di lei. Quasi la sento accarezzare la sua pelle ...

"Ethan?"

Alzando lo sguardo su David, lo guardò annuire alla porta. Chiudendo gli occhi, si alzò lentamente. "Nisha è sicura di questo?" Non il posto ma sposarlo.

Di fronte a Ethan, David mise le mani sulle spalle del suo nuovo cugino. Sia per sostenerlo ma anche per mantenere la sua piena attenzione. "Sei l'unico regalo che i suoi genitori le abbiano mai fatto. Credimi, anche se fossi un troll peloso e sbavante, ti sposerebbe."

Troll slug? C'era una cosa del genere? Non importava che lo avesse fatto sorridere, il che probabilmente era l'intenzione di David per cominciare. "Grazie."

"Ragazzi."

David chinò la testa al severo avvertimento di Celeste. "Ci comporteremo ... mamma."

I suoi occhi si strinsero ancora un po ', ma prima che potesse dire qualcosa, le porte si aprirono mentre Lilly entrava nella stanza. I suoi piedi sfioravano leggermente il pavimento mentre il suo vestito rosso schiacciato si formava intorno a lei. "Figlia."

"Nish sta arrivando. Um ... qualcuno aveva bisogno della sua attenzione per occuparsi di qualcosa? Non ho aspettato di vedere o sentire che avesse bisogno di sapere prima di entrare."

Tenendo gli occhi sul piccolo dramma Ethan si costrinse a mantenere la faccia seria quando la Regina della Lite borbottò: "Qualcuno vivo, spero".

Lilly si limitò a guardare sua madre e sorrise scegliendo di non dire altro sulla persona che stava parlando con la sua regina, "Devo andare a trovarla?" Un colpetto alla porta e vide suo padre lì in piedi. Il suo abito blu reale perfettamente stirato e adornato con così tante medaglie e nastri che la sua giacca era quasi piena. "Non importa, immagino ..." Si fermò all'improvviso e scosse la testa. "David un po 'di assistenza, per favore, Nisha sta avendo un piccolo problema."

David lo sfiorò e fece solo un piccolo cenno per sedersi. "Tua grazia?" Era un termine accettabile, no?

"Ethan, tesoro, sei una famiglia. Zia Celeste andrà benissimo."

Si lasciò assorbire dalle parole. Non solo zia ma famiglia. "C'è una ragione per cui Lilly e David hanno portato l'unico ospite nel corridoio?"

"Probabilmente. Con un po 'di fortuna, non saprò mai il motivo." Vedendo suo marito che veniva da lei con un'espressione di feroce determinazione sul viso, sapeva che non sarebbe stato il caso. "Blake?"

"Lui sa?" Lanciò un'occhiataccia a Ethan che era di nuovo seduto sulla sedia.

"Non ancora."

"So cosa?" Ethan squittì.

Blake fissò gli occhi con Celeste, poi entrambi annuirono in accordo, "Nisha può spiegarlo." Poi, vedendo la paura insinuarsi negli occhi di Ethan, Blake si inginocchiò in modo che Ethan non dovesse guardarlo: "Hai la mia parola che quello che sta succedendo non ti farà del male. Ti confonderà. In tutta onestà, ti confonde. me ma è una buona cosa. Hai la mia parola. "

"E Nisha è ..."

"Quello che posso dirti è che l'uomo che è stato scortato fuori era un caro amico di suo padre. Vuole che lui la scorti qui invece di me." Avrebbe dovuto ferire il suo orgoglio, ma non lo fece. Non quando era sopraffatto dal fatto che qualcuno avesse vissuto quella notte. Non quando aveva sentito la mancanza del suo amico ed era stato sollevato di poterlo rivedere ancora una volta. E non quando gli dava speranza che tutto quello che Nisha stava già iniziando a svelare sarebbe andato per il meglio.

Troppo facile. Eppure i portatori di luce non mentivano. Non potevo mentire ... almeno stando a quello che si diceva di loro. "Non suona poi così male."

Ancora un respiro e sia Lilly che David rientrarono nella stanza. Quando i suoi occhi incontrarono quelli di lei, Lilly gli sorrise brillantemente: "Possiamo iniziare adesso. Oh, e Grand'Mere, per favore, astieniti dal rimproverare Nisha, non sono sicuro che potrebbe occuparsi di un'altra cosa oggi. Il suo temperamento è già logoro. anche la sua tolleranza. "

Nel momento in cui Nisha e la sua scorta senza nome furono sulla soglia, lui si fermò. Da dove si trovava, non poteva vederla chiaramente. Non fino a quando lei non fu quasi a metà strada da lui allora ...

... Una visione di bellezza che Estare non poteva nemmeno completare.

E lui la stava sposando. Sarebbe stato al suo fianco per sempre. Come era stato così fortunato ad essere stato scelto per essere suo marito?

Non aveva bisogno di una risposta. Davvero non ne volevo uno. No, tutto quello che voleva era ricordare ogni momento di questo matrimonio. Aveva bisogno di ricordare sempre le ragnatele grigie che si intrecciavano con la nebbia nera di mezzanotte. Una collana d'oro sottile e il suo ciondolo rosso appeso appena sopra la scollatura a forma di cuore. Ma erano le sue ali che erano molto più che mozzafiato, ma non aveva parole per descriverle adeguatamente.

Un frammento di un ricordo lo tirò su. Aveva visto ali come questa in Lunaista. Non Estare, ma c'erano stati dipinti di altri che li avevano avuti. Più tardi avrebbe potuto esplorare quel ricordo ... oggi avrebbe pensato solo a quelli in quella stanza. No, avrebbe pensato solo a cosa avrebbe significato la sua vita ora che stava per sposare la persona più singolare e audace che avesse mai incontrato.

Poi vide l'uomo che era stato portato fuori dalla stanza pochi istanti prima. Stringendo gli occhi, decise di essere troppo magro per esserlo ma ... No, non poteva pensare in quel momento. O almeno, per non pensare alle ragioni per cui era così magro, o al perché sembrava essere malato. No, sicuramente non poteva pensarci. Ma si sarebbe concentrato su Nisha, la sua futura moglie e regina. Dopo che i festeggiamenti erano finiti, poteva preoccuparsi di tutto il resto.

Guardando Nisha mentre faceva il suo ultimo passo verso il balcone, strizzò gli occhi non capendo il piccolo cenno all'uomo finché non le baciò la guancia e si sedette. Tuttavia, rifletté su quel piccolo bacio amichevole finché Nisha non chiese: "Zia Celeste?"

"Parleremo dopo." Quindi la regina di Lite si alzò più alta che poteva e lasciò che il vento aumentasse la sua voce: "Cari cittadini e famiglia, grazie per esservi riuniti per questo giorno di gloria. Come regina, di Lite è mio onore conferire la corona di Darke alla sua legittima regina. "

Il ruggito della folla che si trovava nel cortile lo colse di sorpresa, ma Nisha gli stava accarezzando la mano in modo rassicurante in modo che rimanesse calmo. Poi Nisha si voltò verso di lui con le sue ali mistiche che si allargavano appena un capello.

"Ethan?"

Non poteva più distogliere lo sguardo da lei, quindi poteva togliersi la vita. La sua voce lo investiva. Gli stava facendo qualcosa. Doveva esserlo perché lui non poteva vedere quelli che erano venuti a testimoniare quel giorno. No, poteva vedere solo lei e un muro di nebbia nera e solida. "Mia regina?"

Gli toccò il viso con attenzione e sorrise. Ha un sorriso così adorabile. Pensò appena prima di sentirla dire: "Nisha andrà benissimo".

Ethan annuì, poi girò la testa per baciarle le dita. Non sapeva perché lo avesse fatto, ma sembrava giusto. Il sorriso sul suo viso confermò che aveva preso la decisione giusta. "Non so le parole da dire."

"Ti fidi di me?"

*Ha fatto lui? Potrebbe?*Si limitò ad annuire. "Nessuno può vederci, vero?"

Il suo sorriso cambiò da un sorriso felice a un sorriso cospiratore, "Lilly può. Tutti gli altri? Vedono qualcosa. Sentono qualcosa. Ciascuno vedrà e sentirà ciò che desidera."

Fece un respiro profondo e la guardò profondamente negli occhi. Abissi profondi. Sentori di fuoco e fumo. Picchi di ghiaccio. Poi ha visto qualcosa. Morte. Lo vedeva nei suoi occhi. Le anime perdute che non sono arrivate al Regno Inferiore. Le anime che non avevano più corpi a cui aggrapparsi ... tutte in attesa di essere liberate. "Nisha?"

Il suo dito premette contro le sue labbra. "Prometti di condividere tutto ciò che creiamo insieme?"

Le leccò le labbra quando il suo dito si ritirò. "Lo voglio."

"Allora, come oggi, condividerò tutto ciò che sono con te. Tu sei mio pari nel vero significato della parola." Un piccolo coltello apparve nella sua mano. Il punto che punge la punta di un singolo dito. Il sangue blu vitale si gonfiò appena prima che lei gli mettesse una sola goccia sul labbro inferiore. "Con questo siamo legati. Nella vita e nella morte ciò che è tuo è mio. Ciò che è mio è tuo. Affermo questo legame." Poi prese la lama e gli punse il dito portandosi l'unica goccia di sangue alle labbra.

Per un momento la sua vista vacillò ed era sicuro di poter vedere le cose oltre la stanza ... oltre il castello. Una ventina di persone che cercavano di entrare. Qualcosa che non poteva vedere tenendoli fuori. Uno scudo di qualche tipo? "Nisha?"

"Conosco Ethan. Li vedo anche io. Non c'è niente in questo regno che non possa. Se lo scelgo." Premette le labbra sulle sue. Poi fece un passo indietro, ponendo fine a qualunque incantesimo avesse creato.

Celeste sembrava stordita. "Ehm ... scusami, mi sembra di non avere parole."

"Forse dovremmo completare l'incoronazione?" Nisha sorrise in un modo che trasformò una domanda in un comando.

Scuotendo la testa, Celeste si riprese. "Ovviamente." Celeste era orgogliosa di far fluttuare il lungo tavolo dorato fino al balcone. "Di solito, viene presentata solo una corona ... tuttavia in questo giorno storico, la principessa ereditaria Nisha Devros, per favore, scegli la tua eredità."

Due corone per due paesi e il semplice cerchietto dei Fey. Una corona che era stata fatta per la prima regina dei Fey. Nisha lasciò che la sua mano si librasse sul tavolo. Lascia che le fruste dei viticci di Darke accarezzino ciascuna delle corone lasciando che il potere le parli. "Lilly vieni qui."

Ethan vide Lilly lanciare uno sguardo confuso sia a Nisha che a sua madre, ma fece i pochi passi verso il tavolo. "Nisha?"

Con molta attenzione Nisha raccolse la corona d'oro, poi si voltò: "Per il potere che mi è stato concesso come Regina del Regno Sottomarino, ti incoronerò Regina della Lite".

Non era quello che doveva succedere. Non lo era. Il sussulto collettivo dalla stanza gli disse questo. Il fatto che la stanza ... una stanza che era stata illuminata con le candele ora era piena di una luminosità che solo il sole poteva eguagliare. Ha reso tutto ciò che stava accadendo molto, molto più terrificante. Tuttavia, non poteva dire nulla.

La luminosità svanì lentamente e Lilly, la nuova regina della lite, fece un cenno a sua madre che sembrava più apprensiva di quanto avrebbe dovuto se fosse stato pianificato. Lilly accarezzò con cura la corona di Darke, poi la pose sul cerchietto d'argento. "Per il potere che mi è stato concesso come regina della lite, ti incorono l'unica regina di Darke e Feyen."

Appena prima che la corona toccasse, Nisha udì un terribile urlo esploso dalla donna che era stata seduta dietro. "Nooooo !!!! È mio !!! MIO !!!"

Capitolo 44:
Nisha

Lentamente Nisha si voltò al suono della donna che urlava. I suoi occhi ardenti di un fuoco oscuro. "Quindi, il burattino può parlare dopo tutto." Fece qualche passo più vicino alla donna, le sue ali di drago si srotolavano quel tanto che bastava per vedere le punte intorno ai bordi. "Divertente, secondo l'incantesimo di mio padre non dovresti avere il controllo della tua lingua a meno che non ti sia guadagnato un cuore. Ma non il tuo cuore poiché è ancora rinchiuso. "

Larna cercò di afferrare la corona che ora si trovava sulla testa di Nisha ... riuscì a malapena a rimettersi in piedi quando le mani fatte di nebbia l'afferrarono tirandola a terra. "È mio! IL MIO!!! Non puoi averlo. Non lo permetterò! "

Tutti quelli che erano stati seduti nella piccola stanza si alzarono rapidamente in piedi ... e altrettanto rapidamente si premettero contro le pareti. Compreso il re Craykren, che non poteva fidarsi che anche lui sarebbe sopravvissuto a un alterco se l'umore di Nisha fosse scivolato. O del resto, se la nebbia che ora stava trattenendo Larna fosse davvero la razza mortale conosciuta solo come Ombre.

Allungando la mano, Nisha accarezzò il viso della regina caduta con nient'altro che la punta delle sue lunghe unghie rosse. "Sì, vedo che hai un cuore. Peccato che non ti appartenga. Né l'hai ricevuto onestamente. " Girò gli occhi ora fissando Ethan che come tutti gli altri stava cercando di non muoversi. "Marito mio, vorresti sapere com'è che so che il suo cuore non è il suo ... in effetti, non è nemmeno di un Fey."

Come poteva saperlo? Solo un modo per scoprirlo. Ethan annuì una volta, ma si trattenne dal parlare.

"Ottimo." All'improvviso uno scettro d'osso apparve nelle mani di Nisha. Un istante dopo, così come lo scettro di Darke. Creando una brillante luce viola, i due scettri si forgiarono in un lungo bastone. Un drago di pietra nera ora avvolto attorno a pezzi di osso. L'artiglio del corvo ora regge non solo la Pietra della Notte, ma una chiara pietra rossa con una nebbia turbinante contenuta all'interno. Quella pietra poteva essere solo la Pietra del Veggente a lungo dimenticata. "Chiedo che ciò che era stato nascosto fosse visto." Una scatola d'argento con intricati intarsi apparve davanti a lei.

"Nisha!" Ethan urlò. "Non aprire la scatola." Inciampò di qualche metro prima di non potersi più muovere. Qualcosa gli stava impedendo ...

... Non qualcosa ... Nisha.

Per un istante, lo guardò negli occhi. "Nessuno toccherà il contenuto tranne me. Hai la mia parola, Ethan. " Un sottile velo di luce bianca la circondò mentre apriva il coperchio. Dentro non c'era solo il cuore che suo padre aveva preso, ma anche un altro.

Tentativamente toccò il più grande dei due. Le immagini scorrevano verso di lei. Non quelle dell'assassino ma quelle di suo padre. Immagini della sua nascita. Poi immagini da molto, molto tempo dopo.

Avrebbe trovato le risposte alle domande che quelle immagini le avevano mostrato, ma non ora. No, adesso no, ma dopo che si è occupata di Larna. Chiudendo gli occhi con la regina Feyen, afferrò il cuore. Le era stata consegnata una lettera indirizzata a lei pochi istanti prima di entrare nella stanza per la sua incoronazione. Era stato suggellato da suo padre fino al suo diciottesimo anno. Adesso capiva perché si era preso il cuore. Peccato che non abbia potuto condividere le immagini.

"Molto tempo fa mio padre ha preso il tuo cuore e tutti coloro che l'hanno assistito erano tenuti a non parlare di quel giorno. Li rilascio da quella rilegatura. " Le sue dita strinsero il cuore ancora pulsante quel tanto che basta per non perdere la presa. "Mio caro Gwydion, ti prego, stai davanti a me."

La nebbia nera turbinava davanti a lei trasformandosi lentamente in forma di uomo. Con cautela si inginocchiò davanti a lei. "Mia regina?"

"Conosco alcune delle tradizioni della tua gente. È vero che il cuore di un nemico è una rara prelibatezza? "

La guardò, i suoi occhi non erano più orbite di nebbia ma fuoco liquido. "È."

"Allora per favore accetta il cuore di un nemico che farebbe lo stesso a tutte le terre Feyen che un traditore ha fatto al tuo."

Gwydion annuì una volta. "Sei molto gentile, mia regina." Lentamente si alzò prendendo il cuore da lei, "Con questo cuore, lascio andare la sua anima per vagare per tutta l'eternità." Portandolo alla bocca, morse una volta, lasciando che il suo sangue nero simile a una nebbia gocciolasse sul pavimento.

Nisha osservò il corpo di Larna accasciarsi a terra. La sua anima era già intrappolata nella pietra del suo scettro. Il cuore che aveva rubato morendo con lei. Il cuore di Lord Edrich. Prendendosi un momento per respirare prima di ammalarsi, si rivolse ai suoi ospiti, i suoi occhi non mostravano altro che fiducia. Più tardi avrebbe potuto riflettere su come Larna avesse ingannato Edrich dal suo cuore. E molto, molto più tardi, avrebbe deciso se fossero stati Larna o Edrich a distruggere tutto ciò per cui la sua famiglia aveva lavorato. Ma in quel momento, aveva altre cose che avevano la priorità.

Con una voce chiara che solo una regina dovrebbe usare, disse: "Ospiti onorati, il castello non è più sicuro per te che torni alle tue carrozze. Ho altri mezzi per farti raggiungere la Guglia. "

Il calcio del bastone batté tre volte sul pavimento di pietra. "Gate of the Dead, ti comando di aprire."

Corpi di morti formavano la porta stessa. La porta nient'altro che una nebbia rossa. "Se tutti fossero così gentili da attraversare. Hai la mia parola che non ti verrà fatto del male. "

Lilly era l'ultima nella stanza, oltre a Nisha. "Nish, cosa sta succedendo?"

Si voltò verso sua cugina, i suoi occhi si riempirono di lacrime. "Mio padre è vivo."

"Veramente? Oh, Nisha ... "Avvolse le braccia intorno al cugino. "Questa è una notizia meravigliosa."

"No non lo è. Lil, sta soffrendo così tanto. Posso sentirlo." Abbracciando sua cugina, lasciò cadere le lacrime finché non riuscì a riprendere fiato. "Vieni, dobbiamo portare tutti alla Spire, poi abbiamo del lavoro da fare."

Lentamente Lilly si allontanò asciugandosi le ultime lacrime di Nisha. Non poteva chiedere di Myrddin, ma poteva chiedere: "Possiamo davvero andare alla Spire in questo modo?"

"La porta conduce al mondo solo tra i vivi e i morti. Niente può danneggiare chi entra. E solo per questa volta coloro che attraversano questa porta rimarranno in vita. Non voglio davvero l'intera famiglia nel mio regno, non per molti altri secoli. È già abbastanza brutto avere Grand'Mere lì e non è nemmeno morta. "

"Allora andiamo, e domani a quest'ora sapremo dov'è tuo padre e chi lo tiene in braccio."

Nisha le afferrò il braccio abbastanza forte da ammaccarsi. "Lilly, so chi. Devo trovare il dove. E poi devo capire perché. "

Vedendo le anime dei morti urlare negli occhi di Nisha, non aveva dubbi su ciò che stava dicendo suo cugino. E senza dubbio, qualunque sia il destino che li attendeva, la morte sarebbe stata solo l'inizio.

Nisha camminava su e giù per una grande stanza vuota allo Spire. La sua famiglia era tutta raggomitolata in quello che avrebbe dovuto essere il ricevimento. Erano tutti spaventati, infreddoliti e preoccupati. Il fatto che potesse sentire il loro disagio avrebbe dovuto preoccuparla ... avrebbe dovuto ma non lo fece. No, aveva cose molto più urgenti di cui preoccuparsi.

Uno è come spiegare dove doveva andare e perché. Secondo ... suo padre. Come avrebbe mai spiegato che si era strappato il cuore per salvarsi? Nessuno lo fa. Nessuno avrebbe dovuto avere la capacità di farlo.

Poi di nuovo forse lui ... suo padre ... dovrebbe essere quello a spiegare tutto questo. Sì, subito dopo essersi assicurata che fosse legato a lei in modo che nessuno potesse fargli del male dopo che si era spiegato. Sì, sembrava un'idea molto migliore.

Un leggero colpetto sulla porta la fece congelare a metà passo. "In."

Ethan infilò la testa nella stanza, "Posso entrare?"

Facendo un respiro profondo, usò una leggera folata di vento per aprire la porta a pannelli grigi, "Ethan, non hai bisogno di chiedere il permesso."

"Non hai visto i tuoi occhi." Ansimò. chiaramente non aveva intenzione di dirlo. "Intendo…"

"Va tutto bene, so che i miei occhi non sono umani quando il mio temperamento divampa." Un altro respiro profondo. "Adesso sono calmo."

Fece lentamente un piccolo passo nella stanza. "Le tue ali sono mozzafiato."

Sorrise timidamente. "Nessuno lo ha mai detto prima. Non ti spaventano? "

Avvicinandosi a lei, le toccò con cura il contorno delle ali. "Perché dovrebbero. Sei tu. Potente. Forte. Unico. E completamente mozzafiato. Ma l'ho già detto. " Fece una pausa. "Sto divagando."

*Sì, lo sei ma non mi dispiace.*La gioia le ha sollevato il cuore. "Lilly ha detto che puoi alzarti in piedi?"

Una scrollata di spalle. "Non ha detto che non potevo. Poi di nuovo ha altre cose per tenerla occupata per il momento. "

Prendendolo per mano, lei tirò gentilmente: "Andiamo, è meglio che ti troviamo un letto prima che Lilly si ricordi che hai ancora bisogno delle sue cure."

Scuotendo la testa, si rifiutò di muoversi. "Sto bene, Nisha. Meglio di quanto non sia mai stato. Veramente."

Posandogli una mano sul viso, lasciò che i tentacoli di nebbia gli scorressero intorno, poi sospirò. "No Ethan, non lo sei. Come ti senti in questo momento è dall'eccitazione. Temo cosa accadrà quando il tuo corpo si ricorderà che sta ancora guarendo. "

"Ma…"

"No, ti stai infilando in un letto e Lilly farà quello che solo lei può. Poi la mattina avrò alcune risposte. Hai la mia parola."

Si dice che la Guglia ospita la più grande biblioteca di tutte le terre di Feyen, quindi dovrebbe essere in grado di trovare una mappa. O almeno, qualcosa che avrebbe potuto usare per localizzare suo padre. Non avrebbe dovuto significare che l'avrebbe fatto. Alzando lo sguardo verso le colonne e le file di libri, pergamene e altre cose che i suoi antenati avevano scelto di usare per registrare qualsiasi cosa, da incantesimi e incantesimi al tempo e alla storia ... dubitava che sarebbe stata in grado di trovare ciò di cui aveva bisogno prima del mattino. Dubitava che sarebbe riuscita a trovare ciò di cui aveva bisogno prima del prossimo anno.

La leggera voce di brezza proveniente dal corridoio attirò l'attenzione di Nisha. "Oh cielo, se sei qui, devono esserci problemi. Odi leggere ... qualsiasi cosa. "

Guardandosi alle spalle, cercò di sorridere al cugino mentre teneva un libro piuttosto sporco in una mano e una pergamena arrotolata nell'altra. "Aiuto?"

Lilly fece un solo passo nella stanza e chiuse silenziosamente la porta dietro di sé: "Prima che io ti aiuti, dobbiamo discutere di cosa succede prima di venire qui?"

Certo che lo hanno fatto. Nisha fece un respiro profondo. "Come stanno tutti? Pensavo che si sarebbero calmati se fossi rimasto da qualche altra parte. "

"I Drakens stanno bene. È stata una bella dimostrazione di potere e sono orgogliosi che tu sia una famiglia. La regina Sedna è tornata nel suo regno. Apparentemente, non vuole sapere perché aveva bisogno di entrare nel Regno Inferiore. Grand Mere, beh, è   calma o per lo più calma. La conosci, attualmente sta incolpando la mamma per aver aperto quel cancello invece di occuparsi di qualunque cosa stesse cercando di ottenere l'accesso al castello. "

"Troll. Legioni di loro. Ogre che stavano aiutando i troll. Qualche Menehune, il che non ha senso visto che vivono nelle Terre Palustri e nelle zone più calde di Draken. Poi c'erano alcuni Taraque. Taraque, una delle creature leggendarie create dal primo Fey e che si dice fosse estinta eppure erano... sono a Darke. Pensaci, Lilly, stavano lavorando insieme per ottenere l'accesso al castello. Qualcuno o qualcosa deve controllarli. E ho bisogno di scoprire cosa. Ho paura di cosa succederà se non lo faccio ".

Ingoiando forte Lilly aspettò diversi istanti prima di provare a dire qualcosa. "Oh wow, beh ..." Vedendo sua cugina sull'orlo dell'isterismo, Lilly armeggiò con le sue parole. Non osava chiedere a Nisha chi pensava potesse controllare la bestia. Almeno non adesso. Quindi, ha scelto di usare un po 'di umorismo compensato e spera di non peggiorare le cose. "Almeno, non era un Drague."

"Oh, non essere sciocco, i Drague non esistono davvero. O almeno, da allora ... "Fece una pausa e riconsiderò tutto ciò che aveva imparato da ieri, poi annuì in segno di assenso. "... Allora potresti avere ragione di nuovo. Sì, potresti esserlo molto bene. " Prendendo un altro respiro profondo, Nisha chiese: "Come sta zia Celeste?"

"Oh, la mamma è fuori di sé. Aveva programmato la mia incoronazione fino alla festa e ai balli. Non è contenta che tu abbia scelto di incoronarmi oggi. Né è contenta delle tue ali. "

Insultata, Nisha inarcò la schiena, i suoi neri tentacoli di foschia scura filtravano in ogni angolo della stanza mentre il suo umore iniziava a sbalordire. "Sono le mie ali. Le mie vere ali, se lei le approva o no, non dipende da lei. Se mia madre ... la sua stessa sorella ... non li volesse sul mio corpo, non sarebbero attaccati al mio corpo ".

Mettendo le mani in una posizione arrendevole, Lilly fece un passo indietro. "Whoa, Nish. Dubito che mamma sappia che sono le tue vere ali. Dal momento che li tieni nascosti e indossi quelli nebulizzati più spesso. Una volta che le mostri che non sono decorazioni, sai che sarà incuriosita da loro. Proprio come Ethan. " Che era qualcosa che sua cugina avrebbe dovuto fare anni prima, ma finché Nisha non si è calmata, come tutti gli altri, non aveva intenzione di dire una parola su ciò che pensava che Nisha avrebbe dovuto fare bene prima d'ora

Facendo un respiro profondo Nisha si voltò e chiuse gli occhi mentre cercava di ritrovare la calma. "Li nascondo perché sono diversi. Volevo che Ethan li vedesse. Gli piacciono quindi non li nascondo troppo spesso. Non più."

Aveva bisogno di cambiare rapidamente l'umore di sua cugina, perché non le importava il modo in cui Nisha stava passando dalla rabbia al pianto, quindi ha offerto: "Allora, per cosa hai bisogno di aiuto?"

Asciugandosi gli occhi, Nisha tirò su col naso mentre il suo respiro si bloccava solo una volta. Le sue emozioni erano troppo crude per i suoi gusti. Troppo imprevedibile. In ogni caso, aveva ancora del lavoro da fare. "Ho bisogno di una mappa. Uno che mostra tutte le terre di Feyen. E i boschi mistici. Diavolo, mi piacerebbe trovarne uno degli Inferi ma so che non esiste. "

"Tutti?"

"Sì, tutti Lilly. Penso che Myrddin sia a Mystic Woods, ma potrei sbagliarmi. "

Al centro della stanza apparve un grande tavolo rotondo di legno. "Prima di chiamare le mappe, posso chiederti perché pensi che fosse nel bosco?"

Chiamando la scatola d'argento, Nisha la fece sedere sul tavolo, poi aprì con estrema cautela il coperchio rivelando il grande cuore pulsante. Il cuore di suo padre.

Avvicinandosi al tavolo, Lilly sbirciò nella scatola. "Un cuore? Con sangue blu, ancora nelle vene? "

Ha annuito una volta. "Appartiene a mio padre. È vivo, Lilly. Vivo. E ho bisogno di trovarlo. E non posso aspettare ancora a lungo. Né lo vorrei. Qualcosa è terribilmente sbagliato. Lo sento come piccoli punti di fulmini che danzano sotto la mia pelle. L'ho sentito nel momento in cui sono stata incoronata regina di Darke e Feyen ".

Lilly si voltò verso la porta assicurandosi che fosse chiusa ... oltre che bloccata. "Potrebbe esserci un altro modo."

"Lil?"

Sussurrando dal momento che non voleva che nessuno sapesse di avere questo particolare dono, Lilly disse: «Abbiamo il potere, Nish. Lo sai che lo facciamo. "

"Sì, ma ... è pericoloso oltre ogni stupidità."

"Nisha Devros, abbiamo già fatto passeggiate nei sogni. E non osare dirmi che hai paura. Io lo so meglio."

Guardandosi intorno nella stanza Nisha sorrise. "Avrei bisogno di essere protetto. Sarei tagliato fuori da tutte le mie capacità mentre sono da qualche altra parte. "

"Lo so." Lilly alzò le mani avvolgendo la stanza in una luce dorata. "Ho chiuso a chiave questa stanza.

Nessuno può entrare senza il mio consenso. O la mia conoscenza. "

"Sei sicuro?" Non che dubitasse che Lilly avesse chiuso a chiave la stanza, ma era sicura di poterla aiutare a trovare suo padre.

Un semplice cenno del capo fu la sua risposta.

"Va bene, ma hai dimenticato qualcosa." Alzando le mani sopra la testa, le gettò rapidamente a terra. Un rombo sommesso percorse la stanza. "Io Nisha Devros, regina del regno sottomesso, proibivo a chiunque di entrare in vita o morto." La biblioteca tremò violentemente quando i vortici viola si intrecciarono alla luce che Lilly aveva creato. "Meglio. Molto meglio"

Alzando gli occhi al cielo Lilly sorrise. "Oh sì, non possiamo essere morti a disturbarti."

"Manterrà anche le ombre. Non crederesti a quanto siano ficcanaso. Soprattutto quando faccio qualcosa di cui non gli dico in anticipo. "

"Nish, non voglio saperlo." Saltando su in modo che potesse sedersi sul tavolo, chiese: "Hai le candele?"

Tredici candele viola apparvero nella stanza. Poi un solo candelabro dorato. Una sola candela bianca al centro. Rosso a sinistra e nero a destra. "Mi sveglierò quando la candela bianca si spegnerà. Dovrei avere dodici ore. Ma potrebbe essere inferiore a seconda di quanto è lontano. E quanto è debole. "

"Continuerò a vegliare. E Nish ... "Nisha inarcò un sopracciglio. "Quando lo trovi, sii gentile. Sono sicuro che non gli piacerebbe essere rimproverato finché non sarà a casa. Allora possiamo fare a turno. Tu, io e mamma. Suppongo che anche la mamma e il papà di David siano nascosti da qualche parte. Ma noi tre saremo sicuramente i primi. " Lilly fece una pausa e unì le labbra prima di aggiungere: "Suppongo che anche Grand Mere vorrebbe rimproverarlo".

"Oh, non preoccuparti, ho intenzione di aspettare finché non potrò veramente toccarlo prima di rimproverarlo. Dopotutto, rimproverare è molto meglio quando si torce il collo di una persona ".

"Sì, suppongo che tu abbia ragione."

Respirando i profumi del legno di sandalo e del gelsomino chiuse gli occhi. Sage avrebbe portato la sua anima sul piano astrale. Il sale marino l'avrebbe tenuta legata ai vivi. Myrddin. L'unica persona che voleva avvicinare a lei. Conosceva il suo nome ma nient'altro. No, non era vero ... era sua figlia, un legame denso come il sangue ... l'avrebbe trovato. Lei doveva.

Lentamente una brillante luce iridescente la circondò. Viola acceso e blu. Tonalità di verdi e gialli. Tutti si intrecciano vorticosamente creando un sorprendente mosaico tutt'intorno a lei. Eppure nessun'altra persona.

Chiudendo gli occhi mentre si trovava in questo mondo di sogno, gridò ancora una volta. Myrddin.

C'è un rimorchiatore. La stava combattendo. Lo poteva sentire. Affondando i piedi nel terreno si decise di tirare più forte. Myrddin. Un altro strattone su una linea che solo lei poteva vedere, poi il mosaico intorno a lei cambiò. Non più colori vibranti luminosi ma viola profondi. Midnight blues. I verdi sono diventati quasi neri mentre il giallo è diventato grigio. Lentamente una figura si formò davanti a lei. Vesti nere di un nobile, oro sui polsini e sul davanti. Royalty. Vera regalità. Uno che poteva scommettere non proveniva da questo regno. Lentamente le sue mani e il viso si formarono. Infine le sue ali ... rispecchiate dalle sue ma nere come la notte e non quasi traslucide. "Myrddin?"

Lentamente i suoi occhi senz'anima si concentrarono su di lei. Poi un lento sorriso riluttante. "Figlia." Fece un solo passo verso di lei. "Devi lavorare sul tuo sogno di camminare, ma questo andrà bene per ciò di cui abbiamo bisogno di discutere."

La sua voce era più profonda di quanto lei avesse immaginato. Ed era più alto di quello che lei aveva pensato che sarebbe stato. Quasi due piedi pieni più alta di lei. Guardando era sicura che fosse più di una testa più alto di sua zia. Sì, decisamente non di questo regno. Nessun Fey reale o altro era stato così alto da quando il primo Fey era caduto dalle stelle. Questo era qualcosa che solo quelli dell'Under Kingdome sapevano ancora. E qualcosa di cui non avrebbe mai discusso fuori dal Castello dei Morti. Prendendo un solo respiro Nisha disse rapidamente: "Larna è morta".

"Ah. Quindi, hai trovato la mia scatola. " Poi i suoi occhi strinsero gli occhi. "E l'ha aperto nonostante gli fosse stato detto di non farlo?"

Ha annuito una volta. "Mi ha portato qui." Con cautela chiese: "Sapevi cosa sarebbe successo quella notte, vero?"

Si voltò da lei. "Risponderò alla tua domanda ma non qui. Non adesso. C'è poco tempo. "

Avevano tutto il tempo di cui avevano bisogno ora che lui la stava aiutando invece di combatterla. "Per?" Chiese lentamente Nisha.

"Conosci la storia dell'Eostre?"

"Alcuni. Gwydion e io non abbiamo avuto il tempo di discutere in dettaglio la sua gente. Almeno non ancora."

"Gwydion?"

"L'ultimo re dell'Eostre. Lo conosci?"

Sapeva che sarebbe stata potente, ma non avrebbe mai immaginato che sarebbe stata n grado di fare amicizia con un Eostre. Poi di nuovo, potrebbe usarla per i propri scopi. "Nisha, ascolta molto attentamente. Ciò che conosci come la verità non è tutto. Gli Eostre non sono morti. Almeno non tutti. Prima della guerra, molti andarono a un vertice. Volevano qualcosa di più che essere solo i custodi del Fallen Fey. I Fey ... i veri Fey ne discutevano nelle città stellari. Mentre era al vertice con i reali delle città stellari, è stato commesso un crimine terribile. Tutti gli Eostre che erano ... qui ... su questa terra ... sono morti. Quelli che erano al vertice hanno dichiarato guerra a tutti coloro che sostenevano fossero responsabili. Tutti i Feyen di questa terra e delle città stellari.

Dopo. Quando furono fissati i confini, gli Eostre rimasti rivendicarono i Boschi Mistici. L'intero Mystic Woods e il suo potere per conto loro, poiché i boschi erano sempre stati la loro casa, e sarebbe rimasto. I siti in cui coloro che provenivano dalle colonie stellari si riposavano e si sentivano a proprio agio con questa terra, furono perlopiù distrutti impedendo alla maggior parte di arrivare qui. La maggior parte, ma non tutti. "

"Aspetta cosa? Stai dicendo…"

"Ascolta, piccola, devi sapere tutto." Quando lei annuì, lui continuò: "Da qualche parte nel Bosco Mistico sono trattenuto. O almeno, credo di esserlo. Poi di nuovo, potrei essere vicino alle rovine della Grande Guerra. In ogni caso, se vieni prima da me, tua madre morirà. Se scappo, morirà. Se entri nel bosco, potresti essere ucciso. "

Meraviglioso, proprio quello di cui aveva bisogno; un altro puzzle. Questo doveva essere risolto per salvare la sua famiglia. "Sai dov'è mia madre?"

"Nel Mystic Woods. È ... i boschi sono un posto strano che tolgono abilità apprese ma migliorano quelle naturali. Penso che sarebbe vicino a una delle rovine dei pilastri. I poteri che controllano i boschi sono più forti lì. Più forte alla foce del fiume curativo. "

Nisha gli voltò le spalle. "Va bene, quindi per trovare la madre mi trovo a litigare. Cos'altro?"

"La mia scatola. Non può entrare nel bosco. Quelli lì lo prenderanno. È troppo potente e temo che distruggerà non solo questo regno ma anche le stelle. Non il contenuto, ma la scatola stessa. Anche se lo fai svanire da qualche parte per essere chiamato a te ... quelli che vivono nei boschi potranno strappartelo. "

"Non posso lasciarlo allo Spire. Non credo che ce ne siano in grado di proteggerlo. "

No, la Spire non sarebbe abbastanza sicura. Almeno, lo capiva. "Chiedi a tua zia. Potrebbe avere una soluzione. "

"Zia Celeste? Oh, non posso, è già scossa. E non le ho nemmeno detto che ti ho trovato. "

"No mio caro. Estare. Convocala. Non Dream-Walk ma chiamala. Lei risponderà. Non aspettarti che sia gentile. In effetti, preparati a combattere quando lo fai. Non è una da convocare. Davvero nessuno da evocare in sogni come questi. Sappi che è potente ma non tanto quanto te. Ma ha più anni di esperienza nelle sue capacità di te. Aspettatevi che usi ogni grammo di quelle abilità contro di voi. "

La nebbia iniziò a cambiare. Il loro tempo insieme era quasi finito.

"Quando ti trovo, voglio spiegazioni ... non indovinelli o altre domande. Voglio risposte a tutte le domande che mi vengono in mente. "

"Quando torneremo al Castello della Notte avrai tutte le risposte che desideri. Così farà tua madre. "

Capitolo 45:
Ethan

Ethan aspettò finché non fu sicuro che Nisha avesse lasciato non solo la stanza, ma anche i corridoi vicino alla stanza. Togliendosi le coperte, decise di esplorare la grande stanza dove lei lo aveva lasciato ... No, non una stanza ma stanze ... un'intera suite ... si corresse. La camera da letto era stata colorata di un viola intenso che sembrava quasi nero, ma con comò bianco-grigio per contrasto. Il letto, d'altra parte, era stato fatto di marmo grigio e nero con ciuffi di altri colori trovati periodicamente all'interno delle colonne.

Era perplesso su questo dato che nulla corrispondeva. Quindi, o questa suite è stata ricostruita con gli oggetti che nessuno voleva più o Nisha aveva un gusto molto strano nell'arredamento. Entrambi erano una possibilità. Aprendo lentamente una porta che non andava all'ingresso, trovò un salotto che poteva ospitare l'intero piano di sotto di Edrich ... della sua casa ... in. Posizionato nell'angolo più lontano c'era un leone di pietra che era stato trasformato in un cascata. No, non un leone, decise di guardare più da vicino, ma un Merlion o una Chimera. In ogni caso, la scultura era magnifica. Poi guardò l'acqua scintillare nell'atterraggio dell'oro e del blu in una pozza di cristallo. Avvicinandosi di un passo, sentì il liquido mentre si riversava fuori, poteva vedere chiaramente ora che quella non era acqua. Non proprio. Certo, era limpido e liquido, ma troppo setoso per essere solo acqua normale. Doveva essere.

Un colpo alla porta lo fece sobbalzare. Pensando di essere stato sorpreso a fare qualcosa di proibito, le sue spalle si piegarono mentre si voltava verso chiunque fosse entrato. Con sua sorpresa, si trattava di una giovane ragazza vestita da cameriera grigia che reggeva un grande vassoio. "Ehm ... posso aiutarti?"

La ragazza sorrise lentamente. «Lady Nisha e Lady Lilly pensavano che sarebbe stato meglio se tu cenassi da sole. Sembra che gli adulti siano troppo arruffati per affrontarli questa sera. Anche il principe Davkren ha chiesto di cenare da solo questa sera. Il che per lui è molto particolare. "

Sgualcito? Da quello che aveva osservato, le ex regine erano da qualche parte tra scioccate e spaventate, ma ancora al limite incazzate. Non le urla incazzate che Lilly aveva detto che sarebbero state, ma quelle in cui qualcuno avrebbe pagato con il proprio sangue. "Mangiare da soli sembra ragionevole."

Posando il vassoio su un tavolino basso, la cameriera sorrise di nuovo. "Il personale non sapeva bene cosa ti piace, quindi abbiamo messo un po 'di tutto nei piatti." Ha fatto una smorfia. "Tranne quello che mangiano i Drakens. Nessuno mangia quella roba tranne loro. " Sporgendo la lingua, ha continuato, "Yuck. Disprezzo essere quello che porta loro i pasti. Il sangue arriva ovunque. " Dandosi un momento per

ricomporsi e non imbavagliare, ha continuato:
"Comunque, se trovi qualcosa che ti piace, faccelo
sapere e ne verrà fuori altro".

Sollevando il primo coperchio dal piatto, i suoi
occhi si spalancarono. Un mucchio di cibo. Tutto
accuratamente etichettato. "Posso avere di più ... di
qualsiasi cosa?" Questo era più cibo di quello che
mangiava normalmente in un anno. E poteva avere
tutto ciò che voleva in qualsiasi momento. Aveva già
l'acquolina in bocca per gli odori che stava
percependo.

«Lady Nisha ha detto che sei troppo magra.
Inoltre, Lady Lilly ha detto che sei ancora molto
debole. Entrambe le signore vogliono che tu sia
nutrito adeguatamente. Se posso aggiungere,
dovresti iniziare con l'ultimo piatto che ha dei dessert
davvero deliziosi. Di sicuro ti aiuteranno ad
aumentare il peso ".

Guardando la sua camicia da notte che era più
che comoda e larga e i pantaloni da notte a cui aveva
legato un po 'di stoffa in modo che non cadessero,
Ethan chiese: "Saresti in disaccordo con loro?"

"Oh, non sarei mai in disaccordo con Nisha,
ma Lilly? È bene tenerla in punta di piedi. "

Dato che sembrava disposta a chiacchierare,
lui chiese: "Perché non Nisha? Sembrerebbe che
siamo sposati, ma l'ho appena incontrata ".

"Oh beh, Nisha ha idee molto fluide e quando
viene sfidata la persona in disaccordo di solito finisce
per essere d'accordo solo così smetterà di spiegare il

suo punto." Gli diede una pacca sulla mano. "Sono sicura che troverai più ragionevole dire pensa come Capisco il tuo punto ma ... poi spiega il tuo punto Non è d'accordo, ma potrebbe ascoltarti. Poi di nuovo, potrebbe dirti che l'erba è viola anche se è chiaramente verde e poi ti dirà perché è viola. A meno che non cambi il colore per dimostrare il suo punto di vista. "

Ethan indietreggiò di un passo. "Lo farebbe? Cambiare il colore di qualcosa per dimostrare che ha ragione? " Il modo in cui poteva farlo era al di là di lui, dopotutto, non c'era Fey con quella capacità. O almeno non uno di cui avesse mai sentito parlare. In ogni caso, era bene sapere di non discutere molto spesso la sua tesi.

"Se lo facesse ... tesoro, l'ha fatto. I folletti non erano molto contenti di David poiché era stato lui a sfidarla. Adesso dovrei andare e tu hai bisogno di mangiare. "

Annuì una volta con rispetto, ma si rammaricò anche di averla messa nei guai. "Oh, mi dispiace per aver preso il tuo tempo."

"Non esserlo. Il personale che lavora alla Spire è stato allevato intorno ai reali. Parliamo tutti liberamente e facciamo quello che ci porta più gioia. È il nostro lavoro. Il mio è vedere che gli ospiti, compresi i reali, hanno tutto ciò di cui hanno bisogno. Sospetto che ciò di cui hai bisogno sia qualcuno con cui parlare. Ovviamente questo include il cibo. Tantissimo cibo. Ma inizieremo con i piatti che ho già portato. Ti darà un'idea di cosa ti piace e cosa no. "

Adesso la guardava e non vedeva una ragazzina ma una fata. Orecchie a punta. Occhi verdi di cristallo. Solo le sue ali non erano visibili. "Sei una fata?"

"Uno sprite. Una fata di casa. Per favore, non confondermi con un elfo domestico. "

Non sapendo come rispondere ha detto semplicemente: "Mi dispiace ma non conosco la differenza. La mia educazione nelle gare di Feyen sembra mancare ".

"Oh caro. Beh, devo semplicemente istruirti. Ma non stanotte. Stasera mangi, e quando la Guglia sarà ripulita da coloro che sono molto spinosi, io ti istruirò in tutto ciò di cui hai bisogno. Per stasera, tuttavia, posso dirvi che sia gli sprite che gli elfi possono fare alcune delle stesse cose, ma gli elfi sono molto scortesi quando gli sprite sono spumeggianti. "

"Grazie ... Um ..."

"Eolande. Significa fiore viola ". Vedendo che non capiva, si trasformò in un piccolo fiore. Una viola. Poi è tornato indietro. "Lezione uno: i Fey prendono il nome da ciò in cui possono trasformarsi."

"Allora, Lilly può ..."

"Oh no. La signorina Lilly è troppo potente per essere solo un fiore. Lei è il sole Luminoso e dorato. Non le chiedi di trasformarsi nella sua altra forma. È molto angosciante. Anche per una regina di Lite. Ed

Ethan, per favore, non chiedere a Nisha di mostrarti il suo. Mai."

Con cautela ha chiesto: "Perché?"

"Nisha è la figlia della notte. Non ha una forma che possa trasformare in ... beh ... qualsiasi cosa favolosa o no, reale o creata da lei. Tutto ciò che è stato detto una volta è andato a vuoto nella notte. "

"Allora, il drago ..."

Eolande ancora una volta gli si avvicinò, poi abbassò la sua voce dolce e allegra appena sopra un sussurro: "Non dirai agli altri che il drago era Nisha. È vietato discuterne. "

"Capisco. Grazie per avermelo detto." Tuttavia, vedere un drago sembrava interessante. Forse avrebbe potuto trovare un modo per chiedere senza chiedere. Sì, avrebbe dovuto pensarci. Poi di nuovo, il drago era abbastanza grande da cavalcare? Avrebbe avuto il coraggio di chiedere a sua moglie l'esperienza?

Forse dopo che si era calmata. Sì, avrebbe sicuramente dovuto chiedere se non altro che la sua stessa curiosità.

Ethan diede un morso alla dolce confezione che Eolande gli aveva stupidamente messo davanti. Un boccone e ne voleva di più ... la giusta quantità di dolcezza e umidità che si scioglieva in bocca. Chiudendo gli occhi, assaporò il sapore. Afferrando ancora un'altra delle palline ricoperte di crema, notò Lilly in piedi sulla soglia che lo guardava. Ingoiando l'ultimo boccone che aveva in bocca, sorrise porgendole il piatto. "Vorresti qualche?"

Scosse la testa ma ricambiò il sorriso. "Deve essere una cosa da ragazzi. Metti un vassoio di dolci davanti a te e dimentichi di mangiare prima il cibo vero ".

"Vero ..." Si voltò, vedendo un piatto coperto da cui non aveva già sbirciato. "Oh. Non sono ancora arrivato a quello. "

"Uh ha. Bene, puoi tornarci presto. Nisha ha bisogno di vederti. "

Ha alzato le spalle. "Posso portare questo?"

"Tesoro, mi sembra che oserei separarti dai tuoi dolci? Anche se potresti voler rallentare. Non ho davvero voglia di assicurarmi che il tuo stomaco non inizi ad inacidirsi per questo. Anche se sono sicuro che David abbia già deciso di non dare ascolto a quell'avvertimento ".

Come sarebbe il suo stomaco inacidito? Non aveva senso. Poi di nuovo, come avrebbe fatto a sapere di David o di cosa stava mangiando se gli fosse stata davanti? Non qualcosa che potrebbe chiedere in questo momento. "Dov'è Nisha?"

"Nella biblioteca. Dai. Andremo a trovarla, poi potrai perderti in tutti i libri meravigliosi. Ti piacciono i libri, vero? Nish pensava che potessi. "

I suoi occhi si spalancarono. "Libri? Posso leggerli? "

"Oh, per amore di Lite. Certo, puoi leggerli. In realtà, ti incoraggio a farlo poiché Nisha si rifiuta di prenderne qualcuno. " Lo prese per un braccio e lo tirò finché non iniziò a muoversi nella direzione in cui aveva bisogno che andasse.

Dopo aver imboccato diversi corridoi ed essere arrivata al centro della Guglia, Lilly si era fermata pochi metri prima della semplice porta di legno. Aveva detto che Nisha aveva bisogno di lui, quindi forse Lilly non era stata invitata a questo incontro? Possibile, quindi perché la sua pelle è formicolata in segno di avvertimento?

Spingendo la porta, vide le sue lunghe ali di drago svolazzare irrequiete mentre guardava qualcosa sul tavolo rotondo. "Nisha?"

"Oh, la buona Lilly ti ha trovato." Si voltò leggermente. "Hai avuto la possibilità di mangiare?"

"Ho mangiato qualcosa." Non riusciva a ricordare il nome del dolce. Più tardi avrebbe dovuto scoprire cosa è stato.

La guardò annuire una volta prima che sospirasse. "Ho bisogno del tuo aiuto."

"Il mio aiuto?" Le sue spalle si irrigidirono. L'ultima volta che qualcuno ha chiesto il suo aiuto è stato picchiato fino a quando non poteva camminare, poi è morto di fame per oltre una settimana.

"Oh, no, Ethan, non è male, lo prometto. Ma Estare ti conosce e ho bisogno di parlarle. È molto importante."

Rilassandosi un po ', cercò di sorridere. "Mi trova quando dormo. Non so come contattarla. "

Si mosse per stare davanti a lui in modo che non avesse bisogno di entrare ulteriormente nella stanza. "Va bene perché lo faccio. Ho solo bisogno del tuo aiuto per farlo ... Capisco se non puoi ... "

Sentendo il nervosismo nella sua voce, fece un passo più vicino a lei. "Cosa posso fare?"

"Tienimi solo le mani."

Che poteva fare. In effetti, si sentiva a terra ogni volta che la toccava. "Posso farlo."

Le sue mani sembravano due piccoli blocchi di ghiaccio nelle sue mani. Chiudendo gli occhi, lasciò che i suoi istinti prendessero il sopravvento. Poi sentì Nisha iniziare a parlare.

«Regina Estare, ti chiamo. Vieni avanti prima di me. "

Quando non succedeva niente, sentiva qualcosa. Energia? Elettricità? Non poteva esserne sicuro. Aprendo gli occhi sia lui che Nisha erano circondati da fiamme nere. Eppure le fiamme non bruciavano. Poi Nisha lo guardò con gli occhi nient'altro che due sfere nere. No, non era giusto. Guardando più da vicino, poteva vedere migliaia di stelle. Migliaia di minuscole luci. Colori e motivi, poteva solo immaginare. Poi la sentì irrigidirsi.

"Regina Estare, so che mi ascolti. Ti comando di mostrarti. "

Oh, non poteva essere buono. Conosceva Estare abbastanza bene da sapere che non era una persona da cui comandare nulla. Sapeva abbastanza che non avrebbe risposto bene a quei comandi. Avrebbe dovuto avvertirla ma prima che potesse dire qualcosa ...

Prima che potesse dire qualcosa, la voce di Nisha ruggì nella stanza, ***"ADESSO!!!"***

La stanza tremò violentemente. I libri che erano stati annidati sugli scaffali volarono per la stanza schiantandosi l'uno contro l'altro prima di cadere a terra. Nel focolare scoppiò un incendio che ardeva in modo incontrollabile. Con cautela cercò di farla smettere. "Nisha, forse ..." Le sue parole si interruppero mentre i vetri delle finestre andavano in frantumi. Le finestre che un tempo si aprivano sui cortili interni ora giacevano ai loro piedi.

Si formava un arco ricavato dal vetro rotto e al suo interno vorticava una luce blu iridescente. "Chi osa convocarmi?!?" Non proprio una domanda ma un comando. Poi uscì dalla nebbia con i suoi lunghi capelli neri che soffiavano con una brezza che era allo stesso tempo bella e terrificante. Le sue ali sono ancora nascoste sulla soglia.

Nisha gli lasciò le mani e si voltò verso la donna che ora era in piedi davanti a lei. Le sue spalle si squadrarono. "L'ho fatto."

Estare si guardò intorno e si accigliò. "Sei solo un bambino. Come osi? Sai anche chi sono? Cosa sono?"

L'arco di cristallo esplose di rabbia "Sono la regina di Feyen e Darke. Così come la regina del regno sottomesso, non sottovalutarmi ... zia. "

Zia? Ah, merda. Questo è stato un male. Quindi molto, molto male. Estare conosceva tutti i suoi segreti. Nisha era sua moglie e la sua regina. "Le signore?" Entrambi lo ignorarono e sembravano pronti ad attaccarsi a vicenda.

Estare fece un passo indietro per prima. «Hai parlato con mio fratello traditore. È lui che ti ha detto di convocarmi. E hai stupidamente ascoltato. " Canticchiava.

Ripresa Nisha con molta cautela chiese: "Cosa intendi traditore? E perché non dovrei fidarmi di lui? "

Facendo un cenno della domanda Estare si voltò ora osservando la stanza, "Quindi questo è il buco in cui ha scelto di vivere piuttosto che governare Lunaista. Che strano. Ma era sempre quello strano. Anche tra i Fey. "

Facendo un altro passo indietro, Nisha sembrava confusa, persino preoccupata. "Era un reale prima di sposare mia madre? Ma come?" Questo le ha spiegato così tanto. Abbastanza perché Ethan sapesse che aveva appena lasciato una delle domande a cui aveva appena risposto.

"Certo, bambino, era un reale. Il più dotato di tutti i regni stellari. Sinceramente, avrebbe potuto conquistarli tutti se lo avesse voluto. Non che la considerasse una soluzione ". Stringendo gli occhi, un sorriso crudele si formò sul suo viso. "In effetti, così potresti governare i regni stellari come dominatore assoluto. Anche adesso non ha il potere che hai tu. " Lentamente iniziò a vagare per la stanza, le sue dita accarezzarono gli scaffali dove un tempo erano i libri. "Perché sono qui?" Lentamente si voltò verso Ethan. "Ethan potrebbe trovarmi se lo avesse scelto e deve farlo in modo meno drammatico, potrei aggiungere."

Prendendo posto sul tavolo mentre Estare si aggirava sul pavimento coperto di libri, Nisha disse dolcemente: "Ho bisogno del tuo aiuto".

"Oh. E di che tipo di aiuto ha bisogno la regina così potente? "

Ethan fece un passo indietro. Non sapeva se Nisha lo sapesse o meno, ma Estare si stava preparando ad attaccare. Peccato che non sapesse come lo sapeva.

Uno sguardo annoiato cadde sul viso di Nisha. "Se mi attacchi, sarai morto. Ora dovremmo parlare civilmente o vedere chi governa la cui patria quando tutto questo è finito? "

Lei lo sapeva. Nisha lo sapeva. Era stupito, tuttavia, lo sguardo sul viso di Estare diceva che era inorridita.

Con uno sbuffo, Estare si sollevò in tutta la sua altezza. "Perché sono qui, nipote?"

Chiamando la scatola d'argento che un tempo conteneva il cuore di Larna, Nisha gliela porse. "Sai cos'è questo?"

Questa volta era Estare a fare qualche passo indietro con orrore. Ethan la guardò mentre quasi inciampava sui libri che ora giacevano sul pavimento. Sapeva che Nisha aveva una scatola, ma aveva pensato che fosse stato il contenuto ad essere molto più potente che sarebbe stato stupido aprirlo ... tuttavia, non sapeva che fosse la scatola stessa a contenere il potere ... adesso. "Come l'hai avuto? È vietato lasciare le stelle. È troppo pericoloso lasciarli ". Perché suo fratello aveva rubato quella scatola? La scatola del primo tipo di una delle città stellari? La scatola che ha travasato tutto il potere dei morti. Perché suo fratello aveva scelto di rubare quella scatola? Se dovesse rubarne qualcuno, perché non potrebbe essere solo un semplice tributo? La risposta era semplice ... sapeva qualcosa.

In qualche modo, aveva sentito i pensieri di Estare, ma come?

A giudicare dallo sguardo perplesso di Nisha, non era la risposta che si aspettava. «Mio padre mi ha lasciato questo qui allo Spire. Una volta aveva il cuore di una ... diciamo ... la regina corrotta che desiderava schiavizzare tutte le terre dei Feyen. Tuttavia, attualmente, detiene il cuore di mio padre e il suo potere. " Facendo un passo avanti verso Estare, continuò: "Mi ha detto che potresti aiutarmi a trovare dove si trovano sia lui che mia madre a Mystic Woods."

Riprendendosi, Estare sorrise. "Questa è una scatola omaggio. Fino a poco tempo fa pensavo che fosse un modo per i regni stellari di condividere il loro potere l'uno con l'altro. In verità, mandano ... "Si interruppe e decise di non entrare nei dettagli. Non servirebbe a spiegare come è stato condiviso il potere. "La scatola non può entrare nel Bosco Mistico, né posso tenerla al sicuro a casa mia. Ci sono molti che vorrebbero cercare quel potere. "

Con comprensione, Nisha annuì una volta. "Cosa suggerisci?"

Lentamente Estare si alzò in piedi, facendo attenzione a non toccare la scatola d'argento. Pensando a tutto, pensando a tutto ciò che sapeva ... non solo della sua terra natale, ma di ciò che le era stato insegnato su questa terra, chiese: "Hai esplorato tutto il Regno Inferiore?"

Dispari. "Non ancora. Perché?"

I libri erano di nuovo in movimento questa volta quando caddero avevano tracciato una mappa. O almeno, un contorno di una mappa con i bordi. "Questo è l'intero regno sotterraneo così come è stato creato. È possibile che ora sia più grande "

"Tutto a posto?" Nisha fece sparire la scatola d'argento, poi indicò un punto al centro che sembrava una scatola sigillata. "Cos'è questo?"

"L'occhio. Solo la regina può entrare e non essere distrutta. Tutto il potere di coloro che non hanno più corpi ... è immagazzinato lì. È il posto più sicuro per quella scatola. "

"Perché mio padre non me l'ha detto?"

"Perché non avrebbe saputo. È un segreto che viene passato da un sovrano all'altro dopo che sono stati fatti i tributi. Nel mio caso, l'ho scopertc con le Scritture piuttosto che con la bocca ".

Non aveva senso ma, in un certo senso, Nisha sapeva che stava dicendo la verità. "Va bene, quindi devo mettere la scatola lì e poi trovare la mia famiglia."

"No caro. Una volta che la scatola è l´, avrai due giorni, tre al massimo per restituire il cuore a tuo padre. Oppure sarà al di là della tua portata ".

Per un lungo momento, Nisha rimase immobile prima di gridare: "Due giorni? Come farò a trovare entrambi i miei genitori in due giorni? "

Un leggero colpo di tosse proveniente dalla porta li fece voltare.

"Gwydion?"

"Forse ho qualche aiuto." Fece un passo nella stanza e cercò di sorridere. "Credo che tua madre sia in quella che una volta era la mia casa. Recentemente un topolino ha chiesto aiuto agli antenati. L'ho sentita. È molto doloroso che un topo parli. Tanto più che da allora non sono più stato in grado di individuarlo. "

Va bene, quello si occuperebbe di un genitore. "E mio padre?"

Questa volta, Estare ha parlato. "In una grotta. Potrei essere in grado di trovarlo e contrassegnarlo. Ma tuo padre è stato molto chiaro che tua madre deve essere salvata per prima. "

"Concordato." Andando alla porta Ethan guardò Nisha che sporgeva la testa nell'ingresso. "Puoi entrare adesso."

Capitolo 46:
Nisha

Con la testa di Ethan appoggiata in grembo, Nisha guardò fuori dal finestrino mentre il Pegasus volava oltre il confine tra Lite e Darke. Il loro schema di tessitura richiedeva tempo, ma assicurava che nulla li seguisse. Non molte cose potevano, ma apprezzava la precauzione in più.

"Quando atterriamo?"

Abbassò lo sguardo su Ethan che sembrava calmo finché non vide le sue dita afferrare l'orlo della sua camicetta. "Non appena raggiungiamo il confine esterno di Wastelands. Non ci vorrà molto adesso. Sento già la differenza nelle correnti del vento. " Le sue dita gli accarezzarono leggermente la testa. Si sperava che il movimento lo calmasse.

"Oh bene. Non credo che mi piaccia stare in aria. "

Galeron alzò la testa dal sedile di fronte a loro. Ancora troppo debole e dolorante per fare molto di più che restare immobile. "Alla fine ti ci abituerai." Naturalmente, volare con le tue ali era molto meglio che volare in una scatola portata da cavalli volanti. Non che lo dicesse ... non al suo ragazzo e non alla regina che ancora non capiva. Non riuscivo a capire e probabilmente non l'avrebbe mai fatto.

Sentendo Ethan teso sotto la sua mano e sapendo che non era a suo agio con l'uomo che giaceva di fronte a lui, decide di provare a dire a Ethan chi era e perché doveva andare con loro invece che con Lilly e David. "Non hai chiesto nulla del nostro ospite."

Lentamente si alzò e si sedette. I suoi occhi si socchiudono per un istante prima di dire: "Non ho l'abitudine di fare domande a cui non voglio risposte".

Tossendo per non ridere Galeron borbottò: «Parli come tua madre. Neanche lei faceva domande raramente. Ovviamente, questo non le ha impedito di criticare quasi tutto a meno che non ci avesse pensato lei stessa ".

Gli occhi di Ethan si strinsero un po 'di più, "Come faresti a conoscere mia madre?" La sua voce un ringhio duro pensando che l'uomo stesse mentendo.

Guardando Nisha, il viso di Galeron non mostrava altro che un accenno di rabbia quando ringhiò: "Non gliel'hai detto?"

Nisha si strinse nelle spalle. «Non spettava a me dirglielo. Inoltre tu, Galeron, non me l'hai chiesto. E non avrei mai rivelato un segreto di qualcuno a meno che quel segreto non mettesse in pericolo qualcuno a cui tenevo. Poi di nuovo, se mettesse qualcuno in pericolo, sarebbe morto e non sarebbe più un segreto. "

Ora Galeron si mise a sedere ignorando il fatto che era ancora debole, ignorò il modo in cui il suo corpo tremava per lo sforzo. "Tu ..." Diverse parole scivolarono dalle sue labbra ... nessuna lusingava la regina che era né la figlia del suo caro amico. «Tuo padre non era ... non è ... così difficile. Nemmeno tua madre. "

Scrollando le spalle Nisha sorrise. "Ti crederò sulla parola. Dalla mia comprensione, era molto peggio. "

Guardando avanti e indietro tra Nisha e l'uomo Feyen Ethan sibilò: "Cosa non mi viene detto?"

Riposarsi Galeron corrispondeva al sibilo di Ethan. "Chiedi a tua moglie. La piccola vo pe ha bisogno di imparare quando non mantenere i segreti. E quando non essere una spina nel fiancc di qualcuno che potrebbe eventualmente aiutarla. "

Sbattendo le lunghe ciglia, Nisha si trasformò in una volpe rossa, poi si sedette con troppa calma agitando la coda. La sua zampa appoggiata sul grembo di Ethan infastidiva entrambi gli uomini con cui stava cavalcando.

Sedendosi Ethan borbottò: "Dubito di poter ottenere una risposta da lei mentre non è più una vera figura".

"Bah. Trucchi da salotto. Se fosse una vera mutaforma, sceglierebbe una forma più accattivante. "

Voltandosi, Nisha sorrise. "In realtà, semplicemente non c'è abbastanza spazio per trasformarsi in un drago, ma forse più tardi ti porterò a fare un giro con i miei artigli. O ti piacerebbe? "

Galeron respingendo la sua minaccia, disse seccamente: "I draghi non esistono".

"Chi dice che non lo facciano? Solo perché non ne hai mai visto uno non significa che non lo facciano. Devo mostrarti Lord Galeron? "

La carrozza si abbassò. Distendendosi di nuovo in modo che lo stomaco non gli arrivasse alla gola, Ethan sospirò. "Oh, bene, penso che stiamo atterrando. E non credo che avrebbe trovato divertente guidare con gli artigli. " Fece una pausa, poi disse minacciosamente: "Dovresti prenderlo un po 'di tempo".

Nisha scese dalla carrozza e si mise una mano sul fianco. "Beh, immagino che 'Wasteland' significhi deserto di sabbia nera che nemmeno il vento secco può soffiare."

Galeron sbadigliò, sporgendo la testa dalla finestra coperta. "In realtà la sabbia una volta era bianca. Durante la Grande Guerra tanti morirono il loro sangue immerso nel terreno, cambiando per sempre la sabbia in nero. O almeno questo è quello che ho sentito. "

Guardando indietro alla sabbia Nisha rimase sbalordita. "Oh wow. Dovrò chiedere a Gwydion di vedere se era qui prima della guerra. Mi piacerebbe sapere com'era prima. "

"Chi è Gwydion?"

Questa volta Ethan rispose dall'interno della carrozza: "È l'ombra che segue Nisha. O almeno, penso che sia un'ombra. L'ho visto solo poche volte. "

"Oh bene, voi due potete riflettere sul fatto che mentre io mi occupo di qualcosa, poi ci vediamo vicino alla foce del fiume di guarigione."

"Vuoi che ci andiamo da soli?" Galeron balbettò.

Si aprì una porta per il Regno Inferiore. "Ovviamente no. Gwydion verrà con te. Dato che viene da lì, può assicurarsi che niente cerchi di mangiarti. " Nisha scosse la testa: "Tra tutte le cose perché pensi che ti manderei da qualche parte senza una scorta adeguata? Lo giuro, per essere stato nel consiglio di mia madre, pensavo che avresti saputo meglio. Vedo che dovrò fare in modo che tu sia adeguatamente istruito una volta che tutto sarà finito e le cose si saranno sistemate un po '. "

Guardando Nisha scomparire attraverso la porta, Ethan scattò: "Vuoi dirmi di cosa sta parlando? O chi sei tu nel nome di Darke? "

Nisha guardò intorno alle pareti delle ossa. Non era mai stata in questa parte del suo regno prima. Non avrei mai saputo che esistesse qualcosa di simile a questo labirinto. Toccando leggermente il muro, si chiese da quali razze provenissero le ossa. Erano alcuni dei primi? Dove sono quelli delle star? Fey? Vero Fey? O erano stati creati per caso quando i folletti presero gli altri come compagni? Poi uccisi perché non servivano a nessuna vera ragione d'essere.

È stato così eccitante! Più tardi sarebbe dovuta tornare e vedere ogni centimetro di questo posto ... In quel momento, aveva qualcosa di importante da fare.

Lentamente trovò una porta di cui sperava di aver bisogno dopo averne aperte diverse che portava solo a una stanza creata con pezzi di carne e muscoli marci. Vedendo che anche questa non era la stanza che stava cercando, svoltò in molti altri corridoi finché non trovò un'altra porta. In realtà, l'unica vera porta che aveva attraversato. L'unica porta che non era stata fatta di ossa, ma piuttosto di un legno scuro di qualche tipo.

Nervosamente, mise la mano sul manico di cristallo. Sua zia ha detto che qualcosa di potente sarebbe stato appena dentro. Cosa sarebbe stato quel qualcosa ... Estare non lo sapeva. Un po 'nervosa prese un respiro profondo. Era la regina e solo la regina poteva entrare. Ciò non significava che dovesse entrare. Ma non c'era posto più sicuro per nascondere la scatola e non ci sarebbero voluti due giorni per recuperarla. In effetti, stava per portare suo padre qui per stare fuori da questa porta quando gli avrebbe restituito il suo cuore.

Un altro respiro poi aprì la porta. Non ancora facendo un passo nella stanza, sembrava in soggezione come la creatura più bella che avesse mai visto guardarla dritto in faccia. Difficile dire cosa fosse o fosse stato, ma il viso era quello di un Fey con ali gloriose grandi la metà delle sue ma esattamente uguali. A prima vista, non erano la stessa cosa. Le sue erano di un nero pieno, per niente traslucide. "Ehm. Ciao?"

La creatura si trasformò in una donna Feyen, solo il viso e le ali rimasero le stesse. "Solo la regina può entrare in queste sale."

Sorrise oh così dolcemente. "Lo so."

Poi la donna sorrise. Non un sorriso amichevole, ma uno che era crudele e minaccioso: "Non esiste la regina del regno sottomesso".

Facendo un passo nella stanza Nisha sorrise. "Devi essere scambiato perché ho governato per quasi dieci anni."

Saltando su Nisha, la donna gridò: "TU! Pensi di potermi detronizzare? Sono la regina più grande che sia mai stata! "

Vedendo l'ex regina incapace di toccarla, Nisha sbadigliò. "Mi annoi. Se fossi così grande, non saresti rinchiuso in una stanza creata dalle ossa di coloro che erano legati a te ". Non sapeva da dove fosse venuta quell'idea, ma l'espressione sul viso dell'ex regina le disse che aveva ragione.

Trasformandosi in uno spettro, volò freneticamente per la stanza. "Non può essere! Perché non posso toccarti? Puzzi di vita, non di morte. Come può essere? " La donna ha volato per la stanza diverse volte. Ad ogni passaggio provando ancora una volta a toccare la piccola Regina.

Alla fine, Nisha spiegò le ali riempiendo la maggior parte della stanza. "ABBASTANZA! Sei un cittadino del Regno Inferiore. Non sei più la regina. Dare la precedenza."

"Non mi arrendo a nessuno!"

Rendendo la sua voce più forte che poteva, disse ancora una volta: "Ho detto RENDI!" La sua mano tesa e un tentacolo di potere non addestrato avvolse la donna ... la gamba nuda dello spettro ... che la trascinava a terra. Usando la sua stessa unghia, mosse il dito e lasciò che una singola goccia di sangue blu si gonfiasse. Il viticcio teneva la testa della donna stringendole le guance pallide finché le sue labbra non si aprirono a forza. La goccia di sangue le cadde sulle labbra. Non voleva farlo ma non aveva tempo per pensare a qualcos'altro. "Con il mio sangue ti lego. Tu e tutto ciò che era tuo ora sei mio. Ti arrenderai. "

Il potere la riempiva più di quanto avesse mai sentito. Con esso la conoscenza del primo Fey. Questo è stato il primo Fey. Il primo a cadere. No, non cadere ... si è tuffata sulla solida terra. Le storie erano sbagliate. Non era un uomo che veniva e si innamorava, ma era una donna determinata a non sposare un uomo che voleva solo il suo potere. Il potere dei morti. Il potere di riportare in vita ciò che dovrebbe essere morto. Il potere di creare oltre che distruggere. Il potere di conquistare tutto ciò che desiderava. E il potere di creare nuova vita da nient'altro che aria.

"Cos'hai fatto? Distruggerai le mie creazioni. " La donna gemette.

Liberando la donna dai suoi viticci Nisha fece un passo indietro. "Non mi rallegro di distruggere nulla. E se avessi ceduto, non ti avrei legato. Tuttavia, ora che sei capisco perché ti circondi delle ossa di coloro che ti erano fedeli ... "Fece una pausa e poi chiese:" Sono il tuo esercito? Ti stanno proteggendo in modo che tu non possa essere trovato. Proteggendoti poiché a causa del tuo potere non puoi morire e temi che anche ora i reali delle città stellari verranno per te ".

Ripiegandosi su se stessa, la donna sussurrò: "Sì".

Con attenzione Nisha venne a sedersi davanti a lei ... questa perduta regina dei folletti. La prima regina di Feyen. "Ho bisogno della loro forza per proteggere qualcosa che mi sta a cuore, tornerò presto."

Stordita in un silenzio insolito, alla fine disse: "Qualsiasi cosa viva vive solo due giorni. Tre se è forte. Anche adesso i miei poteri sono troppo forti per mantenere le cose in vita molto più a lungo. Almeno mentre abito qui. "

"Capisco. Dovrei essere andato solo uno. " Nisha inclinò la testa: "Come ti chiami? Di solito, conosco i nomi di tutto ciò che è legato a me ma non riesco a trovare i tuoi. "

"Primitiva."

Nisha annuì una volta. "Allora Primitiva, lascio alle tue cure questa scatola." La scatola d'argento di suo padre si materializzò nelle sue mani. "Il coperchio si aprirà solo per me."

"È una scatola omaggio. Questi non provengono da questi terreni ma dalle città delle stelle. Sono molto potenti. Non dovresti avere una scatola del genere ... non qui. Non al di fuori dei regni delle stelle. "

Annuendo ancora una volta, disse Nisha mentre si voltava verso la porta. "Un giorno vorrei saperne di più. Ma non oggi, devo andare adesso. Non ho molto tempo per sistemare le cose. "

Stringendo la scatola tra le mani Primitive tirò su col naso. "Le regine non devono essere legate a un'altra."

"Vero, ma avresti dovuto cedere. La rilegatura non può essere annullata. " Le dispiaceva di averlo fatto a una regina forte, ma aveva lasciato la sua piccola scelta.

Nisha ha creato una porta per condurre al punto in cui la carrozza dovrebbe essere in attesa. Non sono stato troppo sorpreso di vederlo appena visibile. Sapendo di avere un minuto o due, guardò l'acqua. Non chiaro come non si aspettava nemmeno un colore blu-verde del Mare Infinito. No, questo era un viola chiaro come una nebbia sottile. Toccandolo poteva sentire il potere assorbire nella sua pelle svanire la piccola puntura che aveva fatto.

"Eh. Molto interessante." Chiamando la sua piccola borsa di provviste curative, estrasse diverse fiale vuote e le riempì prima di svanire ancora una volta proprio mentre la carrozza atterrava. Notò Gwydion prima ancora che lo sportello della carrozza si aprisse. "Stanno bene?"

"Sei ... consorte ... è arruffata. Non è molto bravo ad avere quelli che erano morti per lui che si presentano ora ".

"Sì ... beh, non c'era modo efficace per dirgli che tutto ciò che gli era stato detto era una bugia. Ma ho provato a prepararlo. "

Scivolando verso di lei, Gwydion si inchinò solo di un capello. «Mia regina, niente può preparare un ragazzo a incontrare suo padre di cui non ha memoria. Uno che aveva considerato morto. Ma sono sicuro che entrambi gli uomini supereranno oggi per costruire un futuro che entrambi meritano. Tanto più se riesci a trovare quelli che cerchi. A mio parere, le donne tendono ad essere le forze di pace tra i loro familiari maschi ".

Vero. Oppure, essendo entrambi uomini Feyen, potrebbero passare un secolo o due senza parlare. Il che era del tutto possibile. Non che lei ne discutesse adesso. Forse più tardi. O forse avrebbe lasciato che sua madre ne discutesse per lei. Sì, sarebbe molto meglio. Dopotutto, aveva sentito storie di come sua madre amasse discutere le cose. Tanto più se la persona con cui si stava discutendo fosse sia maschio che Feyen di sangue. "Chiederai a entrambi di venire qui?"

Fissando il fiume, Gwydion chiese: "Hai intenzione di usare le acque curative?"

Irritata, ha chiesto: "Lo voglio. È un problema?"

Gwydion inclinò la testa. I suoi occhi scuri si restringono in minuscole fessure, "Non possiedi il potere di guarire?"

"Io ..." Davvero? Dopotutto, era legata a Lilly come Lilly era legata a lei. No, aspetta che il loro legame non fosse un vero legame, solo un altro modo per assicurarsi che nessuno dei due potesse danneggiare l'altro mentre il suo legame con Primitiva? "...Posso provare. Gwydion posso fare una domanda? "

La guardò perplesso, "La mia regina?"

"Se avessi la possibilità di vivere di nuovo, lo coglieresti?"

Il suo viso sembrò triste solo per un minuto. Anche un po 'dispiaciuto. «Anche tu, mia regina, non hai un tale potere. Solo uno l'ha mai fatto e non lo userà nemmeno adesso. Le è stato chiesto. "

"Quando tutto questo sarà finito, parlerò con Primitiva. Come hai detto, troppi sono morti innocenti. "

Se fosse stato solido sarebbe inciampato indietro ... essendo fatto interamente di nebbia, ha disperso prima di rimodellarsi. "L'hai vista ?! Come hai passato le guardie ?! Si nutrono di tutto ciò che ha carne. Vivere o no. "

Andando alla carrozza, sorrise. "Sono o non sono la regina?" Aprendo la porta, diede una buona occhiata a entrambi gli uomini che se fossero stati allo scoperto si sarebbero schierati per combattere o cose del genere. "Sono sicuro che non abbiamo tempo per quello che avete in mente."

Sibilò Galeron indicando debolmente Ethan. "Avresti dovuto dirglielo."

"Perché, quando sei molto più bravo a spiegare tutte le cose per le quali veramente non ho tempo, se vogliamo salvare mia madre e non uccidere mio padre nel processo." Vedendo un arco di fulmine nei suoi occhi, continuò: "Ora, vorresti essere completamente guarito per questa impresa o rimanere come sei ora e spiegare a chiunque troviamo perché ti sei rifiutato di essere guarito da una regina a cui sei ora legato per?"

Ethan si appoggiò allo schienale, comprendendo la minaccia. "Mi piacerebbe vedere di nuovo il vero colore della mia pelle. Che ne dici, portatore di luce? O pensi che non abbia la capacità di farlo. "

Rivolgendosi leggermente a suo marito, la rimproverò molto silenziosamente: "Ethan, sii gentile. Nessuno di voi ha avuto due decenni buoni. "

"I miei primi due anni sono andati bene. O almeno così posso supporre. "

Perplessa, lo guardò. "Pensavo fossi nato entro un anno dalla mia nascita?"

Premendosi sul proprio sedile, Galeron sbuffò: - Lo era. Il secondo anno è stato creato. Immagino sia stato un buon anno per te ma hai messo tua madre in delirio. Sono contento di aver dovuto sopravvivere solo una volta. "

*Bene, stavano giocando bene in modo che lei potesse fare ciò che era necessario senza che la combattessero.*Chiudendo gli occhi, cercò di vedere di cosa aveva bisogno. Permettendosi di sentire tutto intorno a sé, poteva quasi vedere nella sua mente i corpi di Ethan e Galeron. Riusciva quasi a distinguerne un terzo sebbene non avesse sostanza. Le ossa sono arrivate per prime del colore dell'avorio. Bianchi e forti più duri di quanto dovrebbero essere. Piccole corde ... nervi ... grigi per il passaggio di informazioni. I vasi sanguigni sono blu in Ethan ma quasi viola in suo padre. Ah sì, ora capiva il terzo corpo come i vasi sanguigni si formavano, neri come la notte a Gwydion. Molto interessante ora che poteva vedere le spine e la lunga coda di rettile che stava iniziando a formarsi. Muscoli rossi con linee di tendine. Carne crema latteo per coprire ... Non il suo caro amico, no, era un misto di grigio e verde. Marroni e neri. Ogni scala corazzata che si fonde con quella successiva non ha due colori uguali uno accanto all'altro. I suoi denti tutte e tre le file affilate come aghi. I suoi artigli sono ancora più affilati. Ma il suo viso ... di che bel viso regale ogni uomo sarebbe orgoglioso.

Aprì gli occhi proprio mentre la luce blu svaniva dall'interno della carrozza e vide non solo quelli della sua famiglia completamente guariti, ma vide Gwydion seduto congelato a fissarla. Paura e apprensione risuonano nei suoi occhi rosso scuro e nebbiosi. "La tua gente è sempre riuscita a trasformarsi nella nebbia, ma penso che sia ora di essere di più?"

Gli ci volle un momento per ricordarsi di respirare ... Un altro momento per capire cosa stava vedendo con i suoi occhi. "Come?" La sua voce un sussurro di dolore. Gwydion tese le mani davanti a lui prima di spostarle in quelle più lisce che una volta sua moglie aveva preferito. I suoi occhi si riempiono di lacrime che non dovrebbero esserci. "Questo è impossibile. Solo un creatore ha questo potere. "

"Non è importante. A quelli della tua gente che desiderano riconquistare ciò che è stato preso, darò loro la vita. Dopo aver salvato mia madre. "

Gwydion sbatté le palpebre poi deglutì a fatica ricordando la sua missione. In seguito avrebbe avuto il coraggio di chiedere di più su ciò che la sua regina gli aveva appena restituito. "È ospitata nella grande città del mio popolo. Quelli che ora governano non sono amici. Si nutrono del suo potere mantenendola debole. Conosco un modo per entrare ma ... "Si guardò le mani e gli artigli affilati, senza ancora ricordare come una volta avesse aperto una porta. "È passato un po 'di tempo da quando ho aperto la porta io stesso." Poi sbatté le palpebre di nuovo ... non sapendo come sapeva con certezza quello che le aveva appena detto.

"Per favore, dì alla tua gente che chiunque cerchi di fermarmi, può fare quello che vuole."

"IO…"

"Gwydion, sono ancora legati a te. Il legame che hai fatto nella vita non si è fermato nella morte ed è più forte ora. Me ne sono assicurato. Hai il potere di parlare loro con nient'altro che un pensiero. Più o meno allo stesso modo in cui comunichi da anni ".

Rivolgendosi al portatore di luce, Gwydion chiese: "Sapevi che poteva farlo? Non sapevo che potesse farlo. E sono stato con lei da poco dopo la nascita. "

Ingoiava forte perché si diceva che la razza dell'uomo che ora sedeva accanto a lui uccidesse qualsiasi cosa amico o nemico e non avesse mai avuto paura di nulla ... ora non solo sembrava spaventata ma sembrava inorridita. Galeron disse esitante: "No. Ma dopo oggi, non vedo l'ora di vedere cos'altro è dotata. E prego che sua madre possa addestrarla adeguatamente ".

Nisha alzò gli occhi verso la grande cupola. Le sembrava che fosse stato creato dal cielo di mezzanotte, comprese le stelle che danzavano al chiaro di luna. "Cos'era questo posto?"

"Un posto dove i primi potrebbero venire e prosciugare parte del loro potere prima di avventurarsi per trovare il loro posto."

Nisha balbettò: "Scolate il loro ..."

"La maggior parte era troppo potente per vivere qui e non essere portata a un punto sicuro. Il primo ha deciso questa salvaguardia. Ha tenuto sotto controllo l'equilibrio per diversi secoli ". Gwydion annuì verso un grande cespuglio che ora stava crescendo selvatico. "Odio vedere la mia casa in questo modo. Questo era un giardino meraviglioso le fontane luccicanti con l'acqua dei fiumi. È un posto orribile ora invaso dalla vegetazione e trascurato. E guarda, le fontane non sono altro che macerie. "

Mettendo comprensivamente la mano sulla sua spalla, Nisha disse: "Gwydion, lo renderai di nuovo bello. Ma la porta per favore. "

"Sì." Fece una pausa. "Solo le abilità naturali funzionano all'interno della cupola."

"Inteso."

Scivolando contro il muro dietro il cespuglio trovò la porta. "È qui ma ... Perdonami ... è passato troppo tempo da quando ho avuto un uso per una cosa del genere."

Gli toccò di nuovo la spalla. "Lasciami." Poi a Ethan: "Sei pronto?"

Ethan annuì una volta. "Ho sempre voluto essere l'eroe. Sembra che oggi riesca a farlo. "

La gente parlava dentro. Uno è un serpente a giudicare dalle S estratte. L'altro non poteva esserne sicura. Con attenzione Nisha cercò di ascoltare ciò che veniva detto. Troppo ovattato per sentire parole vere ma il tono ... sì, il serpente non era contento di qualcosa. Con una voce appena un sussurro chiese: "Gwydion, puoi vedere o sentire?"

Per un momento ascoltò, poi sorrise: "Il piccolo serpente è angosciato. Suo figlio non ha portato a termine la sua missione sposandoti. L'altro è incazzato che il principe fosse così debole. Ti vogliono, mia regina. Vogliono il potere che pensano che lascerai loro il controllo ". Quasi rise di quanto fossero sciocchi a pensare che lei ... la sua regina ... avrebbe mai permesso a qualcuno di controllarla.

Oh beh, ovviamente non sapevano chi o cosa chiedevano. Assumendo una postura da regina, sorrise mentre diceva: "Allora li riceverò correttamente".

Ethan fece una mossa per afferrarle il braccio ma si trasformò in nebbia prima che la sua mano potesse toccarla. "Nisha?"

"Mia madre mi ha chiamato bene. Fidati di me." Con la testa alta e le spalle indietro, entrò nella grande stanza vuota e batté le mani lentamente. "Bravo, re Apep. Sei riuscito a formare un'alleanza con coloro che porteranno la morte a tutti ".

"Tu. Non dovresti essere qui. "

"Ah sì. Ebbene, cosa ti aspettavi? Che avrei sposato un serpente invece del mio fidanzato? Avanti, il tuo cervello non è così piccolo, o no? " Fece una pausa, vedendo un uomo che aveva un aspetto simile a Gwydion ma meno definito. Meno minaccioso. Eppure ancora un Eostre. "E tu. Essendo un discendente degli Eostre dovresti davvero conoscerlo meglio. Dopotutto, sono stati i tuoi antenati a causare la grande guerra. O hai cospirato per finire il lavoro che avevano iniziato? "

L'uomo fece un passo incerto e guardingo verso di lei. Un altro passo quando lei non si mosse e lui era su di lei, ma quando cercò di attaccare le passò semplicemente attraverso il corpo. "Cos'è questo?"

"Oh, non lo sai? Tutti gli Eostre sono legati a me. Prova ad afferrarmi quanto desideri. A meno che io non lo voglia, non ti avvicinerai nemmeno lontanamente a me. Tuttavia ... »Viticci neri le scorrevano intorno alle punte ardenti di fuoco. Un unico movimento di frustata ed entrambi gli uomini furono avvolti in rampicanti ardenti. "... posso ferirti." Lasciando che i viticci si stringano intorno a loro. "Allora, dov'è mia madre?"

"Tu ... puttana." Un'altra voce. Una terza gara che non conosceva nel suo genere. Non saprei dire se fosse maschio o no. Ma questo volava su ali di cui ogni pipistrello sarebbe stato orgoglioso. È la coda ... beh, conosceva un drago con uno che era più impressionante.

"Allora, vuoi giocare? Va bene ... sto giocando. " Si guardò alle spalle e gridò: "Trova mia madre; Mi occuperò di loro! " Aspettò finché non furcno scivolati in un corridoio prima di trasformarsi. Prima di lasciare che la sua vera forma ... la sua forma preferita ... prendesse forma.

Capitolo 47: Primitiva

Primitiva camminava su e giù per i confini della sua sala del trono. Le sue dita tracciano le ossa della sua amata Shesha. Era stata la sua prima creazione. Il suo più grande protettore. E il suo fedele amico. Ma c'erano stati altri. La sua prima...

Presto avrebbero dovuto essere svegliati. Avrebbero bisogno di tornare nel regno dei vivi. Adesso che il bambino era nato. Ora che aveva il potere di tutti coloro che erano morti. E aveva il potere di coloro che erano ancora vivi.

Erano passati molti cicli stellari da quando aveva parlato a parole con un altro folletto. Molti di più da quando era stata spinta a usare le sue vere capacità. Ora ... Non aveva scelta.

Nisha l'aveva legata. Adesso le sue capacità erano in mano alla bambina.

Primitiva tornò al trono d'ossa. Il conforto finalmente la raggiunse. Presto tutte le bugie che erano state raccontate sarebbero venute alla luce. Presto tutto il dolore sarebbe finito. La Regola dei Magmi, il sovrano di Pallade, sarebbe presto terminata.

Ma a che prezzo?

Aveva già preso il suo amore e suo figlio. Avrebbe preso anche i suoi campioni? No ... No, il figlio della sua visione di tanto tempo fa non gli avrebbe mai permesso di ottenere i loro poteri.

Quindi, per ora deve fidarsi di questo Fey. Un folletto che conosceva solo come l'Oscurità.

Capitolo 48:
Ethan

L'edificio tremò e il soffitto iniziò a sgretolarsi intorno a loro. Orribili urla acute provenivano dalla stanza che avevano appena lasciato. "Gwydion, dove terrebbero la madre di Nisha?" Ethan urlò sopra il suono della pietra che si schiantava al suolo.

"Il ... C'è solo un posto. Vieni, è più avanti. La porta è una roccia. "

Una pietra. Ovviamente. Erano in un edificio di pietra che stava crollando, quindi perché non una roccia? Erano passati anni da quando aveva usato i suoi poteri. Ancora più a lungo da quando aveva bisogno di uno scudo. I suoi occhi si chiusero solo per un minuto mentre una luce dorata li avvolse. Galeron ansimò nello sforzo di tenere lo scudo: "Dobbiamo sbrigarci. Lo scudo non durerà a lungo. Il mio corpo può essere guarito ma la mia forza è ancora debole. "

Correndo lungo il corridoio e cercando di non inciampare sui detriti, arrivarono a un muro. Gli occhi di Ethan scrutarono il muro alla ricerca di segni di un'apertura, "Dov'è la roccia?"

Gwydion picchiò sul muro. "La stanza è oltre qui. Posso sentire il potere. " Lo picchiò ancora una volta. "L'hanno murata. Non desiderano che la stanza venga trovata. "

Ethan strinse le dita in un pugno. Aveva un compito. Uno. Salva la madre di Nisha. Non c'era modo che avrebbe fallito. NESSUNA. Il suo pugno andò a sbattere contro il muro con ogni briciola di umore che aveva sfociato nel pugno. Il muro andò in frantumi con una grande esplosione.

Galeron incespicò indietro. Poi disse seccamente: "Sì, sei il figlio di tua madre". Poi vide non solo la sua regina, ma anche sua moglie. Entrambi intrappolati dietro una specie di cupola trasparente. Le pietre nere dell'edificio ci cadono sopra. Piccole crepe cominciavano a formarsi dall'alto. Se fosse andato in frantumi, entrambe le donne sarebbero state uccise. La rabbia lo attraversò, dandogli la forza di fare ciò che doveva essere fatto. I fulmini si inarcarono intorno alla stanza facendo indietreggiare sia suo figlio che Gwydion. Non poteva ferire l'Eostre ma non ebbe il tempo di spiegare. Faerydae stava cercando di dirgli qualcosa ... Non poteva sentirla. Non volevo ascoltarla. Costringendosi a scavare fino in fondo al suo potere, fu avvolto dalla luce ... nell'oro fuso ... I suoi passi fondevano per sempre le pietre sotto i suoi piedi in magma liquido.

"Burrasca. Basta, dobbiamo andare. "

Il suo viso si voltò verso il suono. Non sua moglie, no, peggio. Addy. Un respiro profondo e il potere si allentò. "Nisha è tornata da quella parte." Le sue dita trovarono la mano di Faerydae. "Te l'avevo detto che ti avrei sempre trovato."

"Sì, marito, l'hai fatto. Anche se ci hai messo abbastanza a lungo. "

Tornando indietro, arrivarono si accalcarono sulla soglia giusto in tempo per vedere un drago sfondare la sommità dell'edificio. La sua testa scattò al cielo quando qualcosa cadde tra le sue fauci.

L'area che era stata la stanza principale era piena di un'oscurità con cui nessuna notte senza luna avrebbe potuto competere. L'oscurità che li avvolgeva come esplosioni, schianti e rumori di persone che urlavano di terrore e morte provenivano da tutte le direzioni. Poi venne un silenzio terribile, spaventoso.

Quando l'oscurità si posò al suolo, Nisha rimase davanti a loro. L'unica cosa rimasta dell'antico edificio era quanto bastava il corridoio che copriva il loro piccolo gruppo e un contorno del cerchio. Nient'altro ... niente ... non era rimasto nemmeno un sassolino.

Tutti e tre gli uomini caddero su un ginocchio incerti se questa regina li avrebbe riconosciuti mentre ancora colava di rabbia. Lentamente la testa di Nisha si inclinò prima di sorridere. «Te l'ho detto, Galeron, i draghi esistono. O vorresti discuterne ancora un po '? "

Adrianna fece un piccolo passo avanti incerto. La sua mano si copriva la bocca mentre le lacrime le scorrevano sul viso. "Nisha?"

Nisha sbatté le palpebre una volta non proprio a suo agio nel vedere sua madre piangere. "Mi dispiace che ci sia voluto così tanto tempo per trovarti, ma papà è stato molto vago sui dettagli." Poi si rese conto di quello che aveva fatto. "Oh, oh Gwydion, mi dispiace così tanto. Devo ricostruirlo? "

Ricostruirlo? Ci ha quasi pensato, ma ci ha riconsiderato. "No, mia regina. Questo edificio non aveva scopo. Almeno non più. I Fey non cadono più dalle stelle. Né oserebbero. "

"Figlia, tuo padre?" La preoccupazione riempì la voce di Adrianna.

"Oh, Lilly e David stanno aspettando un segno che sei al sicuro. Gwydion ti dispiacerebbe dirlo alla tua gente? Ho davvero bisogno di rilasciarlo prima del tramonto, se possibile. "

Ha annuito una volta. "Certo, mia regina." Poi il suo corpo si trasformò in una nebbia mentre veniva portato via dal vento.

Capitolo 49:
Lilly e David

David sbadigliò mentre si prendeva i denti con un osso di qualunque creatura avesse sorvegliato l'ingresso. "Forse posso chiedere a Nisha di scoprire cosa fosse."

Lilly sbatté le palpebre. "David, amore mio. Se volevi sapere cosa fosse, forse avresti dovuto lasciarne un po 'per l'identificazione. "

"L'ho fatto." Alzando la scheggia d'osso. "Era troppo gustoso per essere sprecato."

Lilly alzò gli occhi al cielo mentre diceva: "Che meraviglia per te. Ora che hai la pancia piena, hai idea di come superare un muro di fiamme nere? Li ho incontrati solo una volta ... e allora Nisha non aveva voglia di essere disturbata. Quindi, non ho osato provare a passare. "

Rivolgendosi all'apertura della caverna, David scrollò le spalle. "Dal momento che non dobbiamo passare prima che Nisha mandi la parola. Non ho intenzione di provare. Inoltre ... »Posò la mano sulla fiamma. "Posso passare senza infortuni."

Posando la mano sul fianco, Lilly strinse gli occhi. "Pensi di poter portare Myrddin fuori dalla caverna da solo?"

"A meno che non pesi più di un troll adulto, non vedo perché no." David si fermò e fece un sorriso mesto. "Sai che i Drakens possono portare cose molte volte il nostro peso?"

"Certo che sì. Tuttavia, tu, amore mio, sei in parte folletto e devi ancora testare esattamente quanto riesci a trasportare. Ma capisco la tua necessità di dimostrare quanto pensi di essere forte. "

Prima che David potesse trovare una risposta adeguata, una folata di vento soffiò tra le rovine della Grande Guerra. Lentamente cominciò a formarsi una nebbia nera e un uomo si fermò davanti a loro.

Sorpresa Lilly sbatté le palpebre insicura di ciò che stava vedendo era veramente reale. Sperando che avesse ragione riguardo a chi le stava davanti, chiese cautamente: "Gwydion? Sembra che tu abbia carne adesso? "

Si rivolse a Lilly. "La regina è generosa." Poi a David. "Puoi entrare adesso." Gwydion si voltò quel tanto che basta per guardare oltre la scogliera. "Che strano essere qui ancora una volta."

Lilly ha collegato il suo braccio a Gwydion. "Come mai?"

Guardò il suo braccio e lottò duramente per non staccarlo dal suo corpo per averlo toccato. Poi con un sibilo sommesso che avrebbe spaventato chiunque, ma a quanto pare il cugino di sua regina disse: "Molti sono morti per avermi toccato".

"Se ci provi, sono sicuro che vivra abbastanza a lungo perché la tua regina te ne pentirai."

Quel sibilo sommesso che avrebbe spaventato chiunque altro, ma vedendolo non la turbava nemmeno, lui rispose alla sua domanda. "Questa è stata l'ultima battaglia della Grande Guerra. Sono morto qui mentre la mia gente è morta nella nostra patria. Mio fratello mi ha tradito. Il cratere là al di là di queste scogliere è dove morirono tutti quelli che erano qui quel giorno. Entrambe le parti. Quelli con sangue Fey e quelli senza. "

"C'erano case qui una volta. Rimangono alcuni dipinti che raccontano di un villaggio fatto di ghiaccio che non si è mai sciolto. "

Gwydion annuì. "Un giorno ti parlerò della guerra. Non oggi. Devo tornare dalla regina. Non sa dove sia suo padre. Anche adesso il suo senso di dove siano le persone è un po 'carente. È un'abilità di cui avrò bisogno per aiutarla ad affinare ".

Capitolo 50:
Nisha

Aspettando pazientemente Nisha guardò Ethan che parlava attentamente a sua madre. Guardando se stessa, sorrise. "Lui si ricorda di lei."

"Come dovrebbe. Fino a quella notte, non gli ha mai perso di vista. Nemmeno per un minuto. Non quando dormiva né in qualsiasi altro momento che io possa ricordare. Era sempre troppo preoccupata che si sarebbe svegliata e lui non sarebbe stato lì. "

Rivolgendosi a sua madre le chiese: "Ricordi cosa è successo? Come sei arrivato qui. "

Adrianna raddrizzò le spalle. «Vorrei parlarne quando tuo padre sarà vicino. Ha molto da spiegare. " Si voltò. "Sei molto più potente di quanto immaginassi. Discuterò anche di questo con tuo padre. Credo che mi abbia tenuto nascosto le cose per troppo tempo ".

"Allora, è padre? Voglio dire più potente di quanto ha detto di essere? Ma possiamo discuterne quando è vicino. Sono sicuro che vorrai torcergli il collo quando la conversazione sarà finita. So di sì. "

"Sì, ci sono state volte in cui ho desiderato torcergli il collo per molte cose in questi anni. Uno per avermi lasciato solo con Dae ".

Lentamente Gwydion apparve davanti a lei. "Tuo padre è tra le rovine della grande guerra. Una giornata di corsa con Pegasus. "

Nisha annuì. "Ethan?"

Si voltò verso di lei nel momento in cui fu pronunciato il suo nome. "Nisha?"

«Per favore, porta i nostri genitori alla Spire. Devo recuperare il resto della famiglia. Solo."

"Figlia."

Anche se non era stata allevata dalla donna, aveva riconosciuto un tono di avvertimento. «O posso andare da solo e incontrarti alla Spire con mio padre. Oppure puoi venire con me in tempo per vederlo morire. La scelta è tua perché lo conosceresti meglio di me. "

Chiudendo gli occhi Adrianna si ricompose senza esitare nel prendere la sua decisione. "Viaggia in sicurezza figlia. Preparerò una stanza per il tuo ritorno. Sono certo che tuo padre vorrebbe riposarsi al suo ritorno. "

Il suo bastone si materializzò nella sua mano non un respiro dopo. Quando la fine toccò terra, apparve la sua porta per il Regno Inferiore. "Ovviamente. Gwydion, per favore scortali? E fai in modo che qualcuno della tua gente che desidera unirsi a te ti incontri allo Spire. Tornerò domani mattina. "

Un leggero inchino mentre rispondeva: "Come desideri la mia regina".

Lilly balzò indietro quando all'improvviso una porta non apparve a terra, ma con i piedi in aria appena sopra il canyon che entrava in Darke. Quando è apparsa Nisha. "Ti rendi conto di essere a mezz'aria?"

Nisha sorrise. "Mio caro cugino, terra o aria sono la stessa cosa per me. Fa poca differenza dove si apre la porta. " Con attenzione saltò giù dalla porta a terra prima della caverna. "David è ancora dentro?"

«Ha detto che poteva portare fuori zio Myrddin. È stato qualche tempo fa. "

Guardando il cielo che cambiava dal giorno alla notte, Nisha annuì. «Per favore, aspetta in carrozza. David uscirà a breve per riportarti alla Guglia ".

Preoccupata, Lilly guardò sua cugina socchiudendo gli occhi. "Nisha?"

"Non ho tempo per spiegare. Prometto che una volta tornato potrai chiedere tutto ciò che desideri e cercherò di non confonderti con le risposte. Ma poiché oggi è stato pieno di sorprese inaspettate, non faccio promesse ".

Con un sorriso, Lilly disse, quasi in un borbottio: "Ti terrò stretta."

Per diversi minuti Nisha non passò davanti alle fiamme nere finché non seppe che Lilly era al sicuro nella carrozza. Una volta dentro ha gridato: "David?"

"Nish ... non so cosa fare. Non posso ... "David guardò di nuovo l'uomo che era accasciato a terra in così tanto dolore che solo il respiro stava causando lacrime.

Vedendo le condizioni di suo padre, annuì. Primitiva ha detto che non sarebbe durato a lungo, tuttavia non ha menzionato il dolore che avrebbe provato mentre veniva fatto a pezzi cella per cella. «Per favore, riporta Lilly alla Spire. Non dire niente di mio padre. Né le sue condizioni. Non a lei, né a nessun altro. Non voglio allarmare la famiglia. "

David guardò di nuovo l'uomo. "Ma?"

I suoi occhi cambiarono solo per un secondo ... cambiarono in modo che potesse vedere le anime dei morti che urlavano su voragini senza fine. "Partire. Non farmelo chiedere una seconda volta. "

Un piccolo inchino e scivolò di nuovo fuori dalla porta. Non aveva paura di suo cugino, ma piuttosto di ciò che avrebbe fatto la Regina del Regno Inferiore se fosse stata spinta oltre.

Inginocchiandosi accanto a suo padre sussurrò: "Sei fortunato che la madre non abbia deciso di unirsi a me".

"Lei è al sicuro?" La sua voce non era così profonda come era stata nel regno dei sogni. No, in quel momento non aveva affatto voce.

"Ovviamente. Ora ... mi aiuterai a spostarti o mi farai fare tutto il lavoro da solo? "

Il dolore non lo avrebbe ucciso ... non finché il cuore ... il suo cuore ... era in un posto sicuro. Usando tutte le sue forze, riuscì a rialzarsi. "Non credo di poter camminare lontano." Il fuoco che aveva acceso lo stava prosciugando in un modo che non aveva mai fatto prima. In un certo senso, anche adesso non avrebbe dovuto. Poi di nuovo, qualcos'altro stava causando il dolore.

Mettendo un braccio intorno a lui, lei sibilò: "Due passi attraverso la mia porta, poi altri due fino alla Guglia. Ce la fai? "

La sua mente era troppo annebbiata per preoccuparsi davvero di quello che stava dicendo. "Due passi."

Quando riaprì gli occhi dopo aver completato i primi due gradini non era più nella grotta ma in un corridoio fatto di ossa. "Figlia?" Non era possibile ... ancora ... No, non poteva vedere cosa c'era davanti a lui. Non poteva né ci avrebbe creduto fino al momento in cui doveva.

"Oh, è perfettamente sicuro per te essere qui. Qui riposa contro questo muro. " Lo ha aiutato a terra. "Tornerò tra un minuto. Riposati fino al mio ritorno. " Aprendo la porta, vide Primitiva che stringeva ancora la scatola d'argento. "Ti avevo detto che sarei tornato a breve."

"Qui. Prendi questa cosa disgraziata. " Mise la scatola nelle mani di Nisha. "Quello non avrebbe mai dovuto lasciare la città delle stelle. È troppo pericoloso essere qui ".

"Città delle stelle?" Le città stellari?

Primitiva lo sventolò come se l'avesse spiegato più volte in precedenza: "Pallade, conosciuta anche come la città delle stelle. È la più grande delle Star Cities. Ospita tutte le scatole dei tributi. Sia usato che inutilizzato dopo che il tributo è stato visto. O almeno quelli che detengono il potere più forte dei Fey. "

Interessante. "Tornerò allora potremo parlare di più su questo."

"Bah. Parlare è per creature inferiori ".

"Può essere, ma mi piace." Nisha si voltò. "Dal momento che non hai alcun desiderio di lasciare questo posto, tornerò quando sarò in grado di discuterne a lungo con te." Poi era fuori dalla porta. Quando la porta sbatté dietro, la forza causò il tintinnio di molte delle ossa che si erano annidate nelle pareti circostanti. Fu allora che guardò suo padre e fece sparire la scatola. "Penso che ti daremo il tuo cuore quando sembrerai più completo."

"Tua madre mi ucciderà per essermi lasciata assomigliare a questo."

Aiutandolo ad alzarsi, Nisha sorrise più a se stessa che a lui. "No papà, non lo farà, ma farà in modo che tu rimanga a letto per i prossimi dieci anni."

I suoi occhi si chiusero leggermente. "Non credo che mi piacerebbe. C'è ancora troppo da fare. "

Con un profondo sospiro, disse: "Molto bene. Una volta che ti avremo messo a letto, vedremo cosa posso aggiustare e cosa dovrà guarire da solo. "

Capitolo 38:
Myrddin

Myrddin cercò a malapena di aprire gli occhi. Troppo impegno. Un solo respiro e voleva svenire. Solo respirare era estremamente doloroso ed era sicuro che il peso della sua pelle gli avrebbe spezzato ciò che era rimasto delle sue ossa. Poi sentì qualcosa ... Qualcosa che gli batteva nel petto. Il suo cuore? Ma ... No, non poteva essere giusto. Può?

Un frammento di un ricordo. Ricordava una giovane donna ... Nisha ... in piedi davanti a lui. Quasi ricordava che lei lo portava da qualche parte ... il che era ridicolo perché nessun Fey poteva trasportarsi a volontà ... e nessuno ... assolutamente nessuno poteva creare portali da un posto all'altro. Non si poteva fare ...

... Eppure ... Avevano viaggiato dalla caverna a una sala creata con le ossa.

"Facile, marito. Nisha non è abbastanza esperta per guarire completamente il tuo corpo. Almeno non ancora. Sta lavorando con tua sorella per imparare quello che deve ".

Conosceva quella voce. "Addy?"

Sbirciando sopra di lui in modo che non avesse bisogno di muoversi, si costrinse a sorridere anche se i suoi occhi erano ancora leggermente chiusi. "Hmm. Quando sarai completamente guarito, parleremo del perché mi hai tenuto così tanto ".

Trasse le labbra in una linea sottile, rifiutandosi di dire qualsiasi cosa.

Lentamente si mosse allontanandosi dal suo fianco. Ancora una volta seduta accanto a lui, iniziò a parlare mantenendo la voce ancora leggera non volendo ancora angosciarlo. Almeno non ancora. "Lilly dice che devi mangiare per recuperare le forze e tua sorella, Estare, ti sta preparando qualcosa da bere. Un tonico, credo. "

Questo lo ha fatto pensare. Con sorpresa, rimase a bocca aperta. "Estare? È qui? Non può essere. "

Ignorandolo Addy continuò: "Come l'altra tua sorella. Chi vuole una spiegazione su come ha una sorella che non ricorda. E una ventina di altre cose che dice ti faranno venire le vesciche quando avrà finito di fare le sue domande. O quando finisci di rispondere a quelle domande in modo dettagliato. Nessuno dei due è attualmente soddisfatto di te. "

Merda. Oh, questo era brutto. Peggio ancora se le due sorelle parlassero. "C'è qualche possibilità che riesca a dormire?" O essere reso inconscio. Sì, sarebbe ancora meglio. Anche meraviglioso.

Una voce dalla porta. "Non finché non bevi questo, mio   caro fratello."

Estare. Accidenti. Non dovrebbe essere qui. In un ponte tra la veglia e il sogno di sicuro ... ma non qui. Perché Nisha non l'ha rimandata indietro dopo aver parlato? Diavolo, perché non si è ripresa ... avendolo già fatto una volta. "Sorella?"

“Sembri peggio di come ti ho lasciato. Adesso bevi. " Poi ad Addy. “Non so perché non sia morto. Sicuramente conosce un incantesimo per ingannare la morte e sembrare più presentabile. "

Appoggiandosi alla porta, Nisha entrò nella stanza: "In realtà, come regina del Regno Inferiore a volte posso scegliere se qualcuno è degno di morte". Lei sbadigliò assonnata. “In questo caso lo preferirei qui che in un posto dove nessuno potrebbe interrogarlo. Inoltre, ho quasi capito come funziona la tua fisiologia. Ma se è importante, alcune delle sue condizioni sono a causa degli effetti di nascondere la scatola dove si trovava ".

Estare si voltò verso Nisha e strinse i suoi occhi blu galattici. "Sarai una spina nel mio fianco."

"Hmm, beh dato che non ti è stata data la possibilità di conoscermi durante i miei ... come li chiamava zia Celeste ... Ah sì, i miei anni spaventosi ... Penso che tu possa conoscermi ora che siamo uguali."

Voltando le spalle ancora una volta a Nisha, Estare sibilò all'orecchio di suo fratello: "Questa è opera tua".

Bevendo il liquido fresco, lasciò che i suoi occhi si aprissero completamente e guardassero nella stanza. Non un posto che ricordava che fosse strano dato che era stato in ogni stanza di tutti i castelli di tutti i paesi di Feyen. "Dove siamo?"

"Alla Guglia. È molto più conveniente di uno dei castelli. Almeno, finché l'intera famiglia è qui. " Andando verso il letto, Nisha lo guardò, "Dovrei provare a guarirti adesso?"

The Spire? Perché sarebbe più conveniente? Tutti i castelli erano più grandi della Spire, che era poco più di una casa di vacanza per la famiglia reale di Lite e Darke. Non facendo quella domanda, si ricordò dell'altra cosa. Nisha aveva detto di provare. Cosa voleva dire provare? Non c'erano tentativi; puoi farlo o no. Non c'era via di mezzo. Dolce oscurità, avrebbe dovuto insegnarle come usare tutti i meravigliosi doni che ora possedeva? "Figlia, dubito che sarai in grado di farlo."

"Allora vedremo." Con calma chiuse gli occhi e si lasciò sentire. Di nuovo, ha iniziato con l'osso. Anche se si sentiva diverso ... Sembrava diverso. Lunghi speroni argentati di bianco. Oh, un cambio. Ma non solo un mutaforma qualsiasi, uno che potrebbe trasformarsi in qualcosa di molto simile a lei. Interessante. Quindi rosso muscolare con fili non argentati o bianchi ma neri. Camminatore del fuoco o Spettro. Organi. Due serie di polmoni. Uno per l'aria l'altra per l'acqua. Infine la carne. Non c'è molto da fare se non allungarlo sui nuovi muscoli. Avorio mescolato con argento. Unghie nere. Velenosi al tatto, se così avesse scelto di usarli in quel modo. Infine, le sue ali. Le sue vere ali, non quelle che indossava perché la gente le vedesse, ma un paio di ali di drago che somigliavano quasi alle sue. Tuttavia, i suoi erano di un nero profondo con accenni di brace che brillavano intorno ai bordi.

Lentamente aprì gli occhi e sorrise. "Sì, credo che sembri molto meglio nella tua vera forma."

Guardandosi le dita, Myrddin sussultò: "Come? Questo è impossibile. Non dovresti essere in grado di rompere il mio incantesimo. "

Nisha inclinò la testa. "Vuoi sembrare normale?" Ha alzato le spalle. "Se vuoi essere più che capace di trasformarti. Perché vorresti, è al di là di me. "

Accarezzandole la nipote sulla spalla, Estare sorrise. "Non vuole che le Star Cities sappiano che è vivo."

"Oh. Beh, anche questo è ridicolo. I suoi poteri sono troppo forti per essere mascherati a meno che non siano costantemente circondati dalle ossa dei morti. Hanno sempre saputo che era qui. In effetti, Primitiva era consapevole di lui nel momento in cui è arrivato a Mystic Woods. "

"Primitiva?" Un sussulto collettivo.

Alzando gli occhi al cielo Nisha disse: "Sì. È ancora molto viva, sai. Protetto da me adesso. Nessuno può usare i suoi poteri né le sue capacità senza il mio consenso. E nessuno che lo chieda riceverà tale consenso. Sarebbe troppo pericoloso lasciare che qualcuno non addestrato nei suoi doni li usi senza censura ".

Estare atterrò duramente sul letto. "Si dice che Primitiva sia la nostra antenata. Ha avuto un figlio in segreto prima di fuggire. "

"Oh, ecco perché sono riuscito a legarla. Eravamo già imparentati. Interessante. Dovrei dirglielo. Dovrei chiamarla grande Grand'Mere? No … non suona bene. Penserò a qualcosa. Semplicemente non è giusto chiamarla per nome quando è molto di più ".

Myrddin si strofinò il viso con le mani. «Forse dovremmo parlare di quella notte. Sì, penso che sarebbe una conversazione meno angosciante. " Tutto era meno angosciante che parlare delle Star Cities. Poi di nuovo, parlare di coloro che vivevano lì era decisamente meno angosciante che parlare di Primitiva o delle sue capacità.

Addy incrociò le braccia. "Sono tutto orecchie."

Sedendosi cautamente, prese un respiro profondo. "Sapevamo entrambi della rivolta. E per la maggior parte, è stato risolto in pochi minuti dal nostro arrivo. "

Sollevando una sedia Nisha chiese: "Puoi dirmi cosa è successo?"

Addy si voltò verso sua figlia e disse dolcemente: "Le persone che vivevano vicino al castello hanno iniziato a dare fuoco alle cose. Naturale e non. Non aveva senso in quel momento. "

Con un cenno del capo, Myrddin ha continuato, "Edrich stava lavorando al castello in quel momento.

Aveva appena iniziato a pochi giorni prima. Essendo il fratellastro di Dae, gli abbiamo dato il lavoro finché non ha trovato qualcosa di più adatto a se stesso. Non ha molta importanza adesso, ma quando siamo tornati al castello ci stava aspettando nella residenza balbettando di sciocchezze come sempre. Quando il cibo è stato tirato fuori nessuno di noi ci ha pensato molto. Il veleno non ci ucciderebbe. Quindi. abbiamo mangiato.

Non sono proprio sicuro di cosa succederà dopo. Ma ... quando sono arrivato all'intero consiglio, tranne uno nelle miniere inferiori, incatenato a qualcosa che ci impediva di usare i nostri poteri o abilità. Penso che le catene provenissero da Mystic Woods. Galeron era accanto a me allora.

Noi due avevamo abbastanza forza per uscire dalla situazione, ma dato che tu, la mia cara moglie non era vicino a noi ... né ho potuto trovarti. Gli ho detto di non fare niente. Era imperativo scoprire dove eravate tu e Dae. Ha accettato ed entrambi abbiamo nascosto le nostre fedi nuziali. L'unico modo per noi di trovarti dovresti indossare i compagni. " Attese fino a quando lei capì che lui sapeva dell'incantesimo di Dae. Quando lei ha annuito lui ha continuato?

"Nei prossimi giorni ... mesi i membri del consiglio furono portati via dalle miniere. Sono stati dati in pasto ai troll. Ricordo le loro urla torturate mentre venivano fatti a pezzi e in seguito morivano. " Si fermò cercando di ricordare tutto. "Durante una delle volte in cui eravamo solo io e Gale, ho messo un incantesimo su di lui in modo che non potesse essere ucciso. Male sì. Ma non sarebbe morto.

Sapevo che nemmeno io sarei morto, non dopo la nascita di Nisha. "

Nisha intervenne: "Ti sei strappato il cuore dal petto e hai lasciato la scatola per me. Insieme al cuore di Larna. " Fece una pausa, poi aggiunse: "Non sono sicura se dovrei essere colpita dal fatto che tu lo abbia fatto perché sapevi cosa stava per succedere, o preoccupato che non avessi considerato che avrei potuto distruggere entrambi i cuori invece di uno solo."

Annuì d'accordo. "Sapevo che non ti avrei visto diventare la donna che sta davanti a me. Avrei potuto fermarlo. Tua madre ed io insieme potremmo avere, ma tua figlia sarebbe solo un guscio di quello che sei. Ho scelto di darti tutto ciò di cui avresti bisogno. E non chiederò scusa a nessuno per aver preso quella decisione. "Assicurandosi che sua moglie e sua sorella capissero che avrebbe litigato con entrambi per quella decisione.

Addy gli prese la mano. "E nemmeno tu dovresti. Non sono d'accordo con il tuo metodo ma guardando nostra figlia vedo il risultato. E sono grato. " Poi ha preso un tono più profondo, "E non lo farai più".

"Mia cara, abbiamo solo una figlia. Dubito di poterle nascondere qualcosa. " In realtà, sapeva con certezza che non poteva. Sapeva guardandola negli occhi che qualche tempo prima che si svegliasse lei lo aveva legato a sé con il sangue per accertarsene. O per lo meno ha cercato di legarlo a lei. Dato che era il legame non era completo ma sarebbe stato sufficiente dove non sarebbe stato in grado di tenerle segreti. E ha anche avuto il vantaggio di non essere in grado di manipolarlo per fargli fare qualcosa che potrebbe farle del male. Be ', lei o quelli che erano veramente legati a lei.

"Bene bene perché ho appena quattrocento anni e mi hai promesso più di una figlia. E non essendo più regina, ho bisogno di qualcosa a che fare con tutto il mio tempo ".

Nisha sorrise: "E questo è il mio segnale per andarmene. Ehm, zia Estare? Verrai con me? "

"Sì, credo di sì. Ho una sorella con cui parlare che mi è mancata da troppo tempo ".

Capitolo 51:
Regina Nisha

Passarono solo una manciata di giorni prima che Nisha convocasse non solo i suoi genitori ma tutta la sua famiglia a unirsi a lei in una grande sala ricevimenti con un solo grande tavolo e diverse sedie tenute con esso. Il suo posto era a capotavola mentre Ethan sedeva tranquillamente ai piedi con l'aria insicura del motivo della sua presenza.

Mentre la loro famiglia si presentava, Nisha sorrise a ciascuno di loro. Sorrise ai suoi genitori che erano stati coinvolti più volte in profonde discussioni su cose che suo padre sapeva tralasciare molto prima che si sposassero.

Sorrise a tutte e tre le sue zie. Due che aveva conosciuto alla nascita e una che aveva appena incontrato.

Ma non erano loro quelli con cui incrociava gli occhi. Oh no, è stata la madre di Ethan a parlare per prima. «Lady Faerydae, poiché ho già parlato a mio padre di alcune delle sue conoscenze. È venuto alla mia attenzione che non è stato l'unico figlio di Star

City a lasciare ancora una volta la loro stella e scegliere di risiedere qui. Vorrei una spiegazione. "

Dae guardò la sua regina, la sua amica e chiuse gli occhi. "So che questo giorno un giorno sarebbe arrivato. Ma prima di parlare di tutto quello che so. Sarebbe meglio se il creatore Primitiva si unisse a noi. Per quanto ne so, ha molta conoscenza in alcuni di ciò di cui dobbiamo parlare. "

Una volta che Primitiva fu seduta al tavolo e guardò più vicino a una vera donna Feyen piuttosto che a una creatura a cui aveva scelto di assomigliare, Nisha annuì ancora una volta a Dae. "Ora che siamo tutti presenti e spiegati ..."

Lentamente la nebbia si formò dietro di lei mentre Gwydion era al suo fianco. "Spero che non ti dispiaccia, mia regina, ma vorrei sentire questo."

"Molto bene, ma non desidero che nessun altro si unisca a noi."

Gwydion annuì solo una volta e fece un passo indietro. Avrebbe comunque preso parte a questa conversazione ma non sarebbe stato direttamente coinvolto in qualunque cosa fosse stata detta.

Chiudendo gli occhi non su Nisha ma su Primitiva, Faerydae iniziò la sua storia: "Poco prima che Myrddin venisse qui, mio   padre Lord Magmas mi ha mandato qui. Non perché pensasse che avrei cercato qualsiasi Fey che potesse effettivamente conoscere la verità su come siamo arrivati   in questo posto. Ma piuttosto, perché come donna non sono degna di governare Pallade al suo posto.

"Avendo visto almeno un po 'della storia di questo posto ho preso quello che potevo e ho cercato il mio unico parente vivente. Regina Alista. Dopo averle assicurato che non avevo intenzione di impossessarmi delle sue terre, mi ha fatto una signora nella sua corte, anche se per gli standard qui non ero più che una bambina. "

Ora guardò Myrddin. "Sapevamo che sarebbe arrivato il giorno in cui avresti cercato lei o sua figlia. Quindi, nonostante il suo comportamento in quel momento, sapeva chi eri e da dove vieni. Sapevamo entrambi che una volta arrivato l'inizio della guerra finale ".

Primitiva alzò leggermente la mano per farsi riconoscere. "Devo fidarmi che Magnar non vive più in nessuna delle famose Città Stellari?"

"Magnar e la sua sposa sono partiti per una star disabitata più di tremila anni fa. Nessuno dei due è stato visto da allora. "

Lilly sembrava confusa busto educatamente chiesto, "Ehm, mi scusi ma chi è Magnar? E perché è importante? "

Sedendosi di nuovo al suo posto, Primitiva sospirò, incerta su come spiegare qualcosa. "Lui ed io un tempo eravamo gli unici creatori viventi. L'ultima della nostra gara di Fey. La sua sposa è mia figlia. Prima di andarmene gli ho chiesto solo una cosa, cioè di tenerla in vita a meno che non diventasse troppo fastidiosa. Sapevamo entrambi che sarebbe arrivato il giorno in cui le cose all'interno delle Star Cities sarebbero diventate di nuovo instabili. Sapevamo entrambi che una grande guerra sarebbe scoppiata e avrebbe risvegliato i Silenziosi. Sapendo questo, entrambi abbiamo deciso molto tempo fa di fare ciò di cui avevamo bisogno per assicurarci che saremmo stati qui quando sarebbe successo ".

Nisha alzò la testa. "Qualcosa può impedire che la guerra inizi?"

"No, bambino mio. Ciò che è stato visto da un creatore non può mai essere cambiato. Potremmo essere in grado di impedire che accada per un giorno o addirittura anni, ma non siamo in grado di fermarlo. Ma sappi questo, non fidarti mai di chi governa le Star Cities. Nessuno che non sia sangue per te. Ciascuno dirà di schierarsi con te. Ognuno combatterà e morirà persino per mostrarti la loro fedeltà.

Ma hanno tutti una cosa in comune. Tutti vogliono ... bramano ... il potere di Pallade. E non si fermeranno davanti a nulla pur di ottenerlo. "

«E Magmas chi governa Pallade adesso? E lui? "

Stringendo gli occhi, Primitiva emise un sibilo basso e fragoroso. "Prima che questo sia fatto, lo vedrò morto."

Guardandosi intorno nella stanza, Nisha annuì. «In tal caso, Galeron, vorrei che tu sedessi come secondo presidente del mio consiglio e tu fossi il capitano delle mie guardie. O almeno quelli che vivono. Papà, per favore accetta la posizione di primo presidente e sii il mio collegamento tra Lunaista e me. "

Entrambi gli uomini annuirono capendo che quello che stava per accadere sarebbe stato molto peggio della Grande Guerra.

Continuando, Nisha abbassò lo sguardo sul tavolo. "Gwydion, voglio che tu sieda come quarto presidente e ti assumi la responsabilità dei guerrieri del Regno Inferiore. Le loro abilità saranno necessarie nei giorni a venire ".

"Certo, mia regina. Posso suggerire di chiedere a Freya di riprendere ancora una volta la sua posizione di capitano delle guardie d'élite? "

"Fai come meglio credi." Il a suo marito. «Ethan, sederai come terzo presidente del consiglio. Come è stata una tradizione da quando posso ricordare. "

Primitiva guardò Nisha e strinse gli occhi. «Conosco altri che potrebbero avvantaggiarti nel tuo consiglio. Prima erano i miei fidati. Tutti tranne uno vivono ancora. "

"Ottimo. Ti do il compito di trovarli in modo che possano aiutarmi a capire e prepararmi per il futuro ". Alzandosi rigidamente in piedi Nisha chiese: "Ora, dato che ho tre Star City Fey seduti a questo tavolo, uno di voi potrebbe aiutarmi a trasformare una furia in se stesso?"

Per un momento gli occhi di Primitiva si illuminarono di lacrime. "Ari? Hai trovato il mio Ari? È al sicuro dopo tutto questo tempo? "

"Egli è. E scommetto che gli piacerebbe essere qualcosa di più di una sedia. "

Epilogo

Ethan si raggomitolò intorno a Nisha. Il suo braccio diventava pesante intorno al suo centro. Almeno, stava iniziando ad accontentarsi di dormire non solo in un letto ma in un letto dove si trovava lei. Con tanta attenzione si spostò da sotto il suo braccio non ancora pronta per dormire. Non ancora pronto a cedere al sonno nonostante l'ora tarda.

Scivolando verso il letto e afferrando la sua vestaglia di seta blu, pensò a tutto quello che era successo in così poco tempo.

Nell'ultimo mese aveva cercato di imparare le leggi non solo di Darke ma anche di Feyen. Cercando di capire quali leggi c'erano per un motivo e cosa doveva essere abolito. Più di questo stava cercando di capire come fermare una guerra in cui innumerevoli vite sarebbero andate perse

Un respiro profondo e lei coprì la spalla di Ethan con una morbida coperta e sorrise. Almeno, dormiva contento. Nell'ultimo mese anche lui era cambiato così tanto. I suoi capelli, che erano larghi solo le dita quando si erano incontrati per la prima volta, adesso erano abbastanza lunghi perché le sue dita potessero pettinarli. La sua pelle, sebbene pallida come il latte, stava iniziando a guadagnare sporadicamente piccole scintille di luccichio in tutto il corpo. Ma è stata la sua fiducia il cambiamento più grande. Non aveva più paura di parlare ... paura di essere punito per qualsiasi piccola cosa. Oh no ... ora avrebbe sfidato quasi tutto a meno che non fosse riuscito a inventarlo.

Così tanto come sua madre. Una donna che stava anche iniziando a rispettare ea conoscere meglio.

Poi di nuovo, Ethan stava imparando che, a meno che non avesse preso una decisione e non avesse chiesto consiglio, il suo non era necessario né voluto. Suo padre, tuttavia, come membro della sua corte ... la sua seconda cattedra in effetti ... non solo avrebbe sfidato qualsiasi cosa, era il suo lavoro e ne traeva un piacere perverso. Tra i tre, aveva imparato a curvare ciò che voleva fare con ciò che era possibile senza spaventare tutti. Non che ne fosse contenta.

Strisciando verso la sua scrivania, aprì pigramente un altro libro di leggi. "Come può un paese vivere sotto così tante leggi ridicole?" Borbottò tra sé mentre leggeva la pagina. Quasi tentata di dichiarare arcaiche la maggior parte delle leggi, chiuse il libro prima di fare qualcosa che il suo consiglio avrebbe dovuto discutere.

Non che ci sarebbe stato molto da discutere di qualcosa ... non quando suo padre era il suo primo presidente e governava il consiglio ... qualcosa di cui a volte se ne pentiva, dato che aveva un atteggiamento senza fronzoli su qualsiasi cosa. E, non da quando ora aiutava anche sua zia Estare a ristrutturare il suo piccolo regno che consisteva solo di una sola città. Oh no, non aveva intenzione di insistere su di lui poiché era l'unico membro del consiglio che non era veramente legato a lei ... né l'avrebbe mai preso in considerazione. In parte sì. Abbastanza per assicurarsi che lui non le stesse nascondendo le cose ... ma aveva scoperto dopo che era stato guarito che non poteva legare a lei qualcuno che fosse strettamente imparentato con lei. Era anche il motivo per cui il legame con Lilly funzionava così bene.

Naturalmente, avrebbe potuto dirglielo prima che lei avesse cercato di vedere quale fosse l'estensione dei suoi poteri. Oppure, aveva cercato di imparare quanto sarebbero state potenti le sue capacità. Invece, le aveva ringhiato per averci provato. Poi era partito per la città stella di sua zia per impedirle di tenere una conferenza che era sicuro che avrebbe semplicemente ignorato.

E in verità, se avesse provato, lei lo avrebbe completamente ignorato ... solo perché poteva.

"Nisha?" Una voce stanca chiamò dal letto.

Tornando verso di lui, Nisha si sedette sul bordo del grande letto ancora abbastanza vicino da toccarlo. "Dovresti dormire."

I suoi occhi non erano ancora aperti. "Ero. Stai pensando troppo forte. "

"Ero ..." Fece una pausa e strinse le labbra. Ancora un altro cambiamento che Ethan stava attraversando; le sue capacità o poteri cominciavano a manifestarsi. Senza l'addestramento che avrebbe dovuto avere sin dalla nascita, quelle capacità erano sia spaventose che intriganti. "Non mi rendevo conto di esserlo."

"È più facile non sentire quando sono sveglio. Ma ora desidero dormire. "

Si chinò e gli baciò la tempia, qualcosa che lui stava iniziando a lasciarle fare senza batter ciglio. "Potrei inventare un incantesimo in modo che tu possa controllarlo mentre dormi?"

Ora i suoi occhi si aprirono mentre la studiava. "Preferirei di gran lunga che dormissi mentre lo faccio."

"C'è così tanto da fare ... e ..."

"Nisha, hai diversi secoli per ottenere tutto ciò che vuoi che sia fatto ... per essere come lo desideri. Non è necessario farlo stasera. E aver inventato conversazioni con tuo padre quando non è qui per discuterne adeguatamente con te ... non aiuterà nulla "

Lui aveva ragione. Lo sapeva, ma con le altre Città Stellari che erano irte di… qualunque cosa fossero irte. Sua zia Estare si stava preparando per la guerra poiché era certa che sarebbe scoppiata da un momento all'altro ... e gli Eostre erano impegnati a cercare di ricostruire la loro civiltà all'interno dei Boschi Mistici mentre ancora la servivano ... Niente era così semplice come sembrava. "Lo so. Penso che mi sentirei meglio se mio padre non avesse deciso di tornare da Lunaista in questo momento. " O sentirsi meglio di lui se non avesse deciso di andare lì piuttosto che discutere con lei.

«Tua madre è qui. E hai Galeron. "

"Puoi chiamarlo tuo padre."

I suoi occhi si strinsero in minusccle fessure, "Avrebbe dovuto mandarmi a vivere tua zia fino a quando qualsiasi cosa fosse che tua madre sentiva fosse stata risolta."

"Ethan, la scelta non è stata sua. Era quello di mio padre; che già conosci. "

Lentamente si mise a sedere. Il fuoco nero bruciava nei suoi occhi. "Lo so. Continuo a non pensare che sappia quanto sostiene. "

Posandogli delicatamente la mano sulla guancia, gli sussurrò: "Puoi parlarne con mio padre una volta che torna".

"Perché, quando mi trasformerà in una sedia?"

Difficile non essere d'accordo con questo dopo aver scoperto che è stato lui a trasformare innumerevoli altre furie. Ancora più difficile era il fatto che suo padre avesse già trasformato lui, suo marito, in un cassettone perché parlava troppo. No, non parlare ma fare domande. "Non ti trasformerà in una sedia. Ho già discusso del fatto che non è autorizzato a farlo a nessuno in famiglia ".

"Ascolterà?"

"Lo manderà o lo manderò a discutere le cose con Primitiva." Ed era qualcosa che poteva fare. In effetti, era qualcosa che aveva già fatto una volta. Né

Primitiva né suo padre erano stati contenti dell'incontro. Suo padre meno dopo aver capito che non poteva andarsene a meno che lei ... la regina del Regno Inferiore ... così lo avesse voluto. Sua madre dall'altra aveva pensato che fosse una grande idea lasciarlo lì finché non avesse imparato a non mantenere i segreti che cambiavano la vita.

"Lei lo ucciderà."

«No, ma lei gli farebbe desiderare di non averla mai vista. Per le sue ragioni, trova la maggior parte degli uomini sotto di lei. Ma poi di nuovo dal momento che l'unico che avrebbe potuto sposare prima della caduta era quello che voleva i suoi poteri per sé ... penso che abbia una buona ragione. "

"Penso che starò lontano da lei comunque." Si sdraiò assicurandosi che la sua testa poggiasse sulle sue ginocchia. "Dovresti venire a letto adesso."

"Oh?"

"Hmmm. Hai una lunga giornata domani se visiteremo ancora la città di Manticora. E vedi cosa puoi mettere a posto e per cosa avrai bisogno di aiuto ".

"Sì, credo che tu abbia ragione. Avrò bisogno della mia forza nel caso in cui ci imbattiamo in qualcuno degli abitanti dell'acqua che hanno attaccato coloro che vivono sulla terra ".

Ethan sbadigliò. "Ricorda solo che stanno attaccando solo perché gli abitanti della terra stanno inquinando il lago."

Prima che potesse dire qualcosa, la stanza si riempì di una brillante luce rossa che si fondeva in un raggio dorato. Poi sua zia ... anche se non solida ... era in piedi proprio davanti al letto. "Estare?"

Le sue ali di luce brillarono. Con una voce che avrebbe potuto essere fatta d'acqua, Estare disse: «È iniziato. La guerra del mio popolo. E forse la tua morte. "

Circa l'autore

Con il suo primo libro nominato sia per il Top Female Author Award 2017 che per il Summer Indie Book Award 2017, MLRuscsak ha continuato la sua serie con "The Fallen" e attualmente sta lavorando al terzo libro della serie.

Vivendo nella contea di Richland, nell'Ohio, vive con la figlia autistica. Questa è l'oasi del suo scrittore.

Per ulteriori informazioni, seguila su

https://www.facebook.com/AuthorMLRuscsak

o

Trova informazioni esclusive sul mondo di Lite e Darke su www.TrientPress.com

E cerca